北アイルランド小説の可能性

── 融和と普遍性の模索 ──

八幡雅彦

溪水社

北アイルランド小説の可能性
――融和と普遍性の模索――

目次

北アイルランド小説の可能性

序にかえて
―北アイルランド問題と小説―

私とアイルランドの出会いは、一九八八年春、初めてこの国を訪れた時に溯る。帰りの飛行機の搭乗前、シャノン国際空港の待合室で旅の思い出に浸っていると、アイルランド政府観光局の女性職員からインタビューを受けた。そして、彼女から「アイルランドでもっとも印象に残ったものは?」と尋ねられた時、私の口からは“People”という言葉がとっさに出た。私は、短期間の旅ではあったが、それほどアイルランドの人々に魅せられていた。後に、アイルランド人特有の親切さを表すのに“Irish Hospitality”という慣用句があることを知った。しかし同時に、私は、この国には「北アイルランド紛争」という長年に及ぶ紛争があり、「IRA」というテロ組織の名前が日本の新聞、テレビをたまに賑わすことを思い起こした。なぜこのように親切な国民が憎しみ合い、流血の紛争を続けているのだろうか。なぜアイルランドの北の一部だけがいつまでたってもイギリスから独立できないのだろうか。そんな疑問が私を北アイルランド小説の研究に向かわせた。果たして北アイルランドの小説家たちはこの紛争をどのように描いているのだろうか、どのように解決の方法を模索し、呈示しているのだろうか、ということに私は関心を抱いた。そして私は北アイルランド小説を手当たり次第に読み始めた。しかしその過程で、私は、北アイルランドでは、シェイマス・ヒーニーに代表される詩、ブライアン・フリールに代表される演劇に比べて小説は価値が低いと見なされていることを知った。世界的なアイルランド・ブームの進展に伴い、アイルランド文学の研究が隆盛を極めている今日も、北アイルランド小説に対するこの低い評価は変わっていない。しかし、もともとイギリス小説が専門だった私は、「小説」に対する「こだわり」があった。

ジョン・ウィルソン・フォスター『アルスター小説の力と主題』（一九七四）は、北アイルランド小説を論じた優れた批評書である。彼がこの中で主に論じている小説家は、順に挙げるならば、ウィリアム・カールトン（一七九四—一八六九）、シャン・F・ブロック（一八六五—一九三五）、マイケル・マクラヴァティー（一九〇四—一九九二）、ジョセフ・トメルティー（一九一一—一九九五）、ジョン・オコナー（一九二〇—）、サム・ハンナ・ベル（一九〇九—一九九〇）、ベネディクト・カイリー（一九一九—）、リン・C・ドイル（一八七三—一九六一）、パトリック・マックギル（一八九一—一九六三）、パトリック・ボイル（一九〇五—一九八二）、ブライアン・ムーア（一九二一—一九九九）、フォレスト・レイド（一八七五—一九四七）、ジョイス・ケアリー（一八八八—一九五七）、スティーヴン・ギルバート（一九一二—）、ジョージ・ブキャナン（一九〇四—一九八九）、ジャネット・マックニール（一九〇七—）、アンソニー・C・ウェスト（一九一〇—一九八八）、モーリス・レイチ（一九三三—）、ジャック・ウィルソン（一九三七—）らであり、劇作家ブライアン・フリール（一九二九—）とセイント・ジョン・アービン（一八八三—一九七一）、詩人ジョン・モンタギュー（一九二九—）の小説をも論じている。この批評書が優れている点は、彼らの小説が持つ「力」と様々な「主題」を分析し、北アイルランド小説の多様性と魅力を明らかにし、読者にこれらの小説を「読みたい」という気持ちを強く起こさせることだ。私は、このフォスターの著作を読むことによって、北アイルランドの小説は詩と演劇に劣らぬ価値と意義があると確信した。

北アイルランドの領土帰属に関しては、当初、私は、世界中の多くの人々がそう感じているように、アイルランドの北の一部だけがイギリスに属しているのは極めて不自然であり、アイルランドは南北統一し、完全独立国になるべきだと思っていた。しかし、私は、北アイルランド小説を読み、研究する過程を通して、ナショナリスト、ユニオニスト双方の言い分に正当性があるのではないかと思えてきた。ナショナリストとはアイルランドの南北統一を主張する人々で、主にカトリック教徒であり、ユニオニストとは北アイルランドとイギリスの連合維持を主張する人々で、主にプロテスタント教徒である。

本書の中で私は、過去一五年に読んだ北アイルランドの小説家のうちで、特に興味深かった七人を取り上げた。研究を始めた当初、私は、北アイルランドの小説家たちは北アイルランド問題のみを描いているという思い違いをしていた。しかし、私が本書の中で論じている作家たちは北アイルランド以外のことを主題とした作品も書き、読者の心に訴えている。そしてまた、北アイルランド問題を主題にした小説であっても、それらは世界中の数多くの対立問題に当てはまる、普遍性を持った作品である。私の今までの研究の最大の成果は、北アイルランド小説の世界に通ずる普遍性を発見できたことかもしれない。本書では、七人の小説家たちと、彼らの作品を論じることにより、「北アイルランド小説の可能性」を示したい。

第一章　ジョージ・A・バーミンガムの政治小説とユーモア小説

―プロテスタント・ナショナリズム、そして融和の追求へ―

バーミンガムのナショナリズムへの傾倒

北アイルランドの政治文芸批評誌『フォートナイト』の一九九二年五月号は、マイケル・マクラヴァティー（一九〇四―一九九二）の死を追悼して、彼を含む六人の北アイルランドの小説家の特集を組んだ。マクラヴァティー以外の五人は、ジャネット・マックニール（一九〇七―）、フォレスト・レイド（一八七五―一九四七）、リン・C・ドイル（一八七三―一九六一）、シャン・F・ブロック（一八六五―一九三五）、そしてジョージ・A・バーミンガム（一八六五―一九五〇）だった。中でも、ブライアン・テイラーとテス・ハーソンが論じた、プロテスタント・ユニオニストの家庭に生まれながらナショナリズムを支持し、そして北アイルランド紛争の中心地ベルファーストの出身でありながらユーモア小説を書き続けたというバーミンガムが私の関心を引いた。[1]

ジョージ・A・バーミンガムこと本名ジェイムズ・オウエン・ハニー。彼が生まれたのはベルファーストのユニヴァーシティー・ロード七五番地で、現在はクイーンズ大学が所有する彼の生家には、「ジェイムズ・O・ハニー　ジョージ・A・バーミンガム　小説家　一八六五年―一九五〇年　七月一六日この家に生まれる」と記された記念碑が掲げられている。彼の自叙伝『麗しい地』（一九三四）によると、彼はまだ物心つかないうちから、イギリスへの忠誠を骨の髄まで染み込ませるための、徹底したプロテスタント・ユニオニスト教育を受けた。[2]そのために雇われた彼の家庭教師はドクター・ドリューという、当時、大きな影響力を持っていたプロテスタント聖職者で、かつては北アイルランドのオレンジマンの指導者的存在でもあった。父親の書斎でバーミンガムはドリューの膝の上に置かれ、「くたばれ、ローマ法王。くたばれ、カトリック神父。絶対降参しないぞ。万歳！」と繰り返し復唱することを命ぜられた。当時、やっと言葉が喋れるようになったばかりの、幼いバーミンガムは、決してそれを正しく発音することはできなかったが、その「不屈の精神」は彼の心に深く植え付けられた。彼は、後にオレンジマンになることはなく、彼の人生の大半、仲間のプロテスタント教徒たちが抱いていた政治的見解には反対し続けたものの、「彼らを奮い立たせる、権威に対する反抗と嫌悪の精神」は彼の心の中に永続したという。そして、バーミンガムのこの権威に対する反抗と嫌悪の精神は、プロテスタント・ユニオニスト、カトリック・ナショナリスト双方の権威に対して向けられることになる。

ダブリン・トリニティー大学の神学部を卒業後の一八八八年、バーミンガムは、プロテスタント系のアイルランド国教会の副牧師として、ダブリン南部のウィックロウ州デルガニーの牧師館に赴任した。彼の権威に対する反抗はこの頃から頭をもたげ始めたのか、間もなく先輩牧師と衝突し、一八九二年にはここを去り、アイルランド西部のメイヨー州ウェストポートの牧師館へ移った。そしてバーミンガムがアイルランドのナショナリズムに傾倒していったのはこの地においてだった。『麗しい地』によれば、彼は「奇妙な形で」アイルランドの政治と関わり始めたという。[3]彼はこの町に文学サークルを結成した。会員の大半はアングロ・アイリッシュのプロテスタント教徒たちだった。バーミンガムの妻エイダはサミュエル・ファーガソン（一八一〇—一八八六）の未亡人の遠い親戚に当たった。ファーガソンはベルファースト出身の詩人で、アイルランドの土着文化と英雄物語について優れた詩を書き続けた。ファーガソン夫人は一九世紀半ばに起きた青年アイルランド党運動の闘士たちの多くと知り合いで、エイダはファーガソン夫人との関係を通じてこの独立運動に関するいくらかの知識を得た。そして彼女は文学サークルの会合で、革命詩集『国家の精神』（一八四三―一八四五）を取り上げ、トマス・デイヴィス（一八一四―一八四五）、ジョン・ミッチェル（一八一五―一八七五）らの詩を、彼らの政治思想には関係なく、文学的に優れているという意味で賞賛した。たまたまその会合に、同じヨットの趣味で日頃からバーミンガムと親しくしている、ナショナリズムに強い共感を示す人物がいて、彼はエイダに刺激され、青年アイルランド党の政治的見解を熱っぽく支持して語った。すると会員の間には気まずい、当惑した空気が流れた。そこでバーミンガムは、同じ青年アイルランド党詩人のジェイムズ・クラレンス・マンガン（一八〇三―一八四九）の詩が、その美しい音楽性ゆえに、この気まずい雰囲気を払拭してくれるだろうと期待して朗読した。しかし、実際には、それは火に油を注ぐ結果となった。アングロ・アイリッシュのプロテスタントたちは、バーミンガムに対して「嫌悪感以上のもの」を抱き、彼を「犯罪人」と見なすまでになった。彼らの、バーミンガムに対する「燃え上がる憎悪」は彼をナショナリズムに傾倒させていった。かくして、バーミンガムは、プロテスタント＝ユニオニスト、カトリック＝ナショナリストという常識を打ち破り、プロテスタント・ナショナリストとなったのである。

バーミンガムはゲーリック・リーグの創始者ダグラス・ハイド（一八六〇―一九四九）に強い共感を示した。ハイドもまた、バーミンガム同様、プロテスタントのアイルランド国教会聖職者の家庭に生まれ、ダブリン・トリニティー大学に学んだ。バーミンガムにとって、ハイドは「素朴で、寛大な心を持った、愛さずにはいられない情熱家」であった。バーミンガムは、ゲーリック・リーグを、アイルランド語の復興を通してアイルランド人の精神的高揚、アイルランド文化の再生を目的とする愛国主義的団体であり、その意図は政治とは無関係であると見なした。しかし『アイルランド国教会報』はゲーリック・リーグを、「反イギリス的政治団体」と痛烈に非難し、それに義憤を覚えたバーミンガムはハイドを弁護する議論を展開した。これを機にバーミンガムはハイドの知己を得てゲーリック・リーグに加入し、まもなくして幹部役員に選ばれた。そして、一九〇六年一月二三日、「ゲーリック・リーグは政治的か?」と題する講演を行い、その純粋な文化性、非政治性を訴えた。(4) しかし、その中には、バーミンガムの、後のゲーリック・リーグからの脱退とナショナリズムとの決別を予感させる見解がすでに述べられている。彼は、「すべてのゲーリック・リーガーは、自分が好むいかなる種類の政治信条をも公言する完全な権利を有している」と前置きした上で、「例えば、私自身は国王支持者だ。つまり私はエドワード七世(一九〇一年から一九一〇年まで王位)のアイルランド統治を認める発言をしている。発足当初は非政治性を公言していたゲーリック・リーグだが、アイルランド独立運動が激化するにつれカトリック・ナショナリストの政治団体へと変貌し、一九一五年には創始者のハイドが脱退、そして翌年のイースター蜂起ではゲーリック・リーガーたちが中心的役割を果たすようになる。

バーミンガムの、ゲーリック・リーグ脱退の引き金になったのは、デビュー小説『煮えたぎる鍋』(一九〇五)と第二作目の『ハイヤシンス』(一九〇六)の出版であった。このふたつの作品と『北の鉄人たち』(一九〇七)には、主人公たちの、プロテスタント・ユニオニズム、カトリック・ナショナリズム双方の権威に対する反抗と、彼らがアイルランドの完全独立を求めて戦い、挫折する様が描かれていて、バーミンガムのアイルランドに対する複雑な見解がうかがえる。それと同時に、今日の北アイルランド問題を考える上で、大きな示唆を与えている。

『煮えたぎる鍋』（一九〇五）と『ハイヤシンス』（一九〇六）
―アイルランド歴史修正論をめぐる論争への発展―

『煮えたぎる鍋』の主人公ジェラルド・ジョージガンの父親は、アングロ・アイリッシュのプロテスタントで、アイルランド西部メイヨー州クロガーに広大な土地を所有していた。アイルランドのイギリスからの独立を支持する彼は、一八四八年、青年アイルランド党の独立革命に加担し、少数の貧しいカトリック農民を扇動して反乱を起こした。しかし失敗に終わり、捕らえられ、オーストラリアへ流刑となった。息子ジェラルドはオーストラリアで生まれ、父親の死後、土地を相続するために、アイルランドにやって来た。クロガーへの列車旅の途上、彼は、やはりプロテスタントながらナショナリスト系の週間新聞『批評人』を発行しているデズモンド・オハラに出会った。オハラのモデルは、一九〇〇年から一九〇七年まで続いた『全アイルランド評論』の編集発行者スタンディッシュ・オグラディー（一八四六―一九二八）で、彼は、アイルランド文芸復興運動において、詩人のW・B・イェイツ（一八六五―一九三九）や、AEことジョージ・ラッセル（一八六七―一九三五）らに影響を与えた人物である。(5) オハラは、ジェラルドの父親を、「アイルランド最後の偉大な紳士」と賞賛し、アイルランドにおいて土地地主たちが果たすべき役割をジェラルドに説く。オハラは、土地地主たちはアイルランド国民の指導者となり、彼らを一致団結させ、アイルランドの国家としての自立を維持し、完全なイギリス化を防ぐための戦いに彼らを導くべきだと力説する。そしてオハラは、今の土地地主たちはそのような指導力がないために、アイルランド国民はカトリック神父と政治家たちに頼らざるを得ないのだと嘆く。この作品に登場してくるカトリック神父は、トム・ファーヒー神父である。彼は「愛国主義神父トム」と住民たちから呼ばれ、親しまれている一方で、ジェラルドが相続する土地の代理人を務めるプロテスタント・ユニオニストのゴドフリーからは、「飽くことなき扇動者、神父の中でも最悪のタイプ」と嫌悪されている。バーミンガムは、ファーヒー神父の描写を通して、カトリック・ナショナリズムの権威に対する辛辣な批判を展開する。ゴドフリーは、毎年、ファーヒー神父に多額の寄付金を支払っているが、それを神父がどのように使っているかはまったく知らず、尋ねる意志もないことを、ジェラルドに明かす。

「私は金の使い道については決して尋ません」ゴドフリーは言った。「尋ねたとしても答えは得られないでしょう」

「だが、確かに……」とジェラルド。

「もしあなたが賢明なお方でしたら、金は今まで通りに支払われることをお認め下さるでしょう」

彼の代理人の躊躇ぶりと、本心を語ることを明らかに嫌がっている様子はジェラルドを苛立たせ、反抗の気持ちを起こさせた。

「どうして君はこの特別の支払いをそこまで重視するのかね」

「金を払い続けるだけの価値はあります。と言いますのは―お分かりですか―ファーヒー神父を、いわば、抑えつけておけるからです。止めてもいいですが、しかし……よろしいですか。金を払い続けている限り、ここでは、ものごとは話し合い以上にめんどうになることがないのです。その方が、土地の管理もし易いのです」

「分かった」ジェラルドはゆっくり言った。「その金は、実際には、住民たちをおとなしくさせておくために、神父に払っている賄賂なのだな」(6)

当時の、アイルランドのカトリック神父の絶大な権力は、アラン島出身の小説家リアム・オフラハティー（一八九六―一九八四）の小説『アイルランド旅行者案内』（一九二九）にも如実に表現されている。これは、出産、結婚、葬式、その他ありとあらゆる機会において、カトリック神父は貧しい国民たちを不当に搾取していることを諷刺したエッセイ風小説である。ファーヒー神父は、オフラハティーが示すカトリック神父像にぴたりと当てはまる。

ファーヒー神父は、政治的扇動の罪で逮捕されたカトリック・ナショナリストの国会議員マイケル・マッカーティーの釈放を喜ぶ。マッカーティーは、たまたまジェラルドがクロガーへやって来る列車に乗り合わせ、プロテスタント土地地主の息子であるジェラルドを激しく罵倒する。ファーヒー神父は、マッカーティーと共に代表団を結成し、ジェラルドが相続した土地に向かい、貧しい農民たちを、相場以下の、安い地代で借地人として受け入れるよう迫る。ゴドフリーはジェラルドに、神父の偽善と強欲ゆえに、彼らの要求を無視するよう忠告する。ゴドフリーは、農民たちは相場以下の地代でさえ払うことができず、ファーヒー神父は彼らを結婚させ、赤ちゃんが生まれたら洗礼を施すことによって、不当な謝金を要求して、私腹を肥やすだけだと断言する。ゴドフリーの言葉は、オフラハティーの『アイルランド旅行者案内』の中の次の一節を想起させる。

人々が結婚適齢期になれば、神父は数ポンドの報酬で彼らを結婚させる。もし彼らが結婚しなければ、神父は報酬欲しさゆえに彼らをせかす。もし人々がクリスマスやイースターに十分と思われる献金をしなければ、神父は祭壇の上から彼らを罵る。人々が死ぬ時、神父は彼らを埋葬するが、その前に彼は死体にさらに税金を現金で科す。この税金は彼らのすべての親戚から取り立てられる。

人々が誕生のうぶ声を上げた時から、彼らの死体に墓土がかけられる時まで、彼らの行動と思想は神父の統制下にある。(7)

バーミンガムも、アイルランドのナショナリズムに共感を示す一方で、当時のカトリック神父たちの「暴虐と強欲と権利欲」を嫌悪し、彼らのことを、「恥も臆面もなくイギリス政府から賄賂を受け取っている偽善者」とみなした。バーミンガムの、カトリック神父たちに対する嫌悪は、『煮えたぎる鍋』の次の一節のうちに顕著に現れている。

アイルランドの神父たちは悪巧みし、嘘をつき、極貧の人々を脅し、いじめ、信じ難い税金を課してきた。しかし彼らは、人々の一生に関わり、本質的にはキリスト教の精神からはさほど掛け離れてはいない宗教を人々に教えてきた。そのような宗教は言葉だけでは教えられないはずだ。そのような宗教を授ける人物は、まず自らがそれを悟り、自らの心のうちに持たなければならない。ところが、そうでないのがアイルランド社会における最も不思議な謎だ。アイルランドを理解しようと努める人々のうちの一部は、カトリック神父と彼らの行いを見る。そして彼らはアイルランドを呪い、アイルランドに絶望するか、あるいはアイルランド人がいつの日かカトリック教徒でなくなることだけを願う。(8)

一方、この作品の中で、バーミンガム同様、プロテスタント・ナショナリストとして描かれているのが、主人公のジェラルドと、ナショナリスト政党のリーダーで、土地同盟の地元支部長のジョン・オニールである。オニールは、部分的には、チャールズ・スチュアート・パーネル（一八四六―一八九一）がモデルになっていると言われている。パーネルは、ウィックロウ州のプロテスタント土地地主の家庭に生まれながらも、ナショナリズムに共感を覚え、一八七九年には土地同盟総裁となり、翌八〇年にはアイルランド・ナショナリスト党党首となった。ジェラルドはオニールの忠告に従い、ファーヒー神父の率いる代表団に対して、それ相応の地代が支払える農民だけに土地を貸す用意があることを伝えた。これに怒った神父は、土地同盟の集会でジェラルドを糾弾し、住民たちを扇動し、ジェラルドに刃向かわせようと試みた。しかし、神父は、彼の率いる代表団の要求を却下するようジェラルドに忠告したのは土地同盟支部長のオニールであることを知って、驚愕した。そして住民たちは、ジェラルドの呈示する金額は決して不当でないと判断し、オニールを応援した。神父は演壇に上がり、熱弁をふるい、住民たちのオニールに対する賞賛を制止しようとしたところ、住民たちのうちのひとりが演壇にぶつかり、神父はぶざまに地面に転げ落ちた。ここはファーヒー神父が最も愚弄されている場面である。

「残念なことに」ジョン・オニールは言った。「ファーヒー神父はお怪我なさいました。私たちは、神父の、残りの、間違いなく興味深い演説を聞く機会を逸してしまいました」オニールは、彼の敵が血を吐き出すのを見た時、口元にうすら笑いを浮かべ、付け加えて言った。「演壇がもっと頑丈でしたら、神父の演説はもっと長かったかもしれません」
神父の格好はぶざまそのものだった。ひどく刺激的な出来事に対しては、なんらかの笑いが起こるものだ。誰かがクックックッと笑った。ファーヒー神父はあたりを見回した。こらえようとしている、あるいはこらえ切れない笑いがすべての人々の顔にはあった。(9)

バーミンガムは『スペインの黄金』(一九〇八)を機にユーモア小説に転向するが、ここの、オニールの言葉のうちには、バーミンガムの後のユーモア小説の萌芽が見られる。オニールは、ジェラルドに、自分の率いるナショナリスト政党の候補として国会議員選挙に出馬して欲しいと依頼する。そしてジェラルドは承諾する。しかしファーヒー神父は彼らへの復讐をたくらむ。オニールとジェラルドは、雨の中、クロガーの隣町ロスへ政見演説に向かう途中、警官隊に行く手を阻まれる。オニールは、ずぶ濡れになりながら、バリケードを突破しようとするが失敗に終わる。オニールは、二人の農夫が家畜を率いてロスの市場からクロガーに戻っているのに出会い、彼らにロスに戻って、自分たちの政見演説を聞きに来るよう、人々に呼びかけて欲しいと依頼する。しかし、ひとりの農夫が、ファーヒー神父と他の神父たちが、人々が町から出られないよう朝から見張っていると教える。そして警官のうちのひとりが、同情を込めてジェラルドに、神父たちの権力がいかに絶大で、彼らと戦ってもいかに勝ち目がないかということを語る。

あなたは、あの農夫が神父たちについて言ったことを聞いたでしょう。神父たちはあなたに絶対集会を開かせはしませんよ。私は、四〇年間で、アイルランドの南も西も知り尽くしました。断言しますが、神父たちと戦っても無駄です。戦いを挑んだ者は、すべて敗れて屈服しています。[10]

オニールは、この陰謀は、イギリス政府と、彼らから賄賂を受け取っている神父たちの共犯の仕業に違いないとみなし、敗北を認めようとせず、戦いの続行を決意する。しかし彼は肺炎にかかり死亡する。そしてジェラルドは、アイルランド独立のために戦うことを諦め、政治の世界から身を引く。

バーミンガムが切望したのは、ジェラルドやジョン・オニールのような、アングロ・アイリッシュのプロテスタント上流階級の導きによって、アイルランドの独立が達成されることであった。彼は、それを阻むのがユニオニストたちであり、神父を頂点とするカトリック・ナショナリストの権力組織であるとみなしていたようだ。一九二二年、バーミンガムの夢は、南の二六州から成るアイルランド自由国の成立という形で半ば実現した。しかし北アイルランドの六州はイギリスに残留した。そして、アイルランド自由国成立後もカトリック神父の絶大な権力は厳然として残った。オフラハティーは、『アイルランド旅行者案内』のうちで、「神父は、事実上、あらゆる個人の肉体と精神の支配者である」と述べて、当時のカトリック神父の絶大な権力に言及している。この、南のアイルランドにおけるカトリック教会の絶大な権力に対して、北アイルランドのユニオニストたちは批判を浴びせ続けてきた。その最たる例が、連合王国派ユニオニスト党の党首ロバート・マッカートニーが『アイルランドにおける自由と権威』（一九八五）のうちで述べている見解である。彼は、南のアイルランドではカトリックの教義が国の憲法に組み込まれているために、離婚、妊娠中絶といった個人の自由を行使することが非合法とされていると批判したうえで、北アイルランドは「多元的文化国家」であるイギリスに属しているがゆえに人々は自由を謳歌できるのだと、北アイルランドとイギリスの連合を弁護する。

グレート・ブリテン及び北アイルランド連合王国は、確かに欠点はあるが、多元的文化国家である。そこに住むことを選択した数百万人のカトリック教徒及び、彼らのアイルランドの同胞は一切抑圧を受けることはなく、真の意味で、いかなる社会的、政治的不遇を被ることもない。(11)

南のアイルランドでは離婚は一九九五年に認められるようになったが、妊娠中絶はまだ条件付きでしか認められていない。マッカートニーが指摘する通り、国の憲法、法律が特定宗教の教義とは結びついていないこと、いわゆる「政教分離」が現代国家の条件であり、その意味では南北統一を拒むユニオニストたちの論理には一理あるかもしれない。しかし、「北アイルランドのカトリック教徒は差別を受けていない」というマッカートニーの断定は決して正しくない。アイルランドを征服したイギリスのプロテスタント・ユニオニストたちは、一七世紀後半から一連の刑罰法でプロテスタント以外の宗教信仰を禁止し、カトリック・ナショナリストたちを苛酷に弾圧した。そして南のアイルランド独立後も、北アイルランドでは、プロテスタントのカトリックに対する長年の差別抑圧が続き、一九六九年の北アイルランド紛争勃発につながったのである。ユニオニストたちは、過去の自分たちの悪行を棚に上げて、カトリック教会を「独裁主義」と一方的に非難し続けてきた。

『煮えたぎる鍋』は、ナショナリズム、ユニオニズムの正当性について考えさせると同時に、プロテスタント＝ユニオニスト、カトリック＝ナショナリストという常識を破ることの難しさを実感させる。同時にこの作品は、現代の北アイルランドの状態を予言する、非常に意味の深い結末を迎える。政治の世界から身を引くことを決意したジェラルドは、『批評人』の編集発行者デズモンド・オハラに、彼の苦悩を書き送り、オハラが同紙上でそれに答える。まずオハラは、当時のアイルランド情勢を「煮えたぎる鍋」にたとえて、旧約聖書中の予言者エレミアの、「煮えたぎる鍋が見えます。北からこちらへ傾いています」(12)という言葉を引用する。ここで、オハラは、特に北アイルランドにおいてナショナリストとユニオニストの対立が激しいことを、メタフォリカルに述べている。そして、未来の世代のためにアイルランドの独立を目指して戦い抜くことの重要性を、この「煮えたぎる鍋」を引き合いに出して、次のように語る。

その時、悪臭を放って表に溢れだすのは浮きカスで、多分、君はそれで手足をやけどすることになるだろう。しかしその鍋の中には栄養たっぷりのものが含まれているのだ。それは、大人に成長する「子供たちのための」夕食かもしれない。人間を強くするための食べ物かもしれない。（中略）よどんだ水たまりのそばよりも、煮えたぎる鍋のそばに座っている方がずっとましだ。親愛なるG・G、できればこの鍋を煮えたぎらせ続けようではないか。この、我らが愛するアイルランドのために、人々を思想と野望の行動に駆り立てるべく、我々の小さな役目を果たそうではないか。我々の足の指先がやけどしても、手の指が汚れても、勇敢に耐えようではないか。不快な臭いがするとしても鍋の中にはおいしい食べ物があるということを覚えておこうではないか。(13)

このオハラの言葉は、バーミンガム自身の思いを代弁していると言えよう。バーミンガムは、彼自身も含めて、人々が戦い続けて、いつの日かアイルランドがイギリスから完全独立を勝ち得ることを夢見たのだろう。しかし北アイルランドは、イギリスに残留し、今日なお「煮えたぎる鍋」の状態である。オハラはこの後で、「時々、私はあまり希望を持てないことがある。というのは、鍋はごた混ぜの状態で煮えているからだ。しかし、親愛なるG・G、我々は希望を持つべきだ」と続ける。これは、カトリック・ナショナリストとプロテスタント・ユニオニストの対立が未だ根深く続く、今日の北アイルランドの状態を的確に予言している。バーミンガムがこの作品を通して最も強く訴えたかったのは、たとえどんなに困難であろうとも、人々はアイルランド独立のために戦い抜くべきだということだったのではないだろうか。しかしこの作品を読んだ当時の人々は、バーミンガムの、カトリック・ナショナリズムの権威に対する非難のみに印象づけられ、彼の意図を誤解する。次作『ハイヤシンス』の出版によって、人々のバーミンガムに対する誤解はますます増幅し、彼はゲーリック・リーグからの脱退を余儀なくさせられる。

アイルランド問題をめぐってのバーミンガムの苦悩、カトリック・ナショナリストとプロテスタント・ユニオニストの対立の根深さは、第二作『ハイヤシンス』のうちにも色濃く描き出されている。主人公ハイヤシンスがアイルランド愛国主義者からエグザイルへと変貌する過程を辿ることにより、ユニオニズム、ナショナリズム双方が抱える問題を探ってみたい。

一八五〇年頃、イギリス政府による、アイルランドのカトリック教徒たちをプロテスタントに改宗させようという運動があった。エネアス・コネアリイはそれによってカトリックからプロテスタントに改宗し、アイルランド西部の町キャロウキール（ゴールウェイ州）でプロテスタント聖職者として宣教運動に身を捧げた。しかし彼の努力は実を結ばず、挫折した。彼は、その罪滅ぼしにと、彼の子供に、宣教運動のパイオニア、指導者であったハイヤシンスという人物の名を付けた。ハイヤシンスは、プロテスタントの聖職者を目指して、彼の父親も学んだダブリン・トリニティー大学の神学部に入学する。故郷の町を去る前、父親はハイヤシンスに言う。

「おまえが神学部で何を教わるか、わしには分からない。わしはそこで学んだことはとうの昔に全部忘れてしまったが、その知識が惜しいなどとは思ったこともない。今にしてみると、わしがそこで教わったことが、神を知るうえで何かの役に立ったとは思えない」(14)

ハイヤシンスの父親の宣教活動失敗を通して、バーミンガムは、彼自身プロテスタント教徒だったとはいえ、自国の宗教をアイルランド人に押し付けようとするイギリスの傲慢さを非難しているように思える。ハイヤシンスは、イギリス人を、「アイルランドの土を踏んだ新たな外国人」と見なし、彼らのアイルランド支配を憎悪した。トリニティー大学入学後、ハイヤシンスは学生の祈祷集会に招かれるが、そこで彼は、驚きと、ほとんど恐怖に近い思いで、プロテスタント・ユニオニストたちの「この上ない帝国主義思想」に接する。あるユニオニストの聖職者が、イギリスを、文明の開拓国、プロテスタント宣教活動育ての国であると賞賛し、ボーア戦争で戦うイギリス軍と、イギリスによるボーア植民地支配を支持する演説を行う。この演説はハイヤシンスを当惑させた。なぜなら彼は、ボーア人も、アイルランド人同様に、イギリスから苛酷な仕打ちを受け続けてきたと信じ、彼らに同情を寄せていたからである。ハイヤシンスは、この祈祷集会の幹事に、自分はボーア戦争でのイギリスの勝利を望んでいないので、集会には二度と出席しないと告げる。他の学生たちは、ハイヤシンスの、アイルランドのナショナリズムに対する共感を知った後、彼との交際を避け、彼が住む寮の部屋の外で彼を誹謗する歌を歌う。彼は、イギリスからアイルランド総督が大学を訪れた時、帽子を脱いで挨拶をすることを拒否し、一部の学生たちから殴り倒される。この出来事を機に、ハイヤシンスは、大学は欠席がちになり、ナショナリズム運動へと傾倒していく。これは、バーミンガムが、ウェストポートの牧師館赴任後、青年アイルランド党詩人の文学作品を賞賛したがゆえに、プロテスタントの友人たちから嫌われ、ナショナリズムに傾倒していった過程を思い起こさせる。ハイヤシンスは、通称フィオナこと、オーガスタ・グールドという戦闘的女性が指揮するナショナリストの地下秘密組織に加入する。彼女のモデルはモード・ゴン（一八六六—一九五三）だという説が一般的だが、この名の女性が実在していたという説もある。(15)

しかし、ハイヤシンスとこのナショナリスト組織との係わりは、ナショナリズムに対する彼の幻滅を引き起こすきっかけとなり、彼は最終的にはエグザイルになるのである。

フィオナは、ボーア戦争でイギリス軍と戦う志願兵を募っていた。彼女の真の望みは、ボーア人を助けるということではなく、「イギリス人を傷つける」ということだった。ハイヤシンスも志願兵として名乗り出るが、フィオナは彼を拒否する。戦争で戦う兵士になるためには、彼らの指揮官であるアルバート・クインのような「ごろつき」でなければならないから、という理由だった。クインは、ハイヤシンスの高尚な動機を賞賛するが、「日曜学校の教師」のような、高尚な、口先だけの人間だけで軍隊を結成することは不可能だとハイヤシンスに告げる。ハイヤシンスは失望し、ダブリンを去る。

その後、ハイヤシンスは、異なる形でアイルランドのナショナリズムのために尽くそうと決意し、アルバート・クインの兄ジェイムズがメイヨー州バリモイ（ウェストポートがモデルであると考えられる）で経営する毛織物工場に就職する。ハイヤシンスは、営業マンとして、彼の工場が生産する国産の毛織物製品を売ることにより、アイルランドの産業復興に寄与したいと考えた。しかし彼の愛国主義は、ふたりの偽善に満ちた呉服店経営者との出会いにより、挫折を味わう。彼らのうちのひとりで、「アイリッシュ・ハウス」という店を経営するオレイリーは、「国産品を買おう。イギリスを呪いながら、なぜイギリス製品を買うのか」と、愛国心をあおり立てる広告を出している。そしてハイヤシンスは、彼の工場の製品を仕入れてもらうためオレイリーの店に行く。しかし、実は、オレイリーは、あるイギリスの工場から毛織物を安価で仕入れ、それらをアイルランド製と偽って販売していることをハイヤシンスは知る。もうひとりの毛織物店主ダウリングも同様の偽善者である。彼はゲーリック・リーグの集会で愛国心に満ちた演説を行い、その中で、彼の同業者がスコットランドの新聞に女性店員の募集広告を出していることを非難し、イギリス製品を販売したり、スコットランドの店員を雇っている店では買うのを止めようと、声高らかに訴える。しかし、ハイヤシンスがダウリングの店を訪れた時、明らかにイギリス製と分かる品物が置かれてあった。そして彼はハイヤシンスを、「汚らわしいプロテスタント」と罵った。オレイリーもダウリングも、「政治とビジネスは別物」という偽善的見解の持ち主だった。

ハイヤシンスの愛国主義にもうひとつの大きな打撃を与えたのは、修道院が経営する、政府から資金援助を受けながら操業している、彼のライバル工場だった。彼はたまたま、その工場を辞めてもっと良い職を求めてアメリカに移住しようとしているふたりの女性に会った。彼は、彼の工場は相場賃金で従業員を雇っているのに対し、その修道院経営の工場は、政府から資金援助を受けているにもかかわらず、従業員を最低賃金で酷使し、製品を安価に卸していることを知る。そのおかげでハイヤシンスの工場は倒産し、彼は仕事を失うのだった。

最初はプロテスタント・ユニオニストたちの傲慢さに憎悪を感じ、次いでカトリック・ナショナリスト上層階級の人間たちの偽善に失望し、ハイヤシンスのアイルランドに対する希望は失せかけた。そして彼のナショナリズム思想に決定的打撃を与えたのは、プロテスタント牧師キャノン・ビーチャーの言葉だった。ハイヤシンスは彼の娘マリオンと恋人同士の仲になり、結婚の承諾を得るため、牧師のもとを訪れる。ここでハイヤシンスは、牧師が、アイルランドに関しては、彼とはまったく異なる見解を持っていることを知る。ハイヤシンスにとって、彼のナショナリズム思想、愛国主義を鼓舞しているのは、「イギリスと、そして全てのイギリス的なものに対する嫌悪」だった。しかし、牧師はハイヤシンスに、憎しみを人生の糧としながら、同時に神に対して忠実であろうとすることは不可能だと指摘し、真のキリスト教徒であるためには己の敵を愛することが必要だと説く。そして、「あなたはどちらが良い側でどちらが悪い側か、どちらがあなたの指揮者でどちらがあなたの敵か、自信を持って言い切れるか」と問う。このように、牧師は、ナショナリスト、ユニオニスト、どちらが正しいかは一概に言えないことを遠回しに述べる。牧師の言葉が真実だと悟ったハイヤシンスは、アイルランドを去り、イギリスで聖職者として働くことを決意する。彼がイギリス行きを選んだのは、アイルランドに対する希望と夢を忘れるためだった。彼は、このエグザイルとしての旅立ちを、「昔の情熱を裏切ったことに対する一種の償い」と見なした。

バーミンガムと親交があった歴史上の人物の中に、政治家ホレイス・プランケット（一八五四―一九三二）がいた。彼も、バーミンガム同様、プロテスタント・ユニオニストの家庭出身だったが、ゲーリック・リーグに共感を示し、アイルランドのナショナリズムを支持した。彼はバーミンガムに、『ハイヤシンス』の批評を手紙で書き送って、次のように述べた。

私は、作品全体を通して君が示している見解は非常に優れていると感じた。君自身の教会（アイルランド国教会）とダブリン・トリニティー大学に対する批判、そしてローマ・カトリック教会に対する批判は良く釣り合いが取れている。第二〇章のハイヤシンスとキャノン・ビーチャーの会見は、この作品の中ではもっとも優れた描写のひとつだと私は思う。(16)

確かに、『煮えたぎる鍋』はカトリック・ナショナリズムの権威に対する一方的批判であったのに対し、『ハイヤシンス』にはナショナリズム、ユニオニズム双方に対する批判が見られる。そしてビーチャー牧師が、双方に加担しない、もっとも冷静な人物として描かれている。バーミンガムは、当時、ナショナリズムを支持していた。しかし、彼はプロテスタント・ユニオニストの家庭出身だったがゆえに、ナショナリズム、ユニオニズムをめぐっての葛藤があったように思われる。そして、『煮えたぎる鍋』同様、バーミンガムはこの作品を通して、アイルランドの独立達成がいかに困難であるかを示したと言えよう。しかし、プランケットは、同じ手紙の中で、「君はローマ・カトリック教の幹部組織から激しく攻撃されることになるだろう」と予言した。彼の予言は的中し、両作品は大きな論争を巻き起こし、バーミンガムはゲーリック・リーグを脱退せざるを得なくなる。

さらに、それから八〇年余りを経てバーミンガム論争は再燃することとなる。その論争の種を蒔いたのは、一九八八年、ロイ・フォスター『現代アイルランド――六〇〇年から一九七二年――』の出版だった。これは、従来のナショナリズム史観を改め、ユニオニズムの正当性を認めるアイルランド歴史修正論を打ち立てた著作で、その中でフォスターはバーミンガムのゲーリック・リーグ脱退を引き合いに出し、ナショナリズムの偏狭さと排他性を糾弾した。

一九世紀から二〇世紀の変わり目における文化復興がかもし出した感情は、基本的には宗派的で、人種差別主義的でさえあった。ゲーリック・リーグ内の強硬派は、英語で書かれた文学は非国民的かつプロテスタントのものであるとみなした。愛国主義とはゲール語主義であり、精神的にカトリック的なものをさした。(中略)この時期からダブリン城周辺に張りついて、「西のイギリス」で大志を抱く者たちに対して、非難中傷合戦を繰り広げたダブリンのジャーナリストたちの罵詈雑言は、非常に力強いものがあった。(中略)彼らの、真の意味で不当な犠牲者たちは、アイルランド国民劇場の名士たちか、あるいは一九〇六年にアイルランド国教会聖職者として堂々と正体を明かし、ゲーリック・リーグの彼の同僚たちから追放された、辛口の、バーナード・ショー的小説家ジョージ・バーミンガムであった。(17)

このフォスターのゲーリック・リーグ批判をめぐって、一九九二年から九四年にかけて『アイリッシュ・タイムズ』紙上を中心に論争が巻き起こった。論争者のうちのひとりで、ナショナリズムを擁護するブライアン・マーフィーは、「一九〇六年には、既にバーミンガムはアイルランド国教会聖職者であることは知られていた。そしてこの二つの小説の出版後にゲーリック・リーグの幹部に選出された」(18)と述べ、ゲーリック・リーグを、排他主義的であったためしなどないと弁護した。続けて彼は、「アイルランド島に存在する二つの民族、二つの文化、二つの宗教に対する敬意は、これらの相違はひとつの国家という形の中で最善の融和が図れるという認識のことだ」(19)と述べ、アイルランドの南北統一を支持する見解を述べた。マーフィーが言うように、一九〇六年には既にバーミンガムはプロテスタントのアイルランド国教会聖職者として知られていたというのは事実である。しかし、『煮えたぎる鍋』の出版はセンセーションを起こし、著者ジョージ・A・バーミンガムは一体誰かということが人々の話題に昇った。そして、それがアイルランド国教会聖職者で、ゲーリック・リーガーのジェームズ・オウエン・ハニーであることが判明すると、大きな騒動に発展した。ウェストポートのあるカトリック神父は、自分がこの作品に出てくる神父のモデルで、中傷されたと勘違いし、住民たちを扇動し、バーミンガムを誹謗した。彼らは、バーミンガムの家の外で、中にいる彼を罵倒する言葉を吐きかけ、彼の肖像画に火を付けて焼いた。これは、『ハイヤシンス』の中で、トリニティー大学の学生たちが、ハイヤシンスに、彼の寮の外から、彼を罵倒する言葉を吐きかけるシーンを思い起こさせる。そして『ハイヤシンス』の出版で、バーミンガムはさらに多くのゲーリック・リーガーたちを敵にまわし、この作品が出版された一九〇六年、幹部役員に選ばれたとはいうものの、翌一九〇七年、自らゲーリック・リーグを去ることを決意する。以後、ゲーリック・リーグは、創始者ダグラス・ハイドの意図に逆らって、アイルランド独立運動を推進する戦闘的組織へと変貌し、一九一六年のイースター蜂起では中心的役割を演ずるようになる。しかし、このゲーリック・リーグの変貌は、『ハイヤシンス』にも描かれている、当時のイギリスのアイルランドに対する苛酷な仕打ちを振り返った時、ある意味では、当然の成り行きではなかっただろうか。したがって、フォスターのように、ゲーリック・リーグの当時の宗派主義を一概に非難することは妥当ではない。しかしまた、カトリック・ナショナリスト対プロテスタント・ユニオニストとますます二極化していった「民族、文化、宗教」が、マーフィーが言うように、南北統一アイルランドから成る「ひとつの国家という形」の中に組み込まれることが必ずしも最善とは思われない。

しかし、同時に、マーフィーは、「バーミンガムのゲーリック・リーグ脱退事件をめぐる、これらの論争を巻き起こした出来事を正しく理解することは非常に重要である。なぜなら、それは、北アイルランドの存在が正当か否かの問題と密接に関わっているからだ」[20]と述べ、バーミンガムの小説が北アイルランド問題を考える上でいかに重要かを指摘している。バーミンガムとゲーリック・リーグを巡る一連の論争は、彼の小説の歴史的重要性と現代的意義を証明したと言えよう。バーミンガムの第四作目に当たる『北の鉄人たち』は、彼の、ナショナリズム、ユニオニズムを巡ってのさらに複雑な葛藤を示すと同時に、今日の北アイルランド問題を考える上で、取り上げられるべきもうひとつの示唆に富んだ作品である。

『北の鉄人たち』(一九〇七)と一七九八年蜂起
―過去が教える現在の北アイルランドの姿―

ウルフ・トーン(一七六三―一七九八)が主導したユナイテッド・アイリッシュメンの独立革命は、通常、一七九八年蜂起と呼ばれている。一九九八年はこの独立革命の二百周年に当たり、この年、南のアイルランドのリマリック大学で行われた国際アイルランド文学研究協会世界大会のテーマは、「一七九八年から一九九八年へ―過去を見つめ、現在を見直す」であった。[21] 一七九八年蜂起を描いた小説は多い。南のアイルランド関係の作家では、マライア・エッジワース(一七六七―一八四九)の『アンニュイ』(一八〇九)と『オーモンド』(一八一七)、チャールズ・ロバート・マチューリン(一七八〇―一八二四)の『ミレシウスの族長』(一八一二)、モーガン夫人(一七七六?―一八五九)の『オブライエン一族とオフラハティー一族』(一八二七)、ジョン・バニム(一七九八―一八四二)、マイケル・バニム(一七九六―一八七四)の合作『密告されし者』(一八三〇)、スティーブン・グイン(一八六四―一九五〇)の『ロバート・エメット』(一九〇九)、コルム・トイビーン(一九五五

―）の『燃え盛るヒース』（一九九二）などがある。そして北アイルランド関係の作家では、ジェイムズ・マクヘンリー（一七八五―一八四五）の『反乱指揮者オハロラン』（一八二四）、サミュエル・ロバート・ケイトリー（一八五九―一九四九）の『槍兵』（一九〇三）、サム・ハンナ・ベル（一九〇九―一九九〇）の『剣を振る男』（一九七三）、トマス・フラナガン（一九二三―）の『フランス人の年』（一九七九）などがそうだ。[22]そしてもうひとつ、このリストに加わるのが、バーミンガムの『北の鉄人たち』である。

ブライアン・テイラーは、『ジェイムズ・オウエン・ハニー（ジョージ・A・バーミンガム、一八六五―一九五〇）の生涯と著作』（一九九五）の中で、『北の鉄人たち』の価値について、「一九〇七年当時、アイルランドの歴史の中ではあまり知られていなかった部分に関する物語で、バーミンガムはそれをまるで少年の冒険物語のように見事に語っている」[23]と述べている。確かに、一七九八年蜂起といえば、主要舞台となった南のアイルランドのウェックスフォード周辺に関する歴史記述が多く、北アイルランドでの戦いに関する記述は少ない。同時にこの作品のもうひとつの価値は、『煮えたぎる鍋』と『ハイヤシンス』同様、バーミンガムの、ナショナリズム、ユニオニズムに対する複雑な見解を示しており、今日の北アイルランド問題を考える上でも意義があるということだ。ヒルダ・アン・オドネル『キャノン・ジェイムズ・オウエン・ハニー（ジョージ・A・バーミンガム）の小説研究』（一九五九）は、ベルファースト・クイーンズ大学から修士号を授与された、示唆に富む論文である。[24]その中で彼女は、『北の鉄人たち』と、ケイトリーの『槍兵』、グインの『ロバート・エメット』とを比較検討し、バーミンガムの作品が人間の心と感情の動きに関してより確かな洞察力を示しているが故にもっとも優れている、と論じている。ここでは、『北の鉄人たち』の登場人物たちの心と感情の動きを辿りながら、オドネル説の正しさを証明したい。

この小説の舞台は、一八世紀後半のアントリム州の海岸町である。主人公ニール・ウォードは、かつてアイルランド独立のために戦ったプレスビテリアン教徒の牧師ミカー・ウォードの息子だった。プレスビテリアンは、プロテスタントの一派であり、多くはスコットランドから北アイルランドに移住して来た。ウォード家の隣りには、アングロ・アイリッシュの貴族ダンスヴェリック卿と、その家族が住んでいた。ダンスヴェリック卿は、イギリスの支配下にあるが、自治権が与えられている当時のアイルランドに満足していた。彼の息子モーリスと娘ウナは、父親同士の政治信条の違いにもかかわらず、ニールと親しい仲だった。ニールとモーリスとウナの三人がアントリムの海岸に魚釣りに行った時、たまたまアメリカから帰国してきたニールの伯父ドナルド・ウォードに出会った。彼は、かつて異教徒刑罰法によりイギリスから差別迫害され、アメリカへ移住したプレスビテリアン教徒のひとりだった。アメリカで、彼は独立戦争に参戦し、アメリカがイギリスから独立を勝ち得るのに一役買った。彼の帰国の目的は、再びイギリスと戦うことで、今度は、アイルランドの独立のためにイギリスと戦うことだった。ニールは、ドナルドから、アメリカ独立戦争でアルスター出身のプレスビテリアン教徒たちがどれほど大きな役割を果したかを聞かされ、興奮を覚える。

ドナルドは、ニールの父親に向かって言う。「ミカー、誰も我がアイルランド民族を打ち破ることはできない。鉄人たちを、青銅でできた人間たちを」それに対して、ニールの父親は、すかさず旧約聖書の「エレミア書」第一五章一二節を口にする。「鉄は砕かれるだろうか、北からの鉄と青銅は」(25) すなわち、彼は、北アイルランドの人間たちが特に頑強な、打ち破ることができない鉄人であることを強調しているのだ。これがこの作品のタイトルの由来であり、「北の鉄人たち」とは、一七九八年蜂起でアイルランド独立のために戦う主人公ニール・ウォード、彼の父親ミカー、伯父ドナルドたちである。そしてこの作品には、ジェイムズ・ホープ(一七六四―一八四六?）、ヘンリー・ジョイ・マクラケン（一七六七―一七九八）といった、実在した歴史上の人物たちも登場するが、彼らも「北の鉄人たち」のうちに数えることができよう。[26]

ダンスヴェリック卿は、ニールと彼の父親に、すでに彼らの名前は反乱容疑者のリストに挙げられているので蜂起には加わらないようにと警告する。ダンスヴェリック卿とニールの父親とドナルドの三人は、彼らの政治見解について論争する。ダンスヴェリック卿は、自治権が与えられた当時のアイルランドをすでに「独立国」と見なし、もしふたりが反乱を企てたならば、自治議会の庇護を受けて復興したアイルランドの商業と産業は壊滅し、アイルランド中が死体で埋め尽くされることになるだろうと彼らに警告する。ダンスヴェリック卿は彼らに言う。

もし君たちが失敗したら、きっと失敗するだろうが、君たちはアイルランドをイギリスの思うつぼに陥れてしまうことになるだろう。アイルランドの貴族たちは震え上がり、一般国民は怯え切ってしまうだろう。私たちは腹黒いイギリス人たちの恰好の餌食になるだろう。イギリスは、私たちがすでに手にしている、やっと苦労して勝ち得た現在の独立を私たちから奪い取ってしまうだろう。アイルランドは、独立主権国家ではなくなり、イギリス帝国の卑しむべき一属州になって、永遠に這い上がれなくなるだろう。[27]

ブライアン・テイラーは、ダンスヴェリック卿はバーミンガムが理想としたアングロ・アイリッシュ像であり、バーミンガム自身の政治信条を代弁していると述べる。[28] 確かに、ダンスヴェリック卿は、ある意味では、バーミンガムがアイルランドの指導者になって欲しいと願ったアングロ・アイリッシュの貴族の姿を具現していると言えよう。しかし、ダンスヴェリック卿が「独立国家」と見なして満足していた当時のアイルランドと、バーミンガムが思い描いていた理想のアイルランド像は違う。ダンスヴェリック卿の時代のアイルランドは、一七八二年に誕生したいわゆる「グラトン議会」と呼ばれる自治議会を持っていたが、多くの国民は、プロテスタント支配階級と同等の政治的権利は与えられておらず、依然貧しかった。バーミンガムの政治信条をもっと正確に代弁しているのはニールの父親、ミカー・ウォードであると言えよう。彼はダンスヴェリック卿に言う。

あなたはアイルランドのことを気にかけている。あなたが言うアイルランドとは、権力と特権を持ったただひとつの階級のことだ。わたしもアイルランドのことは気にかけている。しかし、私が言うアイルランドは、特定の貴族や上流階級のことではなく、アイルランド国民のための、金持ちばかりでなく貧乏な人々のための、プロテスタント教徒、非国教徒、そしてローマ・カトリック教徒、全ての人々のためのアイルランドだ。(29)

バーミンガムはまた、ドナルド・ウォードの口を通して彼の政治信条を述べる。ドナルドは、彼が戦ったアメリカ独立戦争とフランス革命を引き合いに出し、両国に自由をもたらしたのは人民の力であることを強調する。彼は感情を込めて次のように言う。

アメリカに自由の日をもたらしたのは人民の力だ。フランスでも人民の力が自由をもたらした。一体、アイルランドでは何が我々に自由をもたらすことを妨げるのだ。(30)

実際、アイルランドに自由をもたらすのを妨げたのは、『アイルランド略史』（一九七二）の著者クルーズ＝オブライエン夫妻の言葉を借りるならば、「ユナイテッド・アイリッシュメンのもろい結束力」[31]だった。彼らの反乱は「発作的」なもので、「格となる計画性に欠けるもの」であったとクルーズ＝オブライエン夫妻は指摘する。北アイルランドではプレスビテリアン教徒たちが中心になって、イギリスに対して起こした反乱であったのに対し、南のアイルランドではカトリック教徒たちが反乱の中心となり、プロテスタント教徒たちに対する宗教戦争の観を呈した。

バーミンガムは、ニールの父親とドナルドの口を通して、アイルランド完全独立の夢を表現すると同時に、ダンスヴェリック卿をこの作品の中ではもっとも思慮深い人物として描いている。彼の、ニールの父親に対する次の忠告は、バーミンガム自身の思いを代弁しているようでもある。

> 私は改革の必要性を否定したこともないし、否定したいとも思わない。（中略）しかし、私は何にもまして憲法への忠誠が必要だと思う。[32]

そして、ダンスヴェリック卿の、「反乱は失敗に終わり、アイルランドはイギリスの一属州に成り下がって這い上がれなくなる」という警告は、ニールの父親とドナルドが口にする反乱に対する狂信よりもずっと理性的で、説得力が感じられる。ダンスヴェリック卿は、『ハイヤシンス』に登場するプロテスタント聖職者キャノン・ビーチャーを思い起こさせる。彼は、ナショナリズム、ユニオニズムどちらが正当とは断言できないのでどの政府がアイルランドを統治しても構わないと言う。この時期、バーミンガムは、表向きはナショナリズムを支持していたが、実はナショナリズムとユニオニズムの間で葛藤していたのではないだろうか。ヒルダ・アン・オドネルの指摘のように、『北の鉄人たち』は、登場人物の心と感情の動きを赤裸々に描き出した、洞察力に満ちた作品と言えよう。また、ブライアン・テイラーが述べている通り、バーミンガムは、この作品を通して、一七九八年蜂起の精神を賛美する一方で、その失敗は、将来、アイルランドが問題を抱え込むことを促進しただけだという事実を示したと言えよう。(33)

『煮えたぎる鍋』と『ハイヤシンス』の出版と、バーミンガムのゲーリック・リーグ脱退との関連をめぐる論争において、ブライアン・マーフィーは、ゲーリック・リーグは元来宗派的ではなく、これらの小説が彼のゲーリック・リーグ脱退の原因になったのではないと主張する。ゲーリック・リーグは「元来は」宗派的ではないというマーフィーの主張は、前に取り上げた、バーミンガムの「ゲーリック・リーグは政治的か?」と題する講演の内容からも、そして創始者ダグラス・ハイドの次の声明からも、正しいと言えよう。

われわれが「アイルランドの非イギリス化の必要性」について語る時、イギリス人の最良のものを模倣することに対する反発を指すのではない。なぜならそのような反発は馬鹿げているからだ。そうではなく、アイルランド的なものを無視して、イギリス的なものなら何でも、即座に、がむしゃらに見境なく取り入れることの愚かさを示す、ということだ。

これは、当然、大多数のアイルランド人が国内的な視点から見ている問題だが、同時に、すべての知的ユニオニストたちの共感も得る必要がある問題だ。そして、私も知っている通り、実際、多くの人々の共感を得ている。(34)

しかし、アイルランドのイギリスに対する反発が深まり、独立運動が激化するにつれて、ゲーリック・リーグは、ハイドの意図に逆らって、カトリック・ナショナリストの宗派組織へと変貌し、一九一六年のイースター蜂起では中心的な役割を果たし、シン・フェイン党とIRAの誕生に寄与する。ロイ・フォスターはゲーリック・リーグが成立時から常に宗派的であり続けたと述べているのに対し、ブライアン・マーフィーはゲーリック・リーグが宗派的であったためしは決してないと反駁しているが、両者とも誤りである。ピーター・マリーは、バーミンガムとゲーリック・リーグを巡る論争に加わったもうひとりの論者である。マリーは、ふたりの過ちを指摘し、アイルランドのように宗教、政治の二極分化が深刻に進んでいる国ではゲーリック・リーグは当初の非宗派主義を貫き通すことは不可能だったと指摘する。(35) バーミンガムは、プロテスタント・ユニオニストの家庭出身で、アイルランドの宗教、政治の深刻な二極分化を目の当たりにして、完全にナショナリストになり切ることはできなかったのではないだろうか。そのことは、今までに論じた彼の三つの小説から、そして講演「ゲーリック・リーグは政治的か？」の中のエドワード・イギリス国王支持発言からも伺える。

『ハイヤシンス』、『煮えたぎる鍋』、『北の鉄人たち』の三作は、ナショナリズム、ユニオニズムどちらが正しいとは断言できないことを示している。そのことが、今日の北アイルランド問題の解決を困難にしている理由である。バーミンガムは、一九〇八年出版の『スペインの黄金』以降ユーモア小説に転向し、ナショナリストとユニオニストの対立をユーモラスに描き、双方の寛容な態度がアイルランド問題の解決には必要不可欠であることを訴え続ける。そのことは、世界各地で起きている紛争の解決にも当てはまる普遍の真実ではないだろうか。一九九八年の国際アイルランド文学研究協会世界大会のテーマは「過去を見つめ、現在を見直す」であった。バーミンガムの小説を読むことによって、われわれは過去を見つめ、現在を見直すことが可能である。バーミンガムの小説は、われわれに改めて現在に対する反省を促すのである。

バーミンガムのユーモア小説の普遍的意義
―『ジョン・リーガン将軍』（一九一三）と『ウィッティー医師の冒険』（同）を中心に―

バーミンガムは一八九二年から一九一三年までウェストポートに住んでいた。彼は、『麗しい地』の中で、この時期を振り返り、人々の彼に対する嫌悪にもかかわらず、彼は町と人々を愛していたと述べている。人々の彼に対する嫌悪とは次の出来事が考えられる。ひとつは、彼の結成した文学サークルの集会で青年アイルランド党詩人の作品を賞賛したがために、プロテスタント・ユニオニストたちから罪人呼ばわりされたこと。そして、『煮えたぎる鍋』出版後、あるカトリック神父が、彼がこの作品に出てくる神父のモデルであり、中傷されたと誤解して怒り、彼を支持する人々がバーミンガムを罵倒し、彼の肖像画を焼いたこと。そしてもうひとつは、『ジョン・リーガン将軍』の舞台劇が上演された時、人々は、カトリック神父とアイルランド女性を誹謗した作品だと激怒し、暴動を起こしたこと。これら一連の出来事を通して、彼はウェストポートを去らざるを得なくなったが、一九世紀末から二〇世紀初頭における、彼の、アイルランドの政治との関わりについて次のように述べている。

高い望み、輝くばかりの情熱、そして忌まわしい行為に満ちていたこの時期の歴史について書くのは私の務めではない。私にとって、これらすべてより偉大なものは「愛」であるということを学んだだけで十分だ。(36)

当時のアイルランドは、独立問題で大きく揺れ、一九一六年のイースター蜂起へとつながる激動と騒乱の時期だった。バーミンガムがこの時期のアイルランドの政治との関わりから学んだという「愛」は、『スペインの黄金』から始まる一連のユーモア小説のうちに如実に表現されている。『ジョン・リーガン将軍』にしても、人々はバーミンガムの意図を誤解して、騒動を起こしたものの、実際には、バーミンガムの、アイルランドに対する愛情と平和に対する願望が満ち溢れた作品である。

『ジョン・リーガン将軍』の舞台は、『ハイヤシンス』にも出てくる架空の町バリモイで、ウェストポートがモデルである。冒頭におけるこの町の描写が、すでに読者の怒りを招いたのではないだろうか。アイルランド西部にしては珍しく暑い、夏のある一日のことで、この町の活気のなさと人々の無気力ぶりを、バーミンガムは真実味を込めて描いている。警察署の警官たちでさえか、暑さと退屈さに辟易し、居眠りをしていた。この二人の警官は、若いモリアーティ巡査と年老いたコルガン巡査部長だった。モリアーティは起き上がり、定期市が行われる広場の方を見た。太陽は容赦なく照りつけていた。肉屋ケリガンの店の向かいに寝そべっている、白い太った犬以外、生き物の姿は見当たらなかった。バリモイでは、気温が華氏八〇度を越える暑い日には、定期市の立つ日以外、商売は完全にストップしてしまうのだった。彼は時間つぶしに歩いて、ナショナリストの新聞社『コナハト・イーグル』のオフィスの前で足を止めた。この新聞社の社長兼編集長のサディウス・ギャラガーに関するバーミンガムの描写は、アイルランドのナショナリストを嘲笑したものだと読者は誤解したのかもしれない。

ドアは閉められ、窓のブラインドは下ろされていた。空想的な人間ならば、編集長サディウス・ギャラガー氏は、デスクに向かって、土地地主たちに対する激しい攻撃のペンを走らせているか、あるいは、灼熱の温度もものともせず、アイルランド党を批判する者たちすべての、これ以上ない邪悪さを暴露しているのだと想像したかもしれない。しかしモリアーティ巡査は現実的な性質の人間だった。彼は、サディウス・ギャラガーは、上着も肌着も脱ぎ捨てて、両足をオフィスの机の上に放り投げて眠りこけているだろうと思った。(37)

ここで言う「アイルランド党」とは、一八八二年にチャールズ・スチュアート・パーネルが、アイルランドの自治獲得を目指して結成した議会政党「ナショナリスト党」がモデルになっていると思われる。

モリアーティ巡査はさらに歩き、やはりナショナリストで、当時イギリスの直轄下にあったアイルランド警察に対する、敵意に満ちた批判者であるドイルが経営する「帝国ホテル」まで行った。ドイルは、イギリスに対して憎しみを抱いていながら、なぜ自分の経営するホテルに、「帝国ホテル」という名を付けたのか。豪華ホテルのイメージを与えることによって、宿泊客を引き寄せることをもくろんだのか。『ハイヤシンス』における、「政治とビジネスは別物」という考えの、偽善的な二人のナショナリストの呉服店経営者を連想させる。ドイルもまた暑さに辟易し、ホテルのバーで居眠りをしていた。モリアーティ巡査はさらにホテルの裏庭まで足を延ばした。そこは極端に不潔な場所で、片隅には肥料の堆積があり、別の片隅には豚小屋があった。モリアーティ巡査は、豚小屋のフェンスに腰を下ろし、アイルランド古謡「キャスリーン・マヴォルニーン」を口ずさんだ。すると、可愛らしいが、「その裏庭とほとんど同じくらい不潔」というでたちの娘が現れた。ホテルのメイド、メアリー・エレンだった。こやしの入ったバケツを抱え、それが脇からこぼれ落ち、彼女のスカートを汚していた。この小説の舞台劇を見た観客が、「アイルランド女性を誹謗した」と誤解し、騒乱を起こす元となった少女である。

この活気のない町に、大富豪とおぼしきアメリカ人が大型乗用車で乗りつけて来て、ドイルのホテルに宿泊した。彼はホレイス・P・ビリングと名乗り、アメリカの新聞業界の重鎮で、アメリカの新聞社の三分の二を所有していると自己紹介した。彼は、同業のギャラガーにこの町を訪れた意図を話す。彼は、このバリモイの町に生まれ後に南米ボリビア共和国の独立解放のために戦った「ジョン・リーガン将軍」の伝記を書くのが目的で、取材に訪れたと言う。そして、将軍の像がこの町のどこかに建てられているはずで、それを見学したいと言う。しかし、ドイルも、ギャラガーも、この町の他の誰もジョン・リーガン将軍など知らない。そこに登場したのが、この町でただひとりの医者、ルシウス・オグラディー医師だった。彼は、町の病人を診療するだけでは十分な稼ぎを得ることができず、常に貧乏で、ドイル、ギャラガー、肉屋のケリガン、その他町の多くの人々に借金をしていた。バーミンガムは、オグラディー医師の人柄を次のように描写する。

オグラディー医師は、陽気で、人生に対して喜びに満ちた自信を持っていた。彼は、近い将来、何か大きな幸運が訪れるだろうと、たとえば、恐らく致命的な伝染病がバリモイの全住民を彼の診療所に送り込むことになるか、あるいは新しい保険法のもとで仕事ができるようになるだろうと確信して、持っている金はすべて、いや、それ以上の金さえも使っていた。

あとさきのことを考えない、まさに彼の人間性そのものが、また、彼をこの上ない人気者にしていた。誰

もが彼を気に入っていた。彼に金を貸している人々でさえか、彼にきつい言葉を使うのが難しかった。(38)

彼は、『スペインの黄金』のJ・J・メルドン牧師、『ウィッティー医師の冒険』のウィッティー医師と同様、陽気で、楽天的で、エネルギーに満ち溢れ、カトリック・ナショナリストたちとプロテスタント・ユニオニストたちの融和と、彼ら共通の利益のために尽力する。彼もまたジョン・リーガン将軍のことなどまったく知らないが、「市議会は銅像建設を討議中だ」とビリングに堂々とウソをつき、完成のあかつきには寄付をビリングに約束させる。彼は、ビリングを欺くために町の住民たちを総動員する。これは、近年ヒットした映画『ウェイクアップ、ネッド!』(一九九七)を連想させる。アイルランドの小さな村が舞台で、ある老人が、途方もない金額の宝くじが当たったことを知り、驚きのあまりショック死する。そして、別の二人の老人が、なんとかその賞金を手に入れ、村民たちと山分けするため画策する。そのふたりのうちのひとりが亡くなった老人になりすまし、村民たちを総動員して宝くじ事務局員を欺こうとする。オグラディー医師は、この映画の二人にもまして八面六臂の大活躍を見せ、現代にも通用する新鮮な魅力を備えている。彼はギャラガーに、住民たちがどれほど亡き将軍に敬意を払っているかという記事を『コナハト・イーグル』に書くよう命ずる。そして、銅像建設のための寄付金集めも始める。

ここに、『スペインの黄金』の中で、J・J・メルドン牧師と共に、アイルランド西部の離島へ黄金探しの冒険に船出したケント海軍少佐が再び登場する。彼は、後に『海の戦い』(一九四八)の中でも、メルドン牧師と共に、ナチス・ドイツの残党退治のために船出する。ケント少佐の経歴は『海の戦い』の中で詳しく紹介されている。彼のバリモイの住居は「ポーツマス・ロッジ」と呼ばれ、イギリス海軍大佐であった彼の曾祖父がこの町に移り住んで建てたものだった。二代目ケントは船乗りとなり、そして三代目の彼は海軍少佐だった。アイルランドに定住したイギリス人の場合、二代目、三代目は、アイルランド人自身よりもアイルランド的になるという習わしがある。しかし、ケント一族は例外だった。彼らは世代が下がるにつれてますますイギリス的になり、ケント海軍少佐は、ポーツマス・ロッジを、ロンドン郊外やテムズ川沿いにある瀟洒なイギリスの別荘となんら変わらない家に仕立て上げていた。このようにケント海軍少佐は、骨の髄までプロテスタント・ユニオニストだった。しかし、バーミンガムは、彼を、堅物だが、憎めない愛すべき人物として描いている。「ケント少佐は決して金持ちではなかったが、オグラディー医師には彼のなけなしの金でも貸しただろう。実際、返してもらえるあてがなくても、金を貸しただろう。しかし、医師は、ケント少佐からだけは決して金を借りようとはしなかった。医師は、彼の個人的な友人を欺くことに対して良心の呵責を感じていた」(39)というように、オグラディー医師とケント海軍少佐は、政治信条の違いこそあれ、親友同士だった。

ケント少佐は、最初、誰も知らない将軍の銅像建設など反対だと息巻く。しかし、『スペインの黄金』の中で、メルドン牧師に言いくるめられて、黄金探しに出かけたと同じように、この作品の中でも、オグラディー医師に言いくるめられて、将軍の銅像建設とビリングを欺くことに協力する。オグラディー医師は、ナショナリストもユニオニストも含めて、全住民の共通の利益のためには、「嘘も方便」という「哲学」をもった善意に溢れる人物である。彼の善意は、次の一節のうちに明らかである。

オグラディー医師は、ケント海軍少佐をビリング氏に紹介した。

「少佐はこの町一番の紳士です」医師は言った。「治安判事で、熱心なユニオニストです。ギャラガーは、もちろん、アイルランド自治法支持者です。しかし、これらの些細な政治的見解の相違は、実際、何の関係もありません。ふたりとも、偉大な将軍を記念するための義務を果たすということに関しては、同じように献身的です」(40)

オグラディー医師の善意は、バーミンガム自身の善意でもある。

医師は、警察署を、亡き将軍が少年時代を過ごした家にでっち上げる。そして、ギャラガーに命じ、ビリングに対して、帝国ホテルの経営者ドイルが所有する農場に立つ廃家を、将軍が生まれた家だと紹介させる。ギャラガーは、ビリングから将軍の生きている親戚のことを尋ねられ、彼を失望させないために、「肉屋のケリガンの妻がそうです」と咄嗟に嘘をこしらえて答える。しかし、実はケリガンは未だ独身で、オグラディー医師は、ギャラガーの失敗を覆い隠すために、「ケリガンはまもなく将軍の甥の娘と結婚予定です」とビリングに話す。そして、この将軍の甥の娘の役柄を割り当てられたのがメアリー・エレンだった。将軍の銅像製作に関しては、ドイルの甥が引き受けることになった。しかし、誰も将軍の顔かたちをまったく知らないので、完成間際にキャンセルされてそのままになっている、別の人物の銅像が用いられることになった。そればかりか、オグラディー医師は、銅像の除幕式にアイルランド総督を招待し、そのついでにこの町に桟橋建設を依頼しようとまで言い出した。町の楽団が結成され、メアリー・エレンは将軍の甥の娘にふさわしいいでたちをした。

また、マコーマックという、この町の神父が除幕式で開会の挨拶をすることになった。彼も、オグラディー医師の言いなりになって、この一大ぺてんに加担するのだが、彼の滑稽な描写を読んだ人々は、「バーミンガムはカトリック神父を誹謗した」という誤解を抱き、この小説の舞台劇を観た人々は暴動を起こすのである。

総督を迎える昼食の席がドイルのホテルに用意された。町の人々は銅像の周りに参集した。しかし、除幕式に姿を現したのは総督ではなく、彼の副官であるアルフレッド卿で、彼はひどく憤慨している様子だった。その後に続く、彼の怒りの言葉からジョン・リーガン将軍の正体が明らかになり、オグラディー医師の、町に金をもたらし、住民たちの融和と利益をもたらすという夢は水泡に帰すかに思えた。しかし、その時、アメリカ人ビリングが、すべての秘密を明かし、オグラディー医師の活躍に心を打たれた旨を述べ、この町に二千ドル寄付することを約束し、物語はハッピーエンドを迎える。

この小説は、ジョン・リーガン将軍の正体に対して読者に尽きぬ興味を与える。近年話題を呼んだ北アイルランド小説、コリン・ベイトマン（一九六二―）の『ジャックとの離婚』（一九九四）における「DIVORCE JACK」のミステリー、ロバート・マックリアム・ウィルソン（一九六四―）の『ユリーカ・ストリート』（一九九六）における「OTG」のミステリーと同じように、最後まで読者の興味を捕らえて離さない。(41) 同時に、バーミンガムの、カトリック・ナショナリストとプロテスタント・ユニオニストの融和に対する心からの願望が滲み出た作品である。

ところでオグラディー医師は、町の委員会で、アイルランド総督を銅像の除幕式に招待したついでに桟橋建設を陳情しようという案を持ち出し、建設費用を五百ポンドと偽り、実際には四百ポンドだけ使い、残りの百ポンドは銅像の建設に使おうと言い出す。最初、ケント海軍少佐はオグラディー医師の不正に異議を唱えるが、「町の利益のために」という医師の主張に、最終的には同意する。堅物で、謹厳実直で、神経質なイギリス人のケント海軍少佐。柔軟で、陽気で、楽天的で、人々の利益のためなら「嘘も方便」というアイルランド人のオグラディー医師。この対照的な描写に、バーミンガムの、アイルランド人に対する暖かい愛情が感じられる。

バーミンガムは、『麗しい地』の中で、一九〇九年にアイルランドで制定された老齢年金法にまつわるエピソードを述べている。この法によって人々は七〇歳から収入に応じて年金が支給されるようになったが、イギリスと違って、アイルランドでは、長い間、出生届けも収入申告も義務づけられていなかったために、あの手この手で年金を不正に受給しようとする人々が現れた。そのトラブルに関して、支給の任務に携わったバーミンガムは次のように述べている。

しかし、トラブルが続いている間、私たちはそこから非常に多くの楽しみも得た。イギリス人は、収入調査からは、私たちが得た半分の楽しみも得ることができないと私は今も思う。イギリス人は、愚かなことに、そのような不正に対して腹を立てるだけのようだ。公的な仕事は決してまじめにやるべきではない。それは常に滑稽なもので、冗談まじりにやるべきだ。(42)

バーミンガムの友人でもあったひとりの女性が老齢年金の請求に来た。彼女の調書には「一八七〇年、二五歳で結婚」という記録があった。つまり、彼女は、一九〇九年当時、まだ六三歳で、年金支給開始には後七年足りなかった。しかし彼女は、「結婚の時は年齢をごまかしていて、実際には三二歳だった」と言った。バーミンガムを含む年金支給委員会のメンバーは、真偽を明らかにするために彼女を問い詰めたが、結局、実際の年齢はうやむやのままで、彼女への年金支給を決定した。バーミンガムは彼女との会話から多くの楽しみを得た。バーミンガムは、公的な仕事はそのように愉快にやれば良いのだと述べている。これは、バーミンガムのアイルランド問題に対する考え方にも通じている。カトリック・ナショナリスト、プロテスタント・ユニオニスト双方とも、己の信念に固執して、柔軟な頭を持たないのならば、アイルランド問題の解決はあり得ない。お互いの融和のためには、まじめに考え過ぎるのは止めよう。それが、『ジョン・リーガン将軍』を初めとするバーミンガムの一連のユーモア小説が訴えていることのように思われる。

バーミンガムのこの思想が見事に現れているもうひとつの作品が『ウィッティー医師の冒険』（一九一三）である。これは一四の章から成る小説で、第一章の「代表団」は『フィールドデイ・アイルランド著述選集』（一九九一）のうちに、バーミンガムの代表作として取り上げられている。(43)

舞台は、アイルランド西部ドニゴール州の小さな海岸町バリントラである。この町にアイルランド内大臣であるウィラビー氏が視察にやって来ることになった。主人公のウィッティー医師は、この機会に町に栈橋を造ってもらおうと議会で提案した。そのためには、町の有力者から成る代表団が内大臣に会って陳情する必要があると彼は述べた。かくして、代表団結成の話は進み、その長を務めることになったのがカトリックのヘナハン神父で、プロテスタントのジャクソン牧師も、宗派の違いがあるとはいえ、代表団入りに応じた。問題は、ホテル経営者で、ゲーリック・リーグの地方支部長でもあるカトリック・ナショナリストのサディ・グリンと、土地地主で、陸軍大佐のプロテスタント・ユニオニストのベレスフォードをどうやって同じ代表団に入れるかだった。二人は犬猿の仲だが、町の最大の有力者である彼らふたりが代表団に入って内大臣に陳情することなくしては栈橋の建設はあり得ない。そこで、ウィッティー医師は、建設業者マイケル・ジェラハティーと陰謀を練り、二人をなんとかして代表団に入れようと画策する。最初のうち、ジェラハティーは、この二人を同じ代表団に加えることなど絶対不可能だとウィッティー医師に告げる。ジェラハティーの言葉は、二人がいかにお互い同士激しく憎しみ合っているかを、如実に示している。

「サディーと大佐、ふたりを一緒に入れることなど到底不可能です」ジェラハティーは悲観的に言った。「そんなこと絶対無理です。生きている人間は誰ひとりそんなことできません。大佐が加われるとなれば、サディーが拒絶するでしょう。というのは、大佐がサディーを憎んでいるのに負けないくらい、サディーは大佐を憎んでいるからです。もしサディーから代表団入りの約束を取りつけたとしたら、大佐は、挙げ句の果てに、生きている間二度と内大臣に会えることがないとしても、金輪際、内大臣には近寄らないと誓うでしょう(44)」

しかし、ウィッティー医師は、『ジョン・リーガン将軍』のオグラディー医師同様、常に陽気で、楽天的で、計画実行のために見事な立ち回りを演ずる。彼はジェラハティーに命じ、サディーのもとに代表団入りの交渉に行かせる。サディーは、予想通り、ベレスフォード陸軍大佐を罵倒し、代表団入りを拒絶した。それを聞いたウィッティー医師は、大佐のもとに行き、サディーが代表団入りを拒絶したことを告げ、言葉巧みに大佐に代表団入りを約束させる。そしてジェラハティーは、再びウィッティー医師の命を受け、サディーのもとへ出かけた。ジェラハティーはサディーに、大佐が、彼のことをこれ以上ない下劣な言葉で罵った上に、「自分が内大臣に陳情することなくしては栈橋建設など到底ありえない」と言ったと教える。短気で、せっかちなサディーは、それを聞くや、怒り心頭、ベレスフォード陸軍大佐が代表団入りを承諾したかどうかも確かめず、「自分が代表団に入って栈橋建設を実現することにより、大佐の鼻を明かしてやる」と息巻く。翌日、指定された時間に、ふたりは代表団に加わるために同じ場所に現れた。しかし、サディーも大佐も、相手が代表団に選ばれているなどつゆ思っていなかったために、顔を合わせると、怒りの表情を露わにし、一触即発の状態になった。しかし内大臣が姿を見せると、体裁上、喧嘩をするわけにもいかず、ともに内大臣と握手を交わした。そして内大臣は次のように語った。

アイルランドのあらゆる階級と、あらゆる信条の人々の団結を見ることほど私にとって嬉しいことはない。アイルランドは、あまりにも長い間、敵対する派閥同士の分裂を繰り返してきたと私は思っている。私は、今日、私が会った代表団のうちに、その分裂の日々は過ぎ去り、幸福な時代が手元まで来ていることの明らかな証拠を見た。(45)

内大臣は、この言葉とともに、バリントラの町に桟橋の建設を約束して去って行く。はめられたサディーは怒ってジェラハティーに殴りかかろうとするが、ヘナハン神父によって止められる。ジェラハティーはウィッティー医師に文句を言い、「サディーは二度と自分に口を聞いてくれないだろう」と言うが、ウィッティー医師は、「そんなことはないさ。彼は、君が桟橋建設を請け負って、二百ポンド稼ぐと知れば今まで以上に君と親しくするだろうよ。だって、君が彼の店以外でその金を全部飲んでしまうとなれば、彼にとっては大変な損失だからね」と、ユーモアでかわす。『ジョン・リーガン将軍』同様、バーミンガムのアイルランドに対する愛情が溢れ出た作品である。

このように、バーミンガムの多くのユーモア小説には、アイルランドに対する心からの愛情が現れており、そのもうひとつの典型的作品が『スペインの黄金』（一九〇八）である。バーミンガムの分身ともいうべき、アイルランド国教会牧師Ｊ・Ｊ・メルドンと、『ジョン・リーガン将軍』にも登場するケント海軍少佐が、「スピンドリフト号」というヨットに乗って、アイルランド西部の離島に眠る黄金探しの冒険に出かける。それらは、一六世紀後半に、イギリスとの海戦に敗れ沈没したスペイン無敵艦隊の遺物だった。しかし、彼らの行く手に、ふたりのイギリス人、ガイルズ・バックリー卿、ユースビィー・ラングトンという黄金探しのライバルが現れた。そしてこのふたりのヨットは「アウレオル号」といった。もうひとりの主要登場人物に、この島の土地区画整理のために政府から派遣されたヒギンボザムという役人がいた。メルドン牧師とケント海軍少佐を対比した描写で、バーミンガムのアイルランドに対する愛情が顕著に現れているものがある。朝、スピンドリフト号とアウレオル号が島の沖合に停泊していた。メルドンは、ふたりのイギリス人が眠っている間にアウレオル号に付随してある平底舟を盗み、漕いでケント陸軍少佐とともに島に上陸する。島に着いた時、四本の小舟用のオールを発見した。メルドンは、ふたりのイギリス人が彼らの平底舟がないことに気づき、アウレオル号から島に向かって助けを求め、誰かが小舟を漕いで彼らを助けに行き、島まで連れて来ることを恐れた。そこでメルドンは、その四本のオールをヒギンボザムが宿泊している家の窓のひとつを割って中に隠すことを、ケント少佐に提案する。その時、ふたりが交わした会話は次の通りである。

「Ｊ・Ｊ・」ケント海軍少佐は深刻に言った。「それは窃盗罪だよ」

ケント海軍少佐は、彼も彼の父親もふたりともアイルランドで暮らしてきたにもかかわらず、法律に対しては真のイギリス的敬意を抱いていた。住居の不法妨害ということを考えただけで、彼は言葉には表せないショックを受けた。

「君は、望むのなら、それを放火罪と言ってもいいよ」彼の血管にはアイルランドの血しか流れていないメルドンは言った。「傷害罪、農民一揆、脅迫と言ってもいいよ。家畜追放、はたまた排斥運動と君が言ったって、ぼくは一向に気にしないよ」(46)

『ジョン・リーガン将軍』同様、ここにもまた、堅物で、融通が利かないイギリス人、柔軟で、自由奔放なアイルランド人という対照的描写が見られる。バーミンガムの、荒唐無稽のユーモアに満ち溢れたメルドン牧師の描写からは、彼のアイルランドに対する心からの愛情がうかがえる。P・J・カヴァナーは、バーミンガムの小説を指して、「ばかばかしさの哲学」と呼んだ。(47)脱線に次ぐ脱線で、「悪」を「善」に変えてしまうメルドン牧師は、まさにこの哲学の具現者と言えよう。この後に続くメルドン牧師とケント海軍少佐の会話も、その哲学の現れである。

「いいとも」メルドンは、割れた窓ガラスからオールを押し込みながら言った。「ぼくは君にボロクソに言われたって気にしないよ。一向に気にしないよ。君は、ぼくが君をこの島に連れて来て以来ずっと、ぼくのことをうそつきだとか、強盗だとか、その他諸々の悪名呼ばわりをしてきた。ぼくはそれがちっとも嫌じゃなかったし、今でも嫌じゃない。でもぼくが本当に嫌なものを君に教えよう。それは、君がひどく理性がないということだ。ぼくは、言葉に流されるだけで、自分たちの言っている言葉の意味を考えようとしない人間たちに耐えられないんだ。盗みとは何か。それは、人の物を人の家から人が見ていない時に持ち去ることだろう。君はその定義には同意するだろう。よし、いいな。ぼくは今、何をしている。ぼくは、他人の物を、ひとりの男の家に、彼が見ていない時に入れている。いいかい、まさに盗みとは正反対の行為さ。故にぼくは強盗ではない。事実、ぼくは強盗のアンチテーゼなのだ。君はアンチテーゼとは何か知らないかもしれないが……」

「私は良く知っている。だから君はわざわざ説明する必要もない」

「よし、いいだろう。ぼくの論理の筋道を追ってみよう。強盗は悪だ。君自身、たった今、それをほのめかした。しかし悪のアンチテーゼは善だ。ぼくが今やっていることは、強盗のアンチテーゼだ。故に……」(48)

メルドン牧師は常にこの調子で周囲の人間たちを言いくるめてしまう。実は、スペインの黄金は、島の住民のひとりで、メルドン牧師と親しくなったトマス・オフラハティー・パットという男性が隠し持っていた。メルドンとケント少佐はそのことを知って、この財宝を自分たちのものにすることを諦めるが、彼らのライバルのふたりのイギリス人たちはその財宝を盗み取ろうとする。そこでメルドンとケント少佐は島民たちと力を合わせて、このふたりを撃退し、財宝は島民たちの間で山分けされることになる。

ブライアン・テイラーは、バーミンガムのユーモア小説を、「脱線と魅力に溢れたその描写法同様、まぎれもなく彼独自のものと言える人生哲学」と述べて、賞賛している。(49) 彼の数々のユーモア小説は、まさに「哲学」を形成している。世界中の人間同士の対立の解決には、何事もまじめに考え過ぎないこと、自分の意思を頑強に固持しないことが必要だという彼の人生哲学、そして普遍の真理を示していると言えよう。それを体現しているのが、オグラディー医師であり、ウィッティー医師であり、メルドン牧師である。

『スペインの黄金』の出版から四〇年を経た一九四八年、『海の戦い』の中で、メルドン牧師とケント少佐は再びスピンドリフト号に乗って、同じ島に冒険に船出する。今回は、この島に脱走して来たナチスドイツの残党を撃退するためだった。スペインの黄金探しの冒険から四〇年を経ても、メルドン牧師とケント海軍少佐の友情は変わらぬままだった。そしてスペインの黄金探しが機で、プロテスタントのメルドン牧師は、この島の隣の島に住むカトリックのマルクローン神父と知り合い、長年に亙る友情を育み、力を合わせてナチスドイツの残党を撃退するのだった。バーミンガムは深刻な政治小説から出発し、ナショナリストとユニオニストの対立は、両派が、真剣に、頑なに自分たちの信念に固執している限りは解決しないことを悟り、『スペインの黄金』以降は、一貫してユーモアを通じて両派の融和を訴え続けてきた。『海の戦い』の中にも、物事は深刻に考えるべきではないというバーミンガムの人生哲学的を示す描写が出てくる。ナチスドイツの残党のふたりが、彼らが島に住むことを認めるよう、メルドン牧師を強迫する部分がある。

「俺たちは話し合いたい用件がある」ドイツ人はそう言いながら、当惑した様子も見せた。「真面目な用件だ」

「なにひとつ」メルドンは言った。「神学よりも真面目なものなどあり得ません」(50)

これは同時に、R・B・D・フレンチが、バーミンガムの小説を「キリスト教道徳者の作品」と呼んだ所以でもある。[51] バーミンガムは生涯を敬虔なキリスト教聖職者として過ごし、彼の小説を通して対立する人間たちの融和を訴え続けてきた。バーミンガムの大きな存在意義は、一九世紀の後半から二〇世紀半ばにかけてアイルランドとイギリスの対立が深刻化し、イースター蜂起、アイルランド自由国成立に伴うアイルランドの南北分裂、二度の世界大戦と、アイルランドの歴史が最も激動した時期に、オグラディー医師、ウィッティー医師、メルドン牧師といった善意に満ち溢れる人物たちを登場させて、荒唐無稽のユーモア小説を通して、カトリック・ナショナリスト、プロテスタント・ユニオニスト両派の融和を訴え続けたことである。バーミンガムは一九四六年、母校ダブリン・トリニティー大学より名誉文学博士号の称号を授与され、一九五〇年、八五年の生涯を閉じた。翌年、バーミンガムと親交のあったヒルダ・マーティンデイルは『回想キャノン・ハニー』を出版し、バーミンガムの思い出を語っている。彼女はかつて、仕事に行き詰まり、バーミンガムに忠告を求める手紙を出した。バーミンガムの返事は、彼がユーモア小説の中で示し続けてきた人生哲学、つまり生きてゆく上では「笑い」が必要不可欠であるという普遍的真実を述べたものである。その言葉をもってこの章を締めくくりたい。

どこでも善を行うのはたやすい事ではありません。それは確かにアイルランドではとてつもなく困難なことです。私自身の経験では、本当の絶望を避ける唯一の望みは、物事の愉快な面を見ようという断固たる決意です。私たちは誰も皆何度も何度も失敗を繰り返すものです。そしてもし私たちが失敗から笑いの糧を得ることができなければ、私たちはただ落ち込むだけです。[52]

注（1）*Lost Fields*: a supplement to *Fortnight*, No.306, May 1992.
バーミンガムを論じているのは、Brian Taylor,"Hannay, humour and heresy"（pp.16-18）と Tess Hurson,"Lost tribes and Spanish gold"（pp.18-20）である。バーミンガムと、本書第二章で論じるシャン・F・ブロック、第三章で論じるリン・C・ドイル以外の作家たちの代表作は次の通り。Michael McLaverty, *Call My Brother Back*（1941）, *Lost Fields*（1941）, *Collected Short Stories*（1979）; Janet McNeill, *The Maiden Dinosaur*（1964）, *The Small Widow*（1967）; Forrest Reid, *The Retreat*（1936）, *Young Tom*（1944）.

（2）George A. Birmingham, *Pleasant Places*（London: William Heineman, 1934）, pp.1-4.
本書のタイトル『麗しい地』は、旧約聖書詩編一六章一六節「測り縄は麗しい地を示し、わたしは輝かしい嗣業を受けました」（『聖書・新共同訳』、日本聖書協会、一九九三年、八六四頁）から取られている。（"The lines are fallen unto me in pleasant places; yea, I have a goodly heritage." —— Psalm XVI,16.）

（3）バーミンガムが、アイルランドの政治と関わり始め、ダグラス・ハイドと知り合うまでの経緯は、*Pleasant Places*, pp.178-83に述べられている。（『国家の精神』*The Spirit of the Nation*、サミュエル・ファーガソンSamuel Ferguson、トマス・デイヴィスThomas Davis、ジョン・ミッチェルJohn Mitchel、ジェイムズ・クラレンス・マンガンJames Clarence Mangan）

（4）"Is the Gaelic League Political?": Lecture delivered under the auspieces of the Branch of the Five Provinces on January 23rd, 1906.

（5）Standish O'Grady, *All Ireland Review*. バーミンガム自身も、この一九〇三年一一月二一号に"Education"というエッセイと、一九〇五年五月一三日号に"The Upper and Nether Millstone"という短編小説を書いている。『煮えたぎる鍋』には、Desmond O' Hara, *The Critic*として登場する。

（6）George A. Birmingham, *The Seething Pot*（1905; rpt., London: Edward Arnold, 1932）, p.59.

（7）Liam O'Flaherty, *A Tourist's Guide to Ireland*（London: Mandrake, 1929）, pp.20-21.

（8）*The Seething Pot*, pp.186-87.

（9）*Ibid.*, p.143.

（10）*Ibid.*, p.268.

(11) R.L. McCartney, *Liberty and Authority in Ireland: A Field Day Pamphlet, no.9,* 1985, p.8.

(12) *The Seething Pot,* p.297. 『聖書・新共同訳』(旧) エレミア書第一章一節、一一七三頁。

(13) *Ibid.,* pp.297-98.

(14) George A. Birmingham, *Hyacinth* (London: Edward Arnold, 1906), pp.11-12.

(15) 一九〇六年二月一九日、ホレイス・プランケットはバーミンガムに宛てた手紙 (J.O.Hannay Papers 3454. 251, Old Library of Trinity College, Dublin) の中で、『ハイヤシンス』の感想を述べ、「オーガスタ・グールドは、そう遠くない昔、アイルランドでは著名な人物だったことを私は実際に知った。エミリー・ローレスが彼女を良く知っていた。私は彼女の名前が使われたことを残念に思う」と記している。

(16) 同手紙。

(17) R.F. Foster, *Modern Ireland 1600—1972* (1988; rpt., Harmondsworth: Penguin, 1989), pp.453-54.

(18) Brian Murphy, "Birmingham and the League": Letter to the Editor, *Irish Times,* 8 December 1994.

(19) Murphy, "Who fears to speak of an Irish nation?", *Sunday Tribune,* 30 August 1992.

(20) Murphy, "Birmingham and the League".

(21) 大会は、"1798/1998—Forward to the Past/Back to the Present" というメインテーマのもと、一九九八年七月二〇日から二五日まで行われた。

(22) Maria Edgeworth, *Ennui* (1809), *Ormond* (1817); Charles Robert Maturin, *The Milesian Chief* (1812); Lady Morgan, *The O'Briens and the O'Flaherty's* (1827); John & Michael Banim, *The Denounced* (1830); Stephen Gwynn, *Robert Emmet* (1909); Colm Tóbín, *The Heather Blazing* (1992); James McHenry, *O'Halloran; or, The Insurgent Chief* (1824); Samuel Robert Keightley, *The Pikemen* (1903); Sam Hanna Bell, *A Man Flourishing* (1973); Thomas Flanagan, *The Year of the French* (1979)

(23) Brian Taylor, *The Life and Writings of James Owen Hannay* (*George A. Birmingham*) *1865-1950* (Lewinston: Edwin Mellen, 1995), p.75.

(24) Hilda Anne O'Donnell, *A Literay Survey of the Novels of Canon James Owen Hannay* (*George A. Birmingham*): A thesis offered for the Degree of Master of Arts in the Faculty of Arts, Queens University of Belfast, April, 1959.

(25) George A. Birmingham, *The Northern Iron* (1907; rpt., London: George Newnes, 1919), p.29. 『聖書・新共同訳』、一二〇五頁。

(26) James Hope (1764-1846), Henry Joy McCracken (1767-1798).

(27) *The Northern Iron*, p.69.

(28) Brian Taylor, *The Life and Writings of James Owen Hannay*, pp.74-75.

(29) *The Northern Iron*, p.68.

(30) *Ibid.*, p.67.

(31) Máre and Conor Cruise O'Brien, *A Concise History of Ireland* (1972; London: Thames and Hudson, 1988), p.91.

(32) *The Northern Iron*, p.68.

(33) Taylor, *The Life and Writings of James Owen Hannay*, p.77.

(34) Extracts from Douglas Hyde, "The Necessity for De-Anglicising Ireland" (1892), *The Field Day Anthology of Irish Writing*, vol.2 (1991; rpt., Derry: Field Day, 1992), p.527.

(35) Peter Murray, "A Sectarian Skeleton in the Gaelic League's Cupboard? : Roy Foster, Brian Murphy and the Case of George A. Birmingham", *Studies: An Irish Quarterly Review of Letters, Philosophy and Science*, vol.82, no.318, 1993, pp.481-86.

(36) *Pleasant Places*, p.194.

(37) George A. Birmingham, *General John Regan* (1913; rpt., Bath: Cedric Chivers, 1970), p.8.

(38) *Ibid.*, pp.36-37.

(39) *Ibid.*, pp.37-38.

(40) *Ibid.*, pp.48-49.

(41) Colin Bateman, *Divorcing Jack* (1994); Robert McLiam Wilson, *Eureka Street* (1996).

(42) *Pleasant Places*, p.149.

(43) George A. Birmingham, "The Depuation": Chapter 1 of *The Adventures of Dr.Whitty* (1913), *The Field Day Anthology of Irish Writing*, vol.2, pp.1071-77.

(44) "The Deputation", *The Birmingham Bus* (London:Methuen, 1934), p.199.

(45) Ibid., pp.209-10.

(46) George A. Birmingham, *Spanish Gold* (1908; rpt., London: Hogarth, 1989), p.140.

(47) P.J. Kavanagh, *Voices in Ireland: A Traveller's Literary Companion* (London: John Murray, 1994), p.13.

(48) *Spanish Gold*, p.141.

(49) Brian Taylor, "Hannay, humour and heresy", *Fortnight*, No.306. May 1992, p.18.

(50) George A. Birmingham, *A Sea Battle* (London: Methuen, 1948), p.188.

(51) Robert Hogan ed., *The Macmillan Dictionary of Irish Literature* (1979; rpt., London: Macmillan, 1985), p.110.

(52) Hilda Martindale, *Canon Hannay As I Knew Him* (London: Allen & Unwin, 1951), p.5.

第二章　シャン・F・ブロックの「タイタニック伝」と短編小説

―北アイルランドが映し出す人間世界の縮図―

タイタニック号とトマス・アンドリュース

―北アイルランドの融和のシンボル―

一九九七年公開の、ジェイムズ・キャメロン監督の映画『タイタニック』は映画史上最大の興業利益を上げるとともに、アカデミー賞一一部門を獲得する驚異的なヒット作となった。この映画によって、タイタニック号は世界中の人々の心の中に焼きつけられたと言っても過言ではないが、この船が北アイルランドで造られたことを知る人の数はごく僅かである。ジョン・ウィルソン・フォスター『タイタニック・コンプレックス』(一九九七)は、タイタニック号を題材とした文学、音楽、映画を論じることにより、この豪華客船の沈没が世界にどのような影響を与えたかを追究した優れた文化論である。その中で、フォスターも、「私が質問した北アメリカの人々のうちで、タイタニック号がベルファーストで造られたことを知っているのは皆無だった」(1)と述べている。タイタニック号は、ベルファーストの造船所ハーランド&ウルフで建造され、処女航海中の一九一二年四月一四日、北大西洋で氷山に激突して沈没し、乗客、乗組員のうち生き延びたのは約七〇〇人で、約一、五〇〇人が死亡するという大惨事となった。映画『タイタニック』も、この船がイギリスのサザンプトンから出港するシーンから始まり、ベルファーストはいっさい描かれておらず、この映画の成功によってベルファーストがタイタニック号誕生の地として世界中の人々に認知されたとは言い難い。

しかし、この映画が公開された後、長い間絶版だった、タイタニック号と北アイルランドの関わりを述べた一冊の本が一九九九年に再版された。それは伝記『造船技師トマス・アンドリュース』（一九一二）で、著者はシャン・F・ブロック（一八六五—一九三五）である。アンドリュースは、一八七三年、ベルファースト近郊の町コンバーに生まれ、後に造船技師としてタイタニック号を設計し、この船の処女航海に乗船し、三九歳の若さで帰らぬ人となった。シャン・F・ブロックは小説家で、本名はジョン・ウィリアム・ブロック、ファマーナ州クロムのプロテスタントの家庭に生まれた。しかし彼はカトリック教徒に共感を示し、ペンネームを、ウィリアム・カールトン（一七九四—一八六九）の小説集『アイルランド農民の特性と物語』（一八三〇）のうちの一編「シャン・ファダの結婚」から取った。(2) 前章で論じたジョージ・A・バーミンガムと親交のあった政治家ホレイス・プランケット（一八五四—一九三二）と、プランケットの幾人かの知人は、アンドリュースの死を悼み、彼の功績を称え、彼の伝記の出版を企てた。そしてその著者として白羽の矢が立てられたのがブロックだった。『造船技師トマス・アンドリュース』の序文の中で、プランケットは、ブロックに執筆を依頼した理由を次のように述べている。

シャン・ブロックはアルスター人で、アルスターの社会に関する物語を書き、その誠実さと、アルスターの人間を誰よりも理解しているという点において、アイルランドを描いた本の中では傑出している。アイルランドの他の有名作家たちは、自分たちの気質を表現するためにアイルランドの社会を利用してきたのに対

> し、シャン・ブロックは、彼の偉大な文学的才能のほとんどすべてを、男女の集団社会としてのアルスターの実像を、根気強く、ありのままに、誠実に観察することに捧げてきた。（中略）ブロック氏の観察の中で、主流を占めるのは常に「人間」である。彼の作品を読むと、彼は人間、中でもアルスターの人間観察が殊の外得意だということが実感できる。(3)

プランケットがここで指摘しているように、ブロックの小説は、彼の時代の北アイルランドの人間像をリアルに描き出している。その作品の数多くは、彼が生まれ育ったファマーナ州周辺に住む人々を描いたものであった。ブロックはトマス・アンドリュースとは個人的面識がなく、彼の伝記を書くにあたっては、彼およびタイタニック号について残された記録と、彼の手紙、そして家族、友人、同僚の証言を頼りにした。したがって、この伝記は、ブロックが、彼の小説で、ファマーナ州周辺に住む人々の描写において見せたようなリアルさにはやや欠けるものの、アンドリュースの「人間」としての実像を描き出そうとした最大限の努力が感じられ、アンドリュースの人間的魅力、偉大さを伝えるのには成功していると言えよう。

ブロックは、アンドリュースがユニオニストであったことをありのままに述べ、健全なユニオニストであったことを次のように強調する。

> 一説によると、アンドリュースは帝国主義者で、平和を愛し、それゆえに無敵のイギリス海軍を支持していた。彼は確固たるユニオニストで、自治法は、イギリスとの信頼関係と、強力で裕福な同胞との結び付きがもたらす安全保障を多少なりとも損ねることにより、アイルランドの財政破綻を招くと信じていた。時に

は、彼は、理性的な主張ではなく、激情を通してイギリスの有権者たちの心を動かそうとするアイルランドのユニオニスト政治家たちのやり方には反対したと聞く。同時に、彼は、騒乱が収まり、資本投資家たちに安全の保証が提供されない限り、アイルランドは決して幸福で豊かにはならないと感じていた。(4)

タイタニック号のような豪華客船を設計した彼の偉業、そしてタイタニック号沈没時の、自分の命を投げうって、ひとりでも多く乗船客たちの命を救おうとした彼の英雄的行為を振り返った時、アンドリュースは、建設的な見解を持ったユニオニストとして、アイルランドの平和と繁栄を心から願った人物であったと言えないだろうか。彼のタイタニック号設計の偉業には、狂信的なナショナリストであった小説家アースキン・チルダース（一八七〇—一九二二）でさえも、敵対心を捨て次のような賛辞を贈ったということを、ブロックは紹介している。

「アンドリュースの近くにいると元気づけられた」とチルダース氏は述懐し、続ける。「彼の頭脳は、偉大な科学のディーテイル（細部）とアンサンブル（合唱体）、科学の持つ技術的側面と人間的側面に精通し、生き生きと踊っているようだった。そしてその一方で、絶えず、科学の限界を広げ、新たな問題を克服し、新たなものの完成を目指して努力していた。スクリューの回転に関することであれ、船のデザイン、速度、商業的競争といった高度な問題に関することであれ、変わらぬ取り組みと情熱を示し、そして、何よりも、飾らずに己を見せることに同様の喜びを感じていた(5)」

チルダースのアンドリュースに対するこの賛辞は、北アイルランドのプロテスタント・ユニオニストとカトリック・ナショナリストの融和に対するアンドリュースの願いをメタフォリカルに表現していると言えないだろうか。アンドリュースは、タイタニック号の成功を通して、この両派が「合唱体」となって、「限界」、すなわち対立を乗り越え、様々な問題を克服し、融和という「完成」に到達することを心から願ったのではないだろうか。しかし、残念ながらタイタニック号はその処女航海において沈没し、アンドリュースも若い命を失った。彼が己の命を投げうって、民族、宗教、分け隔てなくひとりでも多くの乗船客たちの命を救おうとした行為もまた、北アイルランドの人々の融和に対する、彼の真摯な願望の現れと言えないだろうか。彼のこの英雄的行為に関するブロックの描写は胸を打つ。長くなるが、ここに引用したい。

アンドリュースは、絶望的な調査を終えて上がって来た時、スローン客室乗務員に出会い、事故が起きたので、乗船客を、念のために、暖かい衣服と救命浮を身につけて救命ボート甲板に集めるよう命じた。しかし彼女は彼の顔に、「あたかも心が引き裂かれている様相」を読み取り、「重大な事故ではないのですか」と尋ねた。彼は、「非常に重大な事故だ」と答え、パニックを恐れて、この悪いニュースは口外しないようにと彼女に命じ、警告と救助の作業へと向かって急いだ。

別の客室乗務員は、アンドリュースが、頭には何もかぶらず、凍てつく寒さの中、案内係員たちに、乗船客を全員起こして救命ボートのところまで誘導するよう、静かに命じて回っていたと述懐している。

彼が上甲板でスミス船長に、「三隻はもうすでに出ました」と言っているのを聞いて、この客室乗務員は下の階段まで駆け降りると、驚いたことに、水が彼女の足元に迫っているのを見た。そこですぐに彼女は助けを求めて、駆け上がって戻った時、アンドリュースに会った。彼は、彼女に、「乗船客たちに、上甲板から救命ボート甲板に移動するよう告げなさい」と命じた。

一〇分が過ぎた。水はさらに階段の上まで迫っていた。再びアンドリュースが彼女のところに来て、言った。「乗船客たちに暖かい衣服を着るように言いなさい。全員が救命浮をつけていることを確認して、全員を救命ボート甲板に上げなさい」

さらに一五分が過ぎた。階段の一番上までほとんど浸水していた。再度、アンドリュースがやって来た。「空いている客室も全部開けなさい」彼は命令した。「救命浮を全部と、余った毛布を取り出して、乗船客たちに配りなさい」

命令通りのことが行われた。案内係員たちと乗船客たちは救命ボート甲板に上がった。しかし、客室乗務員は、もっと多くの救命浮を取りに戻った時、再びアンドリュースに会った。彼は彼女に、女性たちは全員客室を離れたかと尋ねた。彼女は、「はい。しかし、念のため、確認して参ります」と答えた。

「もう一度見回って来なさい」と彼は言って、続けた。「君も救命浮をつけるよう、私は言わなかったかね。間違いなくつけているだろうな」

彼女は答えた。「はい。卑怯だと思いましたが」

「そんなことは気にしなくていい」彼は言った。「君は自分の命が尊いのだったら、コートと救命浮を身につけて、甲板を回って、乗船客たちの目の届くところにいなさい」

「そう言い残して彼は去りました」この客室乗務員は述懐している。「そしてそれが、私が真の英雄と思っている、彼の国が誇りとする人物の最後の姿でした」

（中略）

悲劇的結末の約二〇分前、最後の遭難信号が放たれたが効を奏することはなく、上甲板も前部甲板も海に呑み込まれ、残り少ない救命ボートが下ろされた近くでは衝突、混乱が起こり、女性たちと子供たちは怯んで、乗ることを躊躇し、夫たちと共に残りたがる者もいた。恐らく、寒さと恐怖で身動きできない者もいたのだろう。そこへアンドリュースがやって来て、両腕を振り回しながら、大声で命令した。

「女性はすぐに乗って下さい。一刻たりとも無駄にはできないのです。救命ボートを選んでいる余裕などありません。躊躇しないで、とにかく乗って下さい！」

彼女たちは彼の命令に従った。彼女たちのうちひとりでも、今日、他の多くの乗船客たち同様、命があるのはアンドリュースのおかげだということを覚えているだろうか。

このシーンから少し離れたところで、スローン客室乗務員は静かに待機して、アンドリュースの最後の姿を見た。彼女自身は船を離れたいとは思わなかった。というのは、彼女の友人たちがすべて船に残り、自分だけが救命ボートに乗るのは卑怯だと思ったからだ。しかし、アンドリュースの命令が―彼女は彼の堂々たる行動を二時間余り見続けていた―力強く下された。「躊躇するな！　一刻たりとも無駄にしてはだめだ。早く乗れ！」それゆえ彼女は最後の救命ボートに乗り、命拾いした。

二時五分。タイタニック号は、一五分後に完全に沈没することになる。

なされるべきことはすべてなされ、残された時間はあと僅かだった。今や船首も水に浸かっていた。美しい星の下、非常に穏やかな海面のあちこちに救命ボートが浮いていた。何隻かはタイタニック号のすぐ近くに、何隻かは一マイルあるいはそれ以上離れたところに浮いていた。ボートに乗ったほとんどの人々の目は沈没して行く船に向けられていた。そして、恐ろしい傾斜をなして、未だに一列一列光を放っている左舷のライトが、深海の中にゆっくりと姿を消して行くのを眺めていた。

（中略）

ある生存者は、アンドリュースが、頭には何もかぶらず、救命浮を持って、船長のいるブリッジへ、恐らくは別れを告げるために向かっているのに出くわした。

その後、ある旅客係補佐は、アンドリュースが喫煙室にひとりたたずみ、救命浮は近くのテーブルに置いて、胸のところで腕を組んでいるのを目撃した。その旅客係は、「アンドリュースさん、救命浮をつけないのですか」と尋ねた。

彼は一言も答えず、ただぼんやりと立ったまま、微動だにしなかった。

彼はそこにひとりうっとりと佇んで、何を見ていたのだろうか。アンドリュースと、彼について残された記録を知る我々は、彼の前には、故郷と、そこに住むすべての愛する人々、妻、子供、父、母、兄弟、妹、親戚、友人たちの姿が浮かんでいたと信ずる。彼らの姿は、その時、その場で、アンドリュースにとっては何を意味しただろうか。そして、恐らく彼は、この束の間、彼らの幻の直後に、彼の人生と彼の船に終止符を打とうとしているこの恐ろしい悲劇をとっさに確信したことだろう。

しかし、この静寂の、孤独な、僅かの時間にアンドリュースが見たものが何であれ、それが彼をその場所に引き留めることも、彼の雄々しさを失わせることもなかった。仕事、仕事—彼は悲惨な結末まで働き続けねばならなかった。

幾人かの生存者は、アンドリュースが、主任技師のベルとアーチー・フロースト、そしてその他の英雄たちといっしょにエンジンルームにいるのを最後に目撃した。彼らは皆、雄々しく、ライトを照らし続け、ポンプを作動し続けるために渾身の力を注いでいた。

別の生存者は、アンドリュースが―それは彼の、最後の、もっとも偉大な光景だった―悲劇的結末の数分前、救命ボート甲板から、海に放り出されてもがいている不運な人々に向けてデッキチェアーを投げているのを目撃した。

そして、ゆっくりと、長く、傾いで沈みながら、タイタニック号は消え行き、その短い命と、トマス・アンドリュースの命を海に捧げた。

かくしてこの崇高な人物は逝った。彼が、その建造に貢献したこの偉大な船の中で安らかに眠っていることを―事実、彼はそこで眠ることを誇りに思っているかもしれない―我々は祈りたい。(6)

このアンドリュースの最期に関するブロックの描写は、映画『タイタニック』において、ヴィクター・ガーバーが演じた、人命救助に奔走するアンドリュースを彷彿とさせるものがある。ブロックはアンドリュースとは面識がなく、彼とタイタニック号について残された記録、彼の手紙、家族、友人、同僚たちの証言のみに基づいて彼の伝記を書いた。しかしながら、ブロックの描写は、アンドリュースの実像を見事に伝えている。したがってこの伝記は、人間としてのアンドリュースの実像を後世に残したかったというホレイス・プランケットの期待に十分応えた佳作と言えよう。

映画『タイタニック』の主人公は、レオナード・ディカプリオが演ずるジャックと、ケイト・ウィンスレットが演ずるローズという、身分違いの恋人同士である。ジャックは労働者階級であり、ローズは上流階級である。映画の中では、タイタニック号の沈没の悲劇の後、夢のシーンが登場し、その中でジャックとローズが結婚し、ふたりは腕を組んで船の中の披露宴会場に現れ、他の乗船客、乗組員たちから祝福される。アンドリュースもまたにこやかにふたりに拍手を送っている。アンドリュースの願いは、タイタニック号の成功を通じて、北アイルランドが裕福になり、そして階級、宗派の違いを越えて、融和に達することであったと思われる。ブロックのアンドリュース伝は、そのことを十分に伝えていると言えよう。ジョン・ウィルソン・フォスターは、『タイタニック・コンプレックス』の結末で、ナショナリストであったアースキン・チルダースの、ユニオニストであったアンドリュースに対する前述の賛辞を引用し、アンドリュースは「アイルランドでは、前にも後にも類いを見ない、賞賛に値する現代性を体現した人物」[7]だったと述べ、ユニオニストとナショナリストの融和を実現しようと努めた人物であったことを示唆している。

次に、ブロックが、彼の小説において、彼の生まれ故郷ファマーナ州周辺の人間たちに対して見せた描写を分析することにより、彼の小説がいかなる普遍的価値を持つかを示したい。

『新兵たち』(一八九三)と『雑踏の輪』(一八九六)におけるブロックの人間描写

—イギリスの小説家ジョージ・ギッシングとの比較において—

ブロックが賞賛した小説家に、彼と同時代のイギリス人作家ジョージ・ロバート・ギッシング(一八五七—一九〇三)がいる。ブロックとギッシングの関連については、ロバート・セリグが『ギッシング・ジャーナル』一九九二年一一月号、一九九四年一月号、同年四月号の中で明らかにしている。[8] ブロックはアメリカの新聞『シカゴ・イブニング・ポスト』のロンドン文芸通信員を務め、一九〇三年から一〇年間に亙って同紙上にてギッシングをアメリカの読者たちに紹介し続けた。

ギッシングは、イングランド北部の町ウェイクフィールドの中流階級の家庭に生まれ、オウエンズ・カレッジ、今日のマンチェスター大学に学んだ。奨学金を得て学ぶ優秀な学生であったが、娼婦メアリアン・ヘレン・ハリソンと恋仲に陥り、彼女に金を貢ぐために大学のロッカールームで盗みを働き逮捕され、大学を退学処分となった。その後、単身アメリカに渡り、教師を務めるかたわら、いくつかの新聞、雑誌に短編小説を発表し、食うや食わずの生活を送った。帰国後、娼婦メアリアンと再会し、彼女と結婚してロンドンに住み、小説を書き続け、相変わらずの窮乏生活を送った。当時のイギリスは、産業革命を経て、ヴィクトリア王朝の栄華を謳歌していたものの、貧富の差は増大し、ギッシングの目は常に社会的弱者に対して向けられた。彼はメアリアンの更生に尽力したが、その努力は報われず、その凄まじい挫折の体験は、デビュー作長編小説『暁の労働者たち』（一八八〇）に生々しく描かれている。第二作目の『無階級の人間たち』（一八八四）は、娼婦が更生し、社会改革に立ち上がるという、ある意味ではギッシングのファンタジーを描いた作品である。以後、ギッシングの多くの作品は、若き知識階級の主人公たちが社会改革の志に燃え、行動を起こすが、資力のなさと、労働者階級の人間たちとの意識の乖離ゆえに挫折する様を描いている。『民衆』（一八八六）、『サーザ』（一八八七）、『人生の朝』（一八八八）、『地獄の世界』（一八八九）、『エグザイルに生まれて』（一八九二）等がそうである。また、『新三文文士街』（一八九一）は、ギッシング自身の小説家としての苦悩と窮乏生活を彷彿とさせる。『余り者の女たち』（一八九三）は、男性中心社会の中で生きる女性たちの自立をテーマとした作品で、一九七〇年前後からのフェミニズム運動の隆盛に伴って、アメリカの大学では「女性学」の講義のテキストとして用いられるようになった。(9)

日本で最も良く読まれているギッシングの作品は、自伝風小説『ヘンリー・ライクロフトの私記』(一九〇三)で、ギッシングが苦闘の人生から開いた悟りについて述べている。

ブロックは、ギッシングの小説の優れたリアリズムについて次のように述べている。

> ギッシングは、長年の貧困と苦悩の中で、ロンドンの恐ろしい非人間性を知り尽くし、彼の魂と心を苦しめるものが、彼の作品には表現されていた。(中略)ロンドンの霧の真実味同様、ギッシングの物語の真実味を疑うことはできない。読者は、彼の描くみすぼらしい住宅街に震えを覚え、彼の描く喜びのない家庭にゾッとする。そして彼が描く男性たち、女性たちは、読者が日常生活の中で、ごく身近に、どこでも出会うことがあるかもしれない人間たちである。
>
> ギッシングの作品は、ベッドで読むようなものでも、旅行に持っていくようなものでもない。しかし、彼の作品は明らかにすべての文学愛好家たちによって研究されるべきものであり、ロンドンの幾つかの生活階層を描いたものとして永遠不滅の価値を有していると私は確信する。(10)

この、ギッシングの小説のリアリズムに対するブロックの賞賛は的を射ている。ギッシングの小説は、労働者階級と貧しい知識人階級を初めとする、一九世紀後半のロンドンにおける幾つかの生活階層をリアルに描いて、当時のイギリスの社会史料として永遠不滅の価値を有している。同じようにブロックの小説も、一九世紀後半から二〇世紀初頭にかけての北アイルランド・ファマーナ州周辺に住む人々を描いて、当時の北アイルランドの社会および宗派対立の実態を伝える史料として永続的な価値を有していると言えよう。そして、ギッシングの小説が、イギリスのみならず、世界中の文学愛好家たちによって研究される価値があるものだとすれば、ブロックの小説もまた、北アイルランド問題に関心を持つ人々のみならず、多くの文学愛好家たちによって読まれるべきものだと言えよう。

ブロックも、ギッシングの『ヘンリー・ライクロフトの私記』同様、自伝風小説『六〇年後』（一九三一）を著した。その中で彼は、自分と同じプロテスタント教徒たちよりも、むしろカトリック教徒たちに共感を覚えていたことを次のように述べている。

カトリックの方が生き生きとしていて、素朴で、愛すべき人間たちだった。プロテスタントほど世俗的でなく、強引でなく、独特のユーモアのセンスがあり、親切だった。彼らは数多くの物語を知っており、見事に語った。物をあまり知らなかったが、偉大な昔の知恵を持っており、とても貧乏だったが、何か豊かなものがあった。恐らく、ひとことで言うならば、彼らは生粋のアイルランド人だったので、人々を魅惑したのだろう。[11]

ブロックのデビュー作『新兵たち』（一八九三）のうちには四つの小説が収められている。表題作「新兵たち」の中で、ブロックは、カトリックとプロテスタントのテロリストたちの戦いを描いているが、カトリックの軍隊の描写の方が生き生きとしている。しかし、『六〇年後』のうちで、ブロックは、カトリック教徒たちに共感を覚えていたとはいえ、自分自身のことを、「ふたつの門番小屋の間の世界の哀れな子供」[12]と呼んだ。彼の父親は、イギリス出身のアーン伯爵がファマーナ州クロムに所有していた土地の管理人を務めていた。そこには馬の放牧場があり、その中にふたつの門番小屋があった。ひとつはイギリス人のプロテスタントたちが管理していて、もうひとつにはアイルランド人のカトリックたちが管理していた。そしてブロックは、ジョン・ウィルソン・フォスターが指摘しているように、彼自身のことを、イギリスとアイルランド、プロテスタントとカトリックの間で苦しむ哀れな人間とみなしていたのだろう。[13]かくしてブロックは、プロテスタント・ユニオニストとカトリック・ナショナリストの紛争を、どちらに与することもなく、中立的な視点から描いた。

「新兵たち」は、双方の過激派を批判している。「新兵たち」の原題は"Awkward Squads"であるが、直訳すれば「未熟な連中」、もしくは「臆病な連中」という意味である。ブロックは、未熟で臆病なテロリストたちを描き、彼らを戯画化している。この作品の中で、カトリック・ナショナリスト側のテロリストたちはフェニアン兵、プロテスタント・ユニオニスト側のテロリストたちはオレンジ兵と呼ばれている。フェニアン兵たちが廃墟と化した城で軍事訓練を行っていると、オレンジ兵たちが城に近づいて来た。フェニアン兵たちはあわてて城壁のツタをよじ登って隠れた。その時、彼らのうちの一人が足を滑らせて地面に落ち、「ドサッ」と大きな音を立てた。この音に驚いて、双方ともいちもくさんに逃げ出した。しかし、ついに彼らは戦わねばならぬ日が来た。フェニアン兵たちの武器は棍棒で、オレンジ兵たちの武器は銃の台尻とベルトの留め金だった。ブロックは、彼らの戦闘をこの上なく滑稽に、痛烈な皮肉を込めて描写している。

「来やがれ！　来やがれ、悪魔ども！」テリーは叫んだ。「アイルランドよ、永遠なれ。ウィリアム王など呪われろ！」

「くたばれ、反逆者ども！」残りのゴーティーンの住民たちはどなり返した。「ローマ法王など地獄へ落ちろ！」

かくして道路のあちこちで、森の中で、空き野原で戦闘は続いた。とうとう彼らはへとへとになり、日は落ち、残った敵同士の兵士たちも散り散りになった。

それは、アイルランド古来の伝統にふさわしく、堂々と戦われた、不屈の精神で繰り広げられた壮大な戦闘であった。アイルランド人は今でも、少々の困難は、社会的なものであれ、政治的なものであれ、彼ら自身の右腕の力で解決できることを立派に証明した戦闘であった。

新兵たちが、これ以上くだらぬ大義名分で戦うことがなきように！(14)

ここでブロックは、カトリック・ナショナリストとプロテスタント・ユニオニストの対立というアイルランドではもっとも大きな問題を、「少々の困難」、「くだらぬ大義名分」とさげすんでいる。そしてまた、爆弾や銃そのものではなく、銃の台尻、棍棒、ベルトの留め金といった滑稽な武器を彼らに持たせ、“by force of their own right arms”と述べている。これは、「彼ら自身の右腕の力で」という意味と、「彼ら自身の正当な武器の力で」という意味を掛け、両者の対立を戯画化しているように思われる。同時に、自分を「ふたつの門番小屋の間の世界の哀れな子供」と見なすブロックが、カトリック・ナショナリスト、プロテスタント・ユニオニスト双方に対して、「これ以上私を惨めにする対立は止めてくれ」という怒りを発しているようでもある。

『新兵たち』に収められた別の一編「国家公務員」は、プロテスタント・ユニオニストとカトリック・ナショナリストの対立をシリアスに描いた作品で、ブロックの代表作として『フィールドデイ・アイルランド著述選集』

（一九九一）のうちにも収められている。[15] 舞台は、一八七〇年頃、北アイルランドと境を接する、南アイルランド・キャバン州の架空の村ラヒーンで、村民の大半はカトリック教徒だった。当時、アイルランドは全土がイギリスの植民地支配下にあり、この村にイギリスの国営郵便局があった。そこには、ダンという年老いた男性職員がひとりで勤務していた。彼は靴直し職人でもあった。ライリーというカトリックの未亡人がプロテスタントの地主に農場を借りていたが、地代を支払えなくなり、立ち退きに会った。その後、プロテスタントで体の不自由な老人が、その農場の新たな借地人となり、彼の家族と共に住んだ。村民たちがカトリックで、老人がプロテスタントであることは明示されていないが、ストーリー展開でそれが分かる仕組みである。村民たちは、この老人と彼の家族との一切の係わりを拒絶する。それは、同時期、メイヨー州で、イギリス人プロテスタントの土地代理人、ヒュー・カニンガム・ボイコット大尉（一八三二―一八九七）に対し、地元のカトリック住民たちが排斥運動を起こし、後に"boycott"が「排斥」を意味する単語になった歴史的事件を思い起こさせる。しかし、ダンはこの老人との付き合いを続ける。ある時、ひとりの村民がダンの郵便局にやって来て、「あいつとは二度と付き合うな」と警告する。しかし、ダンは、「正義だと！（中略）おまえは、ひとりの男に何の食い物も売らない、何の着る物も売らない、誰と話すのも許さないことを正義と呼ぶのか！　小さな子供たちを飢えさせ、女房を怒らすことを正義と呼ぶのか」[16]と怒鳴り返す。かくして村民たちはダンに対してもボイコットを加える。ダンを避ける村民たちは、彼らの子供たちに郵便物を取りにやらせるが、ダンと口を聞くことは一切許さない。そして靴直しの注文も途絶える。今やダンが会話できるのは、ボイコットにあっている老人のみとなる。老人がダンに向かって発する次の言葉から、彼がプロテスタント教徒であることが分かる。

おまえさん、教えてくれ。ほ、ほんとうか、グラッドストーンの奴がアイルランド国教会を公認宗教でなくしたって。ああ、ああ、悪党めが！(17)

当時のイギリス首相ウィリアム・グラッドストーン（一八〇九―一八九八）は、一八六七年のフェニアン蜂起を機に、アイルランド問題解決のため、改革に乗り出した。そのひとつが宗教制度の改革であった。当時、イギリスでは、プロテスタントのイギリス国教会が公認宗教であった。イギリスの植民地支配下にあったアイルランドでは、それがアイルランド国教会という名のもとで公認宗教とされていた。一八六九年、グラッドストーンは、アイルランド国教会を公認宗教から外し、他の宗教と同等の扱いにした。この制度改革は、イギリスとアイルランドの連合の根幹を揺るがすもので、プロテスタント保守派は激しく反対した。

ダンは、村民たちのボイコットにあい、極限状態の孤独に追い込まれ、ついに耐え切れなくなり、発狂する。そして、他の村民の家に無断で入り込み、「正義とは何か。そのような正義に固執する人間は何者か」といったことを叫ぶ。それが一度ならず、二度、三度と続き、村民たちの許容限度を越えた。ある日、ダンが自宅の台所でロウソクの明かりで本を読んでいるところへ、顔を黒く塗った男たちが銃を持って現れ、彼を取り囲んで銃口を向けて脅し、そのうちのひとりが屋根に向けて銃を撃ち放った。ダンは、ショックのあまり心臓を痛め、寝込んだ。そして翌朝から別の郵便局員が勤め始めた。

『フィールドデイ・アイルランド著述選集』の中で、オーガスティン・マーティンは、主人公のダンについて、「同族人たちの報復に直面しても、博愛と独立の精神を失うまいとするひとりの人間的で勇敢なアルスター人の描写は、人間一般の体験にとっても不思議なほど真実味があるばかりでなく、不幸なことに、この物語が書かれてから百年後にこの地域にのしかかっている悲劇を予言している」[18]と述べている。マーティンの指摘するように、この作品は、今日なお続く北アイルランドのカトリック・ナショナリストとプロテスタント・ユニオニストの対立の根深さをえぐり出すと同時に、世界中のどこの人間社会にも見られる排斥、差別を描いている。これが「人間」を描いた普遍的価値を持つ作品になり得たのは、ダンが孤独に耐えきれなくなり発狂するまでの、彼の心の動きに焦点が定められているからであろう。そして、「博愛と独立の精神を失うまいとする」ダンの苦悩を強調するために、彼の愛読書であるシェイクスピアの『ハムレット』、『オセロ』、『リア王』、『マクベス』からの引用が随所に効果的に挿入されている。例えば、「プロテスタントの老人と係わるのを止めよ」というある村民の警告に対して、彼が激怒する場面の描写がその例として挙げられる。

「わしは、正しいことをしようとする時に、おまえからも誰からも指図を受けるつもりなど毛頭ない。それが『正義』じゃと。そんなのは地獄の迫害じゃ！　あの男が、あの男の子供たちが、一体誰に危害を与えたというのじゃ。あの男は、おまえが間違っていると思っていることをやっただけじゃ。それに、ミッキー・フリン、おまえは、他人のことを批評するとは、一体何様のつもりじゃ。ミッキー、わしはあの男が誰かに危害を与えたなどとは思ってもおらん。正義であろうとあるまいと、わしはそんなこと思ってもおらん」ダンはかがんで、彼の手を閉じた本の上に置いた。「ミッキー、わしが忠告を受けるのはこの本からじゃ。よいか、聴け」彼は、警告の意味を込めて指を振りかざして、ミッキーを指した。「何よりも肝心なこと、それは己に対して忠実であれ。そうすれば……」[19]

最後の部分は、『ハムレット』第一幕第三場五六行から五七行の、ポロニウスのレアティーズに対する言葉で、「そうすれば、夜が昼に続くごとく、そなたは誰に対しても忠実であらざるを得ない」と続く有名な節の出だしである。上述のシェイクスピアの四作品はいずれも悲劇であり、ダンの苦悩を代弁するこれらの作品からの引用は、悲しく惨めな結末を予示するうえでも効果的である。

ブロックは、北アイルランドのカトリック・ナショナリストとプロテスタント・ユニオニストの対立ばかりでなく、この地域に暮らす人々の人生の悲哀も描いた。短編集『雑踏の輪』（一八九六）は、ジョージ・ギッシングの短編集『人間がらくた文庫』（一八九八）、『蜘蛛の巣の家』（一九〇六）、『境遇の犠牲者』（一九二七）を想起させる。[20]

ここで、『人間がらくた文庫』のうちで、ギッシングが描いた、様々な悲哀に満ちた人生ドラマを紹介したい。「判事と悪漢」は、裕福な判事と、彼の昔の友人で、その日暮らしの、職を転々とする男の再会の物語である。男は暴行罪で訴えられ、裁判所へ出頭した。この男の裁判を担当した判事は、男がかつて親しくしていたクラスメートであったことを知り、釈放し、自宅へ招く。判事は裕福だが、妻の尻に敷かれ、家庭に縛られ、欲求不満の日々を送っていた。男は、外国航路の貨物船の上で、日雇い人夫をし、貧乏だが、世界中を旅して冒険を繰返し、充実した日々を送っていた。判事は、男の冒険談に興奮し、男が次に乗る予定の貨物船で、男と一緒に外国へ逃避行することを決意する。しかし、かねてより心臓に持病を持つ判事は、決行前夜、興奮のあまり、心臓が激しく鼓動しショック死する。翌朝、男は、港で待ちぼうけを食わされながら、「畜生、結局、あいつは女房にとっつかまったんだ」と悪態をつく。

「詩人のかばん」は、文学に志を抱いてロンドンに上京して来た青年が、ひとりの娘と出会い、その後ふたりが辿る数奇な運命を描く。青年は、自作の詩集の原稿を入れたかばんを持って、それを出版してくれる出版社を探すために、ロンドンにやって来た。詩人は、彼が宿泊した安宿で、冷たいが、美しい娘と出会い、彼女を宿屋の主人の子供と勘違いし、彼女に宿代を支払い、かばんを預けて街に出る。実は、娘も宿泊客で、放蕩を繰り返して金に窮しており、青年がいなくなった隙に、かばんを持って宿から逃げ去る。青年は後に小説家として名を成し、娘に持ち逃げされた、詩の入ったかばんのことはとうに忘れていた。ある時、彼の小説のファンだと名乗る一女性が、例の詩集の原稿を、盗んだ娘から預かったと言って、彼の元に返しに来た。この女性が言うには、娘は、かばんの中から金目のものを見つけ出そうとしたが何もなく、詩集を見つけ、それを読んだところ、心打たれる感動を覚えた。そして娘は改心し、まじめに働き、金持ちの男性から見初められ結婚したが、彼女は病気で亡くなった。この女性は、死に瀕した娘から、詩の原稿を彼の元に返して欲しいと託されて、彼の元にやって来たと言う。果たしてこの女性の正体は……。

「年老いたお手伝いさんの勝利」は、二八歳から三〇年間、お手伝いさんとして働き続けて来たハーストという一女性の物語。彼女は最低賃金で働き続けてきた。現在彼女を雇っているフレッチャー夫妻は、家庭の経済事情のため、彼女を解雇せざるを得なくなった。夫妻は、ハーストには次の働き口はないだろうと同情し、退職金を上乗せする。職を失ったハーストは落胆すると思いきや、今までにこつこつと貯蓄してきた金と退職金とでこれからは独立した人生が送れることを喜ぶ。

「流行遅れ」は、不遇な家庭を支える堅気な主婦の物語である。夫は二度に亙って職場を解雇され、その都度、みすぼらしい家に引っ越さざるを得なかった。しかし、妻は、常に明るさを失うことなく夫を支え、子供たちを育てた。子供たちは立派に成人し、母親に感謝する。「流行遅れ」とは、決して現代的ではなく、表舞台に出ることはないが、裏でしっかりと家庭を支えるこの主婦のことを指している。

この『人間がらくた文庫』に収められた作品が示すのは、人生は悲哀に満ちており、良くも悪くも、決して自分の思い通りにはならないという事実だ。ギッシング自身が、悲哀に満ちた、苦難の人生を送ってきただけに、これらの作品は説得力を持って読者の心に訴える。ギッシングに共感を覚えたブロックもまた、『雑踏の輪』の中で、悲哀に満ちた数々の人生ドラマを描いている。ロバート・セリグは、そのうちの一編「海外移民」を、ブロックの短編小説のうちではもっとも優れた作品のうちのひとつと賞賛し、そのアイルランド方言による会話とアイルランド的背景にもかかわらず、ギッシングの『人間がらくた文庫』のうちに登場してきてもおかしくない作品だと述べている。[21]

アルスター地方のグランという小さな町の駅。メアリーというひとりの若い女性がアメリカへ移住するために、汽車に乗って、アメリカ行きの船の出る港に向けて旅立とうとしていた。彼女の両親、兄弟を初めとする知人たちが見送りに来て涙の別れを交わした。しかし、たまたまこの日は町の市と重なり、車掌も市に行っているせいか、列車はなかなか出発しなかった。その時、メアリーは列車の窓から葬式の行列を目にした。柩は六人の男性によって運ばれており、参列者はひとりもなく、柩の上には一束の野の花が置かれているだけだった。メアリーは、その寂しく惨めな葬儀の光景に胸を痛めて泣き、彼女の父と母が死んだ時のことを思うと悲痛な気持ちになり、アメリカ移住を躊躇する。さらに、メアリーはそこで、彼女のかつての恋人だったジェイムズという男性に偶然出会う。彼もグランの町の市に行っていたという。彼は放蕩者で、怠け者で、メアリーは彼に幻滅し、別れたのだった。しかし、こんな日は何もすることがないというジェイムズは、メアリーと同じ列車に乗り、その中でふたりは再び昔の寄りを戻すのだった。そしてメアリーはアメリカ移住を翻し、彼との結婚を決意する。彼は、「神が自分をグランの市に遣わした」と意気高々に言う。メアリーは、この物語の語り手である「私」から、結婚プレゼントに、ハープの形をした銀のブローチを贈られ、物語はハッピーエンドで終わるかに思われた。しかし、どんでん返しの結末が訪れる。ジェイムズは大酒を飲み、駅のホームで酔い潰れる。メアリーは、泣きながら、「この人が堅実な人でさえあってくれたら良かったのに」という言葉を残して、ついにはアメリカ行きを決断する。「私」がメアリーに贈ったハープのブローチの意味合いは一転し、故郷アイルランドを彼女の胸に刻んでおくための別れの記念品となった。

『雑踏の輪』の中から、もうひとつギッシングの『人間がらくた文庫』に加えられてもおかしくない作品を挙げるとすれば、「彼らふたり」だろう。[22]これは、一見、傲慢なだけの男マーティン・ハインズと、裕福な農夫の娘であるジェーン・ファロンの結婚に関する物語である。マーティンは借金をかかえており、ジェーンの父親に高額の持参金を要求する。ジェーンは、マーティンが彼女の父親と持参金のことで言い争い、彼女のことを「あの子牛のような娘」と呼び捨てにしているのを耳にしてショックを受け、婚約の解消を決意する。彼女はその決意を彼女の家族とマーティンに告げるが、誰ひとりとして聞き入れない。結婚式の日が近づくにつれて、ジェーンは暗く惨めになる。そして、当日、彼女は式場に現れることを拒否し、作業服姿で庭の草取りをする。彼女の家族、招待客、そしてマーティンが彼女のところに慌ててやって来る。修羅場の結末かと思いきや、またしても話は意外な進展を見せる。マーティンはジェーンの手を取り、「俺の顔を見て、真実を言え。この場で、皆の前で、おまえは俺と結婚しないと言え」[23]と怒鳴りつける。彼女は、彼の男らしさに打たれ、そして彼がいかにハンサムかに気づき、彼との結婚を決意する。

『雑踏の輪』の中のもうひとつの作品「嘆く者たち」は、ギッシングの『境遇の犠牲者』、あるいは『蜘蛛の巣の家』の中に登場するような作品かもしれない。(24) これは、アルスター地方の小さな市場町に住むティム、ナンという老夫婦の物語である。彼らの息子はアメリカへ移住して、シカゴに住んでいた。老夫婦は何週間も働いて数ポンドのバターを作り、市場で売り、僅かな金を得た。その中から夫のティムは六ペンスを自分の小遣いにした。彼はそれで、タバコと新聞と靴ひもを買い、ビールを一杯飲もうと思った。彼が、新聞は諦めてビールをもう一杯余分に飲もうかどうしようかと思案している時に、隣人が彼のところにやって来て、郵便局に彼宛ての手紙が届いているから取りに行くようにと告げた。彼はその手紙を受け取り、「シカゴ」の消印を見て、それが息子のパディーンからの手紙だと信じて疑わなかった。老夫婦が二年前に息子から手紙をもらった時には、成功した実業家としての息子の写真と、金が同封されてあった。しかし、彼らが期待して封を切ると、今度の手紙は、パディーンの親友からのもので、彼がチフスで死んだことを告げていた。息子の死を知るや、ナンは買い物を止め、ティムは六ペンスを彼女に返した。この老夫婦と彼らの息子は、当時の貧しいアイルランドの「境遇の犠牲者」と言えよう。また、この作品は、ギッシングの『蜘蛛の巣の家』のうちの一編、「クリストファソン」を想起させる。ロンドンに住む老夫婦の物語で、夫クリストファソンはマニアックな書物蒐集家で、仕事もろくにせず、妻に働かせて、彼女の僅かな稼ぎの中から本を買い漁っていた。彼らの住むアパートの一室は、本で埋め尽くされ、かび臭い匂いが充満していた。妻は文句ひとつ言わなかったが、間もなく病気になった。そこで夫婦はロンドンを去り、空気の良い田舎に家を借りて住むことに決めた。しかし、借家の主はクリストファソンの莫大な数の本を見て憎悪を露わにし、彼らに家を貸すことを拒否した。妻の病気はますます悪化し、クリストファソンは初めて自分の非に気がつき、彼のアパートの窓から本を次々と窓から投げ捨てた。しかし、借家の主は、

「本を持って来ないのなら」という条件で、クリストファソンに家を貸すことに同意する。クリストファソンは、そのことは妻には内緒で、本を売り払い、段ボール一箱分だけ本を持って田舎に越すことにする。本のことは何も知らない妻は喜び、体調は回復に向かう。

ロバート・セリグは、ブロックとギッシングの小説の類似性について、両者とも「敗北」と「欲求不満」を強調している傾向があると指摘する。(25) セリグの指摘は正しい。しかし、同時に、両者の相違点は、ギッシングの作品は、敗北と欲求不満の中にも「希望」が見られるものが多いが、ブロックの場合は必ずしもそうではないということだ。たとえば、上述の「嘆く者たち」と「クリストファソン」を比べてみると、両者とも哀れな老夫婦の物語だが、ブロックの作品の老夫婦は、息子の死によってますます惨めになってゆくのに対して、ギッシングの作品の場合は、老夫婦の穏やかな余生の幸福を予感させる。ギッシングの他の作品で、敗北と欲求不満を描いていながら、「希望」を感じさせるものに、『蜘蛛の巣の家』のうちの「ハンプルビー」、『境遇の犠牲者』のうちの「校長先生の夢」が代表的なものとして挙げられる。(26)

「ハンプルビー」は主人公の名前である。ハンプルビーはこの上なく内気で口数の少ない少年だったが、チャドウィックというクラスメートが溺死しそうになるところを救う。会社を経営するチャドウィックの父親は、ハンプルビーに感謝して、自分の会社に雇う。これを機に、ハンプルビーの父親は、経営する呉服店の拡張に乗り出したが失敗し、チャドウィックの父親のもとに資金援助の依頼に行く。しかし、断られたばかりか、息子ハンプルビーは彼の会社では役立たずなので、解雇するとまで宣告された。父親はショックのあまり、病気になり、死亡する。その後、ハンプルビーは別の会社に移り、安い給料で働く。ある時、乗っていた列車が事故に遭い、ハンプルビーは乗客の中で唯一負傷する。たまたま同じ列車に、学校時代に溺死するところを彼から救われたチャドウィックの息子が乗り合わせており、彼はハンプルビーを病院に運ぶ。チャドウィックは、友人と共同で事業を営んでおり、ハンプルビーに、今働いている会社の二倍の給料を出すから、彼の事業に加わらないかと誘う。恋人ができ、彼女と結婚する予定のハンプルビーはその話に乗る。しかし、実はチャドウィックの会社は詐欺を行っていることが発覚し、チャドウィックは逮捕され、ハンプルビーは職を失う。それでも、彼の恋人は、彼を捨てずに付いて行くことを決意する。

「校長先生の夢」の主人公であるダン校長は、退屈で単調な毎日の仕事に欲求不満を感じていた。彼は、ひとりの生徒の母親である未亡人に魅惑され、仕事から逃げ出したい誘惑に抗しきれず学校を飛び出す。彼は旅籠で寝ている時、悪い夢を見る。夢の中で、例の未亡人が華美な服装に身を包んで自転車に乗り、彼は彼女を自転車で追うが、ぶざまに転ぶ。道端で、未亡人の息子が、彼女に向かって「お母さん！」と叫ぶが、彼女は無視して、高らかに笑いながら走り去る。校長は悪夢から目が覚め、彼の学校に戻ると、現実でも同じようなことが起きていた。未亡人は見知らぬ男と結婚し、子供を親戚に預け、フランスに去っていた。校長は、子どもを慰めて勇気づけた。そして、別の生徒には、まるで自分に言い聞かせるかのように、「与えられた仕事がどんなに単調であっても、どんなに退屈であっても、感謝の気持ちを込めてしなさい。堅実で、実りのある仕事ほど健全なものはないのだから。突拍子もない空想に弄ばれてはならない。常に落ち着いた理性に頼りなさい、常に(27)」と説くのだった。

ブロックは、「ギッシングを、この上なく陰鬱だが、自分ではそれをまったく意識していないユーモア作家以外の何者かであると見なすことは、イーストエンドのスラム街に花が咲くと思うのと同じことだ(28)」と述べている。つまり、ギッシングのユーモアはこの上なく陰鬱であったと指摘している。果たしてそうであろうか。確かにギッシングの作品は、彼が自覚していたかどうかは別にして、すべてなんらかの陰鬱さを備えているが、暖かみ、同情、希望が感じられるものも多い。もし、ギッシングが、長編小説『暁の労働者たち』、『地獄の世界』、そしてまた短編小説でも「静寂の午後」、「時計塔の明かり」のような陰鬱でペシミスティックな作品のみしか書かなかったとすれば、彼は、今日のような再評価を得ることはなかったであろう。[29] それに対して、ブロックのユーモアは、陰鬱で、登場人物の人生には希望が見られないことが多い。ジョン・ウィルソン・フォスターは、「ブロックの、登場人物に対する共感の欠如は、その妙に癖のあるユーモアにもかかわらず、彼の小説から暖かみと活気を奪っている」[30] と述べている。フォスターの指摘は正しい。ブロックは、その作品の陰鬱さゆえに、ギッシングほどの評価を得ることができなかったのかもしれない。しかし、同時にフォスターは、「ブロックの小説は社会史としての価値がある」と評価している通り、一九世紀末から二〇世紀初頭にかけての北アイルランドを、プロテスタント・ユニオニスト、カトリック・ナショナリスト、どちらに与することもなく、公正な視点から描いており、歴史的資料としての価値を有している。短編小説「新兵たち」、「国家公務員」、自伝風長編小説『六〇年後』などがその例である。また、「国家公務員」、「海外移民」、「彼らふたり」、「嘆く者たち」などは、当時の北アイルランドの社会情勢を忠実に描くと同時に、悲哀に満ちた人間の生き様を描き、北アイルランドのみならず、人間世界一般に通じる普遍的価値を有していると言えよう。

注（1）John Wilson Foster, *The Titanic Complex*（Vancouver B.C: Belcouver,1997）, p.14.
（2）Bruce Stewart,"A Confusion of Strains", *Lost Fields*, a supplement to *Fortnight*, No.306, May 1992, p.14.
（3）"Introduction", Shan F.Bullock, *Thomas Andrews: Shipbuilder*（1912; rpt., Belfast: Blackstaff, 1999）, xvii-xviii.
（4）*Thomas Andrews: Shipbuilder*, p.50.

（5）*Ibid*., pp.36-37.

（6）*Ibid*., pp.68-74.

（7）*The Titanic Complex*, p.89.

（8）Robert L.Selig, "Gissing and Shan F.Bullock: The First Reference in the Chicago Press to Gissing's Chicago Fiction and Adventures", *The Gissing Journal*, vol.XXVIII, no.4, Oct. 1992, pp.1-6.

——"The Critical Response to Gissing and Commentary about him in the *Chicago Evening Post*（1）", *The Gissing Journal*, vol.XXX no.1, Jan. 1994, pp.26-37.

——"Ibid（2）", *The Gissing Journal*, vol.XXX no.2, Apr. 1994, pp.15-22.

（9）小池滋「ギッシング選集によせて」、ジョージ・ギッシング／太田良子訳『余計者の女たち—ギッシング選集第三巻—』（秀文インターナショナル、一九八八）、ii-iii。また、ここに挙げたギッシングの小説の原題は次の通りである。『暁の労働者たち』*Workers in the Dawn*（1880）、『無階級の人間たち』*The Unclassed*（1884）、『民衆』*Demos*（1886）、『サーザ』*Thyrza*（1887）、『人生の夜明け』*A Life's Morning*（1888）、『地獄の世界』*The Nether World*（1889）、『エグザイルに生まれて』*Born in Exile*（1892）、『新三文文士街』*New Grub Street*（1891）、『余計者の女たち』*The Odd Women*（1893）、『ヘンリー・ライクロフトの私記』*The Private Papers of Henry Rycroft*（1903）。

（10）"The Critical Response to Gissing and Commentary about him in the *Chicago Evening Post*（2）", pp.15-16.（Shan F.Bullock, "Shan F.Bullock Estimates Art of Late George gissing...." 16 January 1904, p.5.）

（11）Shan F.Bullock, *After Sixty Years*（London: Sampson Low, Marston, 1931）, p.34.

（12）*Ibid*., p.25.

（13）John Wilson Foster, "Bullock, Shan F.（1865-1935）", Robert Hogan, ed., *Dictionary of Irish Literature: Revised and Expanded Edition A-L*（Westport: Greenwood, 1996）, p.198.

（14）"The Awkward Squads", Shan F.Bullock, *The Awkward Squads and Other Stories*（London: Cassell, 1893）, pp.119-20.

（15）Shan F.Bullock, "A State Official", Seamus Deane.et.al.,eds, *The Field Day Anthology of Irish Writing*, vol.I（1991; rpt., Derry: Field Day, 1992）, pp.1066-70.

（16）Ibid., p.1067.

（17）Ibid., p.1069.
（18）Augustine Martin,"Shan F.Bullock（1865-1935）", *The Field Day Anthology of Irish Writing*, vol.II, p.1066.
（19）"A State Official", p.1067.
（20）Shan F.Bullock, *Ring o' Rushes*（New York: Stone & Kimball, 1896）; George Gissing, *Human Odds and Ends*（1893）,*The House of Cobwebs*（1906）, *A Victim of Circumstances and Other Stories*（1927）. また、この後に挙げたギッシングの短編小説の原題は次の通り。「判事と悪漢」"The Justice and the Vagabond", *Human Odds and Ends*（1893; London: Sidgwick & Jackson, 1911）, pp.20-37;「詩人のかばん」"The Poet's Portmanteau", *Ibid.*, pp.74-92;「年老いたお手伝いさんの勝利」"An Old Maid's Triumph", *Ibid.*, pp.197-202;「流行遅れ」"Out of the Fashion", *Ibid.*, pp.303-8.
（21）"Gissing and Shan F.Bullock: The First Reference in the Chicago Press to Gissing's Chicago Fiction and Adventures", p.5.
（22）"They Twain", *Ring o' Rushes*, pp.65-89.
（23）Ibid., p.88.
（24）"They that Mourn", *Ring o' Rushes*, pp.31-45.「クリストファソン」"Christopherson", *The House of Cobwebs*（1906; London: Constable, 1931）, pp.47-67.
（25）"Gissing and Shan F.Bullock: The First Reference in the Chicago Press to Gissing's Chicago Fiction and Adventures", p.5.
（26）"Humplebee", *The House of Cobwebs*, pp.68-87; "The Schoolmaster's Vision", *A Victim of Circumstances and Other Stories*（London: Constable, 1927）, pp.127-44.
（27）"The Schoolmaster's Vision", p.144.
（28）"The Critical response to Gissing and Commentary about him in the *Chicago Evening Post*（2）", p.15.（"Shan F. Bllock Estimates Art of Late George Gissing...," 16 January 1904, p.5.）
（29）"The Day of Silence", *Human Odds and Ends*, pp.92-110; "The Light on the Tower", *A Victim of Circumstances and Other Stories*, pp.107-23.
（30）John Wilson Foster,"Bullock, Shan F.（1865-1935）", *Dictionary of Irish Literature: Revised and Expanded Edition A-L*,

p.198.

第三章　リン・C・ドイルからバーナード・マクラヴァティーへ

――「成熟した、未知の融和」を希求して――

リン・C・ドイル「バリグリオン物語」の中の人間像

――北アイルランド、そして世界のミクロコズム――

バーナード・マクラバティー（一九四二―）の『装飾音』は、一九九七年度のブッカー賞候補にノミネートされた小説である。その中で、主人公キャサリン・アン・マッキーナの父親と、彼女が次のような会話を交わす場面がある。


「おまえは、今までにリン・C・ドイルという作家の名前を聞いたことがあるか」

キャサリンは首を振った。「それは本名じゃない。ペンネームだ。駄洒落でつけた名前なんだ。というのは、リンシード・オイル（亜麻仁油）と同じ発音なんだ。ホモ・フォーン、同音語だ。ホモ―同じ、フォーン―音、だ」

「いったい何のこと」

「発音が同じということだ。リン・C・ドイルとリンシード・オイルだ。分かったか」(1)

リン・C・ドイルこと、本名レズリー・アレクサンダー・モンゴメリー。一八七三年一〇月五日、ダウン州の州都ダウンパトリックに生まれた。少年時代の教育は、南のアイルランドのラウス州ダンドークの寄宿学校で受けた。一六歳の時からベルファーストの「北部銀行」で働き始め、一九〇六年にダブリンの北郊外のスケリーズの支店長に任命され、そこで二八年間、一九三四年に定年退職を迎えるまで働き続けた。彼のペンネームは、『装飾音』の、キャサリンの父親の言葉の中にあるように、たまたま雑貨店で見つけたリンシード・オイルの缶詰から取ったものであった。このようなユーモアを得意とする彼は、「バリグリオン」という北アイルランドの架空の町と、その周辺に住む人々の生き様を、地元の方言を駆使して、コミカルなタッチで描き続けた。かくして彼は、主にユーモア作家として知られるようになった。たとえば、ロバート・ホーガン主任編集の『アイルランド文学辞典—改訂・拡大版—』(一九九六)の、「リン・C・ドイル」の項は、「ユーモア作家」という位置づけから始まり、「北アイルランドの架空の村バリグリオンに関して、幅広く、方言を用いて、コミカルに描いた何冊かの物語の著者として主に知られている。(中略)一九六一年八月一三日に亡くなり、まちがいなくサマヴィル&ロス、ジョージ・A・バーミンガムの次にランクされる数多くの娯楽小説を残した」(2)と説明してある。また、ロバート・ウェルチ編集の『オックスフォード版アイルランド文学辞典』(一九九六)のドイルの項も、「喜劇作家」で始まり、「プロテスタント、カトリック両地域社会の関係を描いているが、繰り返し登場するナレーター、パット・マーフィーが中心的存在で、人々の風変わりな行為に対する愛情の込もった賞賛と、ユーモア溢れる数々の文章に読者の視点は限定される」と説明し、「ドイルの伝記作者は未だに現れない」で終わっている。(3)確かに、一冊の本の形になった、ドイルに関する批評書、研究書は未だ出版されておらず、『フォートナイト』一九九二年五月号の、ウィリアム・オケインのドイルに関する三ページのエッセイが今までこの作家について書かれた一番長い論考である。しかし、この短いドイル論は示唆に富んでおり、彼の作品の価値を認識させる。(4)ドイルの数多くの「バリグリオン物語」を読めば、彼がただ単なるユーモア作家ではないことが分かる。そのことはオケインのみが指摘し、『わずかな土地』(一九二三)を例に挙げ、「ドイルは、ほとんどのテーマを軽いタッチで描いているが、現実社会の、数多くの厳しく、過酷な面について決して盲目ではなかった」と述べている。(5)ドイルは、厳しい貧困生活と、プロテスタント・ユニオニストとカトリック・ナショナリストの紛争を中心とする、北アイルランドの苛酷な現実を骨の髄まで知り尽くしていたからこそ、北アイルランドの平和と繁栄を心から願って、人々に明るい希望を与えるユーモア小説を書き続けたのではないだろうか。そして、その願いが真意に溢れているからこそ、彼のユーモア小説は輝きを放っているのではないだろうか。

そこで、最初に、ドイルがいかに北アイルランドの紛争の悲劇に熟知していたかを示すために、彼の書いた知られざる悲劇小説について述べてみたい。『オックスフォード版アイルランド文学辞典』の説明にあるように、ドイルの小説の大半のナレーターは、パット・マーフィーである。それぞれの短編小説集の「序文」の中で、マーフィーが著者ドイルと会話を交わす。四作目の「バリグリオン物語」となる『私とマーフィー氏』(一九三〇)の序文の中で、マーフィーはドイルに、「君自身の物語はないのかね」と問いかける。それに対してドイルは、「アイルランドの歴史に関する二、三の物語があるが、深刻過ぎて、君の物語と一緒にはできないのではないかと思う。アイルランドでは歴史は難しい問題だから」と述べて、彼自身の物語を語ることを躊躇する。しかし、マーフィーは、「誰も君の言うことなどに注意を払いはしないよ」と言い、ドイルにそれらを語ることを勧める。ところが、その後、マーフィーの言うことは徐々に物騒になってくる。ドイルが、「自分はプロテスタント、カトリックどちらの味方でもない」という旨のことを言うと、マーフィーは、彼を疑いの目で見て、次のように言う。

われわれは寛容の時代に生きていると言われている。しかし、実のところを言うと、ドイル君、この島には、もし私が柱に縛られている時、ポケットの中にマッチを持っている男がいたとしたら、女でもそうだが、絶対にわたしのところに通りかかって欲しくない連中がいるんだ。さあ、君の物語を一か八かで語ってみ給え。（中略）もし連中がわれわれに火をつけるとしたら、われわれを爆弾で吹き飛ばしにやって来る連中はもっと多いと思うんだ。でも、もし君が歴史よりも幾分軽い話を知っているのだったら、それもこの本の中に入れ給え。私は昔ほど若くない。多分、峠を過ぎる前に、これ以上くだらぬたわごとを語るのは止した方が良いだろう。君は頑張ってやってみたらどうだ。それに、君に何ができるか、人に見せるのも悪くはないだろう。(6)

かくして、一九〇八年のデビュー作『バリグリオン』以来、主にユーモア小説を書き続けてきたドイルだが、この短編集の中で、初めてアイルランドの歴史を題材にした悲劇を書く。それらは「民兵」と「九八年蜂起に関する三つの物語」である。(7)「序文」からは、ドイルが北アイルランドのプロテスタント、カトリックの対立の根深さを熟知していたことは多少なりともうかがえるが、実際にこのふたつの作品を読むと、ドイルがいかに北アイルランドの悲劇を知り尽くしていたかが実感でき、読者は、ユーモア作家とは完全に異なるドイルに気づく。

「民兵」の原題は“The Rapparee”で、これは、一七世紀の終わり、プロテスタントのイギリス王ウィリアム三世と、彼から王位を追われたカトリックのジェイムズ二世が交えた一連の戦闘において、ジェイムズ側に与したアイルランドの民兵たちのことである。両軍は陰惨な殺戮を繰り返し、ある凍てつく冬の日、ウィリアム軍の兵士たちが、森の中で民兵の生き残りを捜索していた。彼らは疲弊したある民兵を発見し、彼らのうちのひとりが銃剣で刺殺しようとするが、隊長は、「その悪党のためにきれいな鉄を汚すな」と制止し、木の枝を用いて絞首刑にすることを命ずる。民兵は、金をやるから殺さないでくれと命乞いする。兵士たちは、彼が手渡したなけなしの金を見て笑い飛ばし、絞首刑を実行しようとするが、彼らのうちのひとりが、この民兵はもっと多くの金を隠し持っている可能性があると言い、残らず渡せと要求する。しかし、彼らが見つけたのは、わらにくるまれた食糧と、火打ち石だけだった。彼らは、金目のものが隠されていないかと食糧を踏み潰して捜し、そして火打ち石でわらを焼いて暖を取る。民兵は激しく抵抗して彼らの略奪を抑止しようとするが、無駄な抵抗と分かると、地面にうずくまって泣き叫ぶ。そして隊長は、部下たちにこの民兵を絞首刑にすることを命じる。雪の中で刑は実行され、彼らがその場を立ち去ろうとした時、ひとりの兵士が何か背後に動くものを見て、連れの兵士の腕を掴み、会話を交わす。


　「ディック」彼は息をひそめて言った。「ディック、おまえ、何か見なかったか。そこだ、俺たちの後ろだ。何かが動いている」

　声を掛けられた男はチラリと見て、蒼白な顔で連れの方を振り返った。

　「女と四人の子供だ」彼は言った。「神よ、我らを許したまえ」[8]

ひとりの民兵と彼の家族の残酷な運命を描くことにより、アイルランドの悲惨な過去を読者に実感させる物語である。

「九八年蜂起に関する三つの物語」は、一七九八年のユナイテッド・アイリッシュメンの独立革命を題材にした三つの短編から成り、それらは「復讐」、「戦いのあと」、「ふたりの同志」である。(9)「復讐」は、ユナイテッド・アイリッシュメンの同志たちを裏切って、彼らをイギリス軍に密告した男と、その友人の物語である。トマス・ヘンダーソンという密告者の裁判の場面から物語は始まる。彼は、同志たちの名前を書いた紙をイギリス軍隊の指揮官に渡したというスパイ疑惑をかけられていた。彼を裁くのは、五人の同志たちで四人は彼を即刻死刑にするということで意見が一致したが、残りのひとり、ジョン・モリソンは、確たる証拠を掴むまでは死刑は待つべきだと言った。四人はモリソンに同意し、証拠を掴むまでヘンダーソンを縛り、四人が仮眠を取っている間、モリソンが見張り役を務めることになる。かつてヘンダーソンはモリソンの恋人を奪って結婚し、彼女との間に子供が生まれた。しかしこの女性は死に、ヘンダーソンは零落し、子供を育てる金の必要性に迫られ、賞金を得るため同志たちを密告したのだった。ヘンダーソンはモリソンに、「自分はアイルランドを去るから子供を育てて欲しい」と懇願する。モリソンは彼の話に心を動かされ、彼の縄を解く。そこでヘンダーソンは、自分が暴れて縄を解き、逆にモリソンを縛って、逃げたように見せかけてはどうかとモリソンに入れ知恵し、同意を得る。夜が明け、他の四人が起きてやって来た。彼らがそこで見たのは、モリソンが椅子に縛られて、ナイフで胸を刺されて死んでいる姿だった。それと時を同じくして、ヘンダーソンの密告を受けたイギリス軍が駆けつけて来て、彼らを包囲し、彼らは殺されるであろうことをほのめかして物語は終わる。

「戦いのあと」は、九八年蜂起の中でも最大の戦闘と言われるバリナヒンチの戦いに題材を取っている。ウィリアム・トンプソンという反乱軍の兵士が、負傷して、命からがらに彼の家にたどり着いた。彼は、イギリス軍から追われており、アイルランドから国外逃亡するつもりだった。ちょうど逃亡のための荷造りを終えたところへイギリス軍が彼を捕らえに来た。妻は彼を庭の古井戸の中に逃げ込ませた。彼らには三歳の男の子がいた。無邪気なこの子は、イギリス兵たちをただのかっこいい兵隊と見なし、指揮官の手を取って、父親を呼びながら、隠れ場所を探す。息子に危害が及ぶことを恐れた父親は、イギリス軍の前に投降する。そして彼は絞首刑に処せられる。父親の処刑も単なる遊びとしか思わない息子は、指揮官の腕に抱かれて、父親の体が激しく身悶えしてグロテスクによじれるのを見て、「かっこわるいよ、お父ちゃん」と笑い転げる。

「ふたりの同志」は、アントリムの戦いで反乱軍に加担して戦ったデニス・キャラハンというカトリック教徒とウィリアム・キーナンというプロテスタント教徒の物語である。ふたりは、イギリス軍に追われ逃亡中で、生粋のアイルランド人であるキャラハンは、自由を勝ち得るまで戦い抜くと宣言するが、スコットランドの血を引くキーナンは、アイルランドで自由平等を得ることは不可能と悟ったのでアメリカに移住してそれを求めることを決意したと語る。これに端を発し、ふたりは口論から格闘へと至る。この二人の仲たがいのうちには、『アイルランド略史』の中で、クルーズ＝オブライエン夫妻がユナイテッド・アイリッシュメン運動の失敗の原因として挙げた「もろい結束力」[10]がうかがえる。クルーズ＝オブライエン夫妻は、ユナイテッド・アイリッシュメンの革命は、もともとはアイルランドのカトリックとプロテスタントが結束してイギリスに対して起こした独立戦争であったが、南のアイルランドのウェックスフォード州などでは、カトリックのプロテスタントに対する宗教戦争の様相を呈し、元来の目的を逸脱したことを指摘している。[11]この作品の中でも、南のアイルランドでカトリックがプロテスタントに加えた残虐行為に関して、キーナンはキャラハンに非難の矛先を向ける。

我々が知ったのは、今まで手を組んでいたのは、自由という言い訳のもと、手当たり次第にすべてのプロテスタントを殺してきた忌まわしい人殺しども、野蛮人たちだったということだ。南の、おまえの同志たちがやってきたことを聞かされて、我々も少し考えを改めざるを得なくなった。(12)

この物語が複雑なのは、カトリックのキャラハンがイギリス軍にキーナンの潜伏先を密告することだ。イギリス軍に追い詰められたキャラハンが同志も道連れにしようとしたのだろうか。キャラハンは胸と頭を撃たれ死亡し、キーナンは、イギリス軍の指揮官から、キャラハンから彼の潜伏先を教わったと聞かされ、友人の裏切りに愕然とし、死の覚悟を決めるところで物語は終わる。

これら四つの作品に共通しているのは、登場人物はごく限られており、彼らの、悲劇に至るまでの心理的葛藤に焦点を絞って描くことにより、よりいっそう戦争の悲惨さを浮かび上がらせていることだ。これらの作品からは、ユーモア作家とはまったく異なる、北アイルランドの悲劇を身をもって知ったドイルの姿が見える。彼は、このように北アイルランドの悲劇を熟知していたからこそ、プロテスタント・ユニオニストとカトリック・ナショナリストの融和を心から願い、彼独自のユーモア小説の数々、つまり「バリグリオン物語」を通じて、それを訴え続けたのだろう。

ウィリアム・オケインは、「架空と現実の要素を融合させ、両方を越えたレベルの普遍的真実を持つ世界を構築した」小説家の例として、トマス・ハーディー、ウィリアム・フォークナーと並んでドイルを挙げている。(13)ハーディーの「ウェセックス」、フォークナーの「ヨクナパトファ郡」、ドイルの「バリグリオン」はいずれも架空の土地である。ウェセックスはイギリス南西部、ヨクナパトファ郡はミシシッピー州北部、バリグリオンは北アイルランドの地方の田舎町がモデルで、そこに生きる人々の実態を描き、国と時代を超えた、人間世界一般に通じる普遍性を見せている。オケインは言う。

バリグリオンは、確かに時代の面影を刻印したアルスター社会のミクロコズムであるが、同時に普遍的興味もかもし出している。というのはドイルの物語は、世界中どこでも見られる姿を、人々の宿命を、彼らの日々の愚行や、時たまの勝利や成功や失敗とともに描いているからである。(14)

オケインが指摘するように、ドイルの描くバリグリオンは、北アイルランドばかりではなく、世界のミクロコズムと言えよう。一連の「バリグリオン物語」は、多くが短編小説集で、『バリグリオン』（一九〇八）、『ロブスター・サラダ』（一九二二）、『愛しいアヒルたち』（一九二五）、前述の『私とマーフィー氏』（一九三〇）、『ロザベル』（一九三三）、『カバンの揺れ』（一九三九）、『ボール一杯のスープ』（一九四五）、『緑のオレンジ』（一九四七）、『再びバリグリオンへ』（一九五三）、『バリグリオン・バス』（一九五七）と続く。(15) これらの作品の中で、ドイルが、バリグリオンを舞台に、世界中どこでも見られる人々の愚行、勝利、成功、失敗をいかにユーモラスに描き、普遍的魅力をかもし出しているかを論じてみたい。

まずデビュー作の『バリグリオン』から、「吠えない犬」がその典型的な例として挙げられる。(16) 弁護士のアンソニー氏と銀行員のバリントン氏が、ヘイスティングス氏が飼育している兎の密猟を企てる。彼らに同行するのが、物語の語り手パット・マーフィー。アンソニー氏は、兎であろうが、ネズミであろうが、猫であろうが、まったく吠えずに捕まえることができるという猟犬を連れて来る。その犬が一匹の兎を追い詰め、アンソニー氏が空気銃でその兎を撃とうとしたところ、兎の掘った穴に足が滑り落ち、転倒する。その拍子に彼の指は銃の引き金を引いてしまい、弾は、兎ではなく犬の脇腹に当たり、吠えないはずの犬が大声で吠え立てた。その声で、ヘイスティングス氏と彼の従僕たちが家から飛び出して来て、密猟者たちを追った。アンソニー氏は先に逃げるが、バリントン氏は息が切れ、彼は、一緒に逃げているマーフィーの首をつかみ、「皆さん、こいつです。密猟者のひとりを捕まえました」と大声で叫ぶ。マーフィーは、驚いて、「あんた、俺を売る気か」と言う。それに対し、バリントン氏は、マーフィーに、自分を殴り倒して逃げろと命ずる。マーフィーは、命ぜられたままに、「牛でも倒すほどの」一撃をバリントン氏に加え、逃げる。ヘイスティングス氏は、バリントン氏が密猟者を追って、殴られて負傷したと信じ、彼に多大な感謝の意を示し、バリントン氏と娘のアニーの結婚を認める。バリントン氏は、良心の呵責を感じて、アニーには真実を打ち明ける。すると彼女は笑いながら、「あなたのお供をした猟犬にアイルランドで一番すてきな犬小屋を買ってあげる」と応える。「ところであの犬の行方は」と、バリントン氏とマーフィーが話し合っていると、その犬の死体が川を流れて来る。バリントン氏は、「これで本当に吠えない犬だな」と言う。彼はダブリンの銀行に転勤することになり、バリグリオンの彼の銀行の庭に、「吠えない犬の愛しき記憶のために」という碑文を刻んだ墓を建て、妻と共にダブリンへ旅立つ。ドイルのユーモアの性質は“pawky”「まじめくさっていて滑稽な、ずる賢い」と評される。[17] 確かに、この物語でも、弁護士、銀行員という、本来はまじめであるはずの人間たちが、裏ではこのような滑稽な愚行を繰り広げている。人間の持つ本性をドイルは暴いているようだ。そして、ドイルは、彼の登場人物たちをすべて愛情を込めて描いている。

これは、「愚行」が「成功」につながった物語だが、それが「失敗」に終わった物語の代表作としては、『私とマーフィー氏』のうちの「A Short Suit」が挙げられる。[18] 大半の読者は、読む前は、このタイトルの意味を「丈の短いスーツ」と解釈するだろう。しかし、ドイルは彼の見事なユーモアで読者を欺く。ベルファーストに住むマックピーク夫妻の家に、妻の弟サムが泊まった。サムの家は、北アイルランドと国境を接する、南アイルランドの町の鉄道沿いにあった。彼は、ベルファーストにやって来て三つ揃いのスーツを買った。彼は南にそれを持ち帰るのに、税関で税金を支払わねばならないが、それをなんとかしてごまかしたかった。彼の姪で、物語の語り手マーフィーの妻モリーがサムに、それを紙に包んで、帰りの列車の窓から彼の家の庭に投げたらいいと入れ知恵した。サムはそれを自分で包もうとしたが、マックピーク夫人が、「それは女の仕事」と主張して、彼のために包んでやった。帰りの列車の中で、サムはベルファーストに行っていた四人の家畜商と乗り合わせた。そのうちの一人が、サムの悪だくみを聞いて、最近は国境沿いで役人が見張っていて、列車の窓から投げられるものを取り上げて行くと教えた。そして男はサムに、包みからスーツを取り出して着て、今着ている服を代わりに包んで窓から投げれば、たとえ役人が取り上げたとしても着古しの服など問題にしないだろうと話した。国境に接する彼の家が近づいてきた。男はサムに、「急いでトイレに入って服を脱いで、包みに入れて自分に渡せ。自分が投げてやる。それからトイレの中でゆっくりスーツを着れば良い」と申し出た。冬で、トイレの中は凍てつくほど寒かった。「急げ、急げ」という男の声にせかされて、サムはとにかく服を脱いで包みの中のスーツと入れ替えて、男に手渡した。その頃、ベルファーストでは、マックピーク夫人が、凍えたひざを火で暖めながら、「どうしよう、サムの新しいスーツのズボンを包みに入れるのを忘れちゃった!」と叫んでいた。この物語のタイトルの本当の意味は、「ズボンが欠けたスーツ」であることがここで初めて分かる。

北アイルランドのプロテスタント・ユニオニストとカトリック・ナショナリストの対立をユーモラスに描き、ドイルの両派の融和に対する真の願望が溢れ出た作品として、『バリグリオン』のうちの「バリグリオン・クリーム製造業協同組合」が挙げられる。[19]バリグリオンの住民たちは、国の農業省から、町の農業振興のために、ミルクからクリームを製造する機械を購入する。それに伴ってバリグリオン・クリーム製造業共同組合を設立する。「年老いたぼんくら」こと、マイケル・マリーは、平和を願う善意の老人だが、いつも言葉が過ぎて、逆に人々の争いを助長してしまう。彼が、組合の委員会の席上で、政治と宗教が原因で組合が分裂することのないよう、総会は、町のオレンジ・ホールとアイルランド統一同盟会館で交互に開催すべきだという意見を述べる。そして彼は、「自分自身はナショナリスト、自治法支持者で、今後ともそうあり続けるつもりだ」と述べ、プロテスタント住民たちへの配慮から第一回目の総会はオレンジ・ホールで開くことを提案する。しかし、これがかえって両宗派の分裂を引き起こす火種となる。第一回総会の最中に、「ちびのビリー」と呼ばれている強硬派オレンジマンが酒に酔ってやって来て、オレンジ集会と勘違いし、マイケル・マリーと連れのナショナリスト、タマス・マゴリアンがいるのを見て、「やめろ、兄弟！　カトリック野郎どもがいるぞ」と叫ぶ。かくして組合は完全に分裂し、プロテスタントとカトリックで別々のクリーム製造業協同組合を設立しようという話が持ち上がる。そこで、組合再建のための集会が開かれ、プロテスタントのドナルドソン牧師と、カトリックのコノリー神父が前に出て、コノリー神父が、ふたりの意見を代表して述べる。彼は、ふたつの組合を作るに当たって、プロテスタントの農夫とカトリックの農夫を区別するのは簡単だが、果たして牛をプロテスタントとカトリックに区別できるかという問題提起をする。もしひとりの農夫が、一頭の子牛を大人になるまで飼い育てたとしたら、その牛は、「この国に住む者の宿命として」、ナショナリストかオレンジマンかどちらかにならざるを得ない。しかしナショナリストがオレンジマンの牛を購入した場合にはどうなるのか。先月、タマスは、ビリーが飼い育てた牛を彼から購入した。その場合は、その牛はオレンジマンで、プロテスタントのクリーム製造業協同組合に連れて行くべきかもしれない。私は、私の子牛ケリーを私自身で飼い育てたが、その父親牛はドナルドソン牧師が飼っていたもので、「オレンジ王子」と呼ばれていた。とすれば、ケリーはプロテスタントのクリーム製造業協同組合に連れて行くべきかもしれないが、私は、ケリーはナショナリストだと信じている。牛をプロテスタントとカトリックに区別するためには彼らの家系図を作る必要がある。しかも最近ではアメリカからも牛が輸入されている。したがって牛をプロテスタントとカトリックに区別して、それぞれのクリーム製造業協同組合に連れて行くのは容易なことではない。もし自分の飼っている牛がどちらなのか自信が持てないのならば、あるいは信念を曲げない牛を飼っているのならば、昔のように、自分の家で、スプーンを使って牛のミルクからクリームを抽出すべきだ。人々は、このコノリー神父の冗談に大笑いし、彼とドナルドソン牧師の、両派の融和を真摯に願う気持ちに心打たれ、今まで通り、クリーム製造業協同組合はひとつで運営してゆくことを満場一致で決議する。以後、バリグリオン・クリーム製造業協同組合の製品には、シャムロックと、オレンジのユリのラベル両方が貼られるようになったという。

もうひとつ、北アイルランドのプロテスタント・ユニオニストとカトリック・ナショナリストの融和に対するドイルの真の願いが溢れ出た作品として、『再びバリグリオンへ』のうちの、「この土地の平和」が挙げられる。[20]この物語の語り手パトリック・マーフィーは言う。

ふたりの人間が意見を正反対にする場合、ふたりの間に一種の絆が生まれることがある。お互い同士、痛烈に嫌悪し合っているので、自分が相手のことをどう思っているかを相手に伝える機会を決して逃したがらないのだ。でなければ、相手もまともな人間なので、その誤った見解を改めるべきだと心から信じているのだ。[21]

マーフィーの述べる、この裏返しの意味でのつながりは、プロテスタントとカトリックの融和に対するドイルの願いの現れの一端ではないだろうか。こういう形でつながっているのが、ウィリアム・シャインとフェリックス・オフェイだった。前者がプロテスタント、後者がカトリックで、ふたりはマイケル・キャシディーのパブで毎日のように政治論議を戦わせ、相手の見解を改めさせようとしていた。議論が沸騰し、殴り合い寸前になり、パブから追い出されることもあったが、結局はふたり一緒に戻って来て、アイルランドの将来を語り合うのだった。ある時、町に新しい巡査部長が赴任した。ふたりが通うパブの主マイケルは、警察と仲良くなるのが得策と判断し、この巡査部長に手柄を上げさせるために、自分のパブに招いた。例によって、ウィリアムとフェリックスの議論が沸騰し、ウィリアム三世とローマ法王が話題に上ってきた。しかし、お互いの和解のために、ウィリアムが、「俺はウィリアム三世のことは二度と口にしないことに同意するから、おまえがウィリアム王のことを口にしないのなら、俺もローマ法王のことは口にしないつもりだ」と答えた。フェリックスがウィリアムと握手をするために、立ち上がってテーブルをドンと叩いた瞬間にビール瓶が落ちて割れた。ウィリアムは「ウィリアム王はノー」、フェリックスは「ローマ法王はノー」と叫んだ。ビール瓶の割れる音とふたりの叫び声を隣の部屋で聞いた巡査部長は、喧嘩と勘違いし、連れの部下とともに飛び出して、ふたりを捕らえた。そして、治安判事であるヒッチャム氏のもとで裁判が行われた。巡査部長は、ふたりを泥酔による器物破損と侮辱の罪で捕らえたと言う。彼が言うには、「侮辱」とは、プロテスタントであるウィリアムがウィリアム王を否定する暴言を吐き、カトリックであるフェリックスがローマ法王を否定する暴言を吐いたとのことだった。善意に満ちた治安判事は、ふたりを警告付きで釈放し、巡査部長には、「このような異常な事件の再発防止のためには、必ずしも事件の公表を差し控える必要はなかろう」と告げ、この事件が住民に知れ渡り、プロテスタントとカトリックの融和をもたらして欲しいことを暗にほのめかした。実際、このニュースはバリグリオンの住民たちの間に「野火のごとく」即座に知れ渡り、以後、ウィリアムは「ローマ法王ウィリアム」、フェリックスは「オレンジ・カトリック」と呼ばれるようになった。

以上述べてきたように、ドイルは、「バリグリオン」という特定地域に暮らす人々の様々な姿を描くことにより、北アイルランドの実態を示すと同時に、世界中の人間のミクロコズムをも示している。そして、北アイルランドのプロテスタント・ユニオニストとカトリック・ナショナリストの対立を題材にしたドイルの小説を読むと、彼は両派の対立の根深さを熟知していたが故に、彼らの融和を心から願っていたことが実感できる。オケインの言葉をもう一度引用したい。

　ドイルがアイルランド文学に果たした貢献は、われわれの複雑な社会に対して、幅広い、人間的な見方を呈示したことである。（中略）彼の声、彼の関心事は、まさに真の作家のものである。彼は、彼自身の極めて小さな世界から物を眺め、彼の作品を通して、その小さな世界に生命と一種の永遠性を与えた。[22]

ドイルが、彼の小説を通して示した、北アイルランドのプロテスタント・ユニオニストとカトリック・ナショナリストの融和に対する願望は、この章の冒頭に引用した、ドイルの名が出てくるバーナード・マクラヴァティーの『装飾音』のうちにも、違った形で描かれている。

バーナード・マクラヴァティー『装飾音』(一九九七)が奏でる「融和」の調べ
—キャサリン・アン・マッキーナの人生が示す可能性—

『フォートナイト』の一九九二年一二月号に、エリザベス・バウチェが現代北アイルランド小説—彼女の言葉で言えば「紛争小説」—について興味を引くエッセイを書いている。(23)

彼女は、一九九〇年、ベルファーストで行われた紛争小説のセミナーに出席したが、まったく場違いな気分を味わった。というのも、シン・フェイン党党首ジェリー・アダムスも出席したこのセミナーでは議論はまったく行われず、出席者一同、北アイルランド紛争を描いた小説などは「猫の寝ワラにするためにずたずたに引き裂いた方がまし」とういことで意見が一致したからである。当時、ベルファーストのリネンホール・ライブラリーには北アイルランドを題材にした小説が約二五〇冊置かれていた。そして図書館司書のひとりが彼女に、次のように言ったという。「これらの小説は世界中の人々に読まれていて、紛争に関する学術書の読者の数を遥かに凌いでいるのは確かです。しかし、問題なのは、これらの小説のほとんどが北アイルランドの実態を正しく伝えていないということです」

私自身、一九九〇年に北アイルランドの大学を訪れ、ある教授に「紛争小説」のことを尋ねたところ、「うちの大学の図書館にも数多くあるが、がらくたばかり」という答えが返って来た。果たして、北アイルランド紛争を描いた小説を優れたものとそうでないものにする違いはいったい何なのか。バウチェは、大部分の陳腐な紛争小説の中にあって、バーナード・マクラヴァティーの『キャル』（一九八四）とブライアン・ムーアの『沈黙の偽り』（一九九〇）を例外的に優れた作品として挙げている。(24)

『キャル』というタイトルは、主人公のカトリック教徒の男性の名前から取られている。物語は、キャルと、マーセラという、カトリックの生まれだが、プロテスタントの男性と結婚することにより改宗した女性を巡る悲劇である。キャルは、プロテスタントが大多数を占める住宅街に生まれ、定職に就くことなく、失業手当で暮らしていた。そして、IRAに命ぜられ、父親とともに、彼らのテロ活動に加担していた。ある時、標的のプロテスタント男性を殺害したが、父親はこのテロで重症を負った。その後、自宅が焼き打ちにあい、行き場のなくなったキャルは、ある農場に住み込んで働き始めた。その農場の持ち主は、キャルに殺害されたプロテスタントの男性だったが、彼の妻であるマーセラとキャルは恋に陥った。キャルもマーセラも、北アイルランドのプロテスタント・ユニオニストとカトリック・ナショナリストの対立に翻弄され、自己のアイデンティティーを求めてさ迷っていることが迫真の説得力を持って描き出されている。そしてマクラバティー特有の、歯切れの良い、平明で、簡潔な文体は、読者を一時も飽きさせることなく、作品世界の中へと引き込んで行く。結末で、警察がキャルを逮捕にやって来た時、彼は「これでやっと半殺しになるまで殴られることになるだろう」と感謝しながら、罪状が読み上げられるのを黙って聞くのだった。この小説は、出版の翌年の一九八四年には映画化され、ジョン・リンチがキャルを、ヘレン・ミレンがマーセラを演じ、世界的にも話題を呼んだ。また、二〇〇一年夏、ダブリン市立大学で行われた国際アイルランド文学研究協会世界大会では、『キャル』に関するドイツ人研究者の発表があり、ドイツの高校、大学では、北アイルランド紛争を学ぶために、この作品が教科書として読まれているという報告がなされた。[25] このことからも、この小説の価値の高さがうかがえる。

しかし、紛争の悲惨さのみを描いた小説が果たして「芸術」たり得るだろうかという疑問がある。この疑問に関して、バウチェは、長い間紛争小説を読み続けてきたという北アイルランドの批評家ビル・ロルストンが、彼女とのインタビューで語った次の言葉を引用する。「私が紛争小説の多くに反発を覚えるのは、それらの視野の狭さです。登場人物にはまったく理性がありません。根底にある考えは、あたかもそれがアイルランド人の生まれつきの本性であるかのように、政治紛争に係わっている人間は誰ひとり理性的な動機は持っていないということなのです」[26] もし、紛争小説が、理性を持たないテロリストたちの戦いだけを描いた、視野の狭い作品であるとすれば、それは、ただ単なる娯楽小説であり、芸術と呼ぶ価値はないかもしれない。『キャル』の場合、北アイルランド紛争の根深さを読者に実感させるとともに、世界中の他の民族紛争を想起させ、そして平和の重要性を教えてくれる。その意味では、優れた文学作品と言えるだろう。しかし、マクラバティーの小説で、さらに視野の広がりを見せ、芸術と呼ぶことに異論の余地がないのが、一九九七年に出版され、ブッカー賞候補作にもなった『装飾音』である。イーモン・ヒューズは、この小説がマクラヴァティーの今までの最高傑作と述べ、「『キャル』は、登場人物の生き方が紛争に左右されているという意味で失敗作に終わっているが、『装飾音』は、主人公キャサリン・アン・マッキーナが、家庭、教育、旅、母性、紛争という彼女の存在を形成しているあらゆる要素を通じて、女性として、作曲家として自己のアイデンティティーを確立するという意味で成功作である」[27] と述べている。ここでヒューズが言っているのは、『キャル』は北アイルランド紛争が主題で、それ以上視野の広がりがないのに対し、『装飾音』はひとりの女性の生き方が主題で、紛争は彼女の生き方を形成する一要素であり、その意味では視野の広がりがあるということだ。確かに『キャル』が描くのは北アイルランド紛争のみだが、単なる娯楽小説ではなく、戦争の悲惨さと平和の尊さを読者に教えてくれるので、ヒューズが言うように、必ずしも失敗作と断定はできないだろう。しかし、『装飾音』の方が『キャル』よりも視野の広がりがあり、文学作品としては優れていると言えよう。

主人公キャサリン・アン・マッキーナは、北アイルランド・デリー州の小さな村のカトリックの家庭に生まれた。父親は自宅の一階でパブを経営しており、キャサリンは酔った客からからかわれることがしばしばあった。父親自身もまたアルコール依存症だった。彼女は、カトリック・ナショナリストとプロテスタント・ユニオニストの紛争で二分された村と、問題を抱えた父親のもとを去り、プロの作曲家として自立することを決意するのだった。

「装飾音」とは、キャサリンがベルファーストの大学で教わった中国人の音楽教授の言葉を使えば、"agréments"、すなわち「音と音の間の音」ということだった。中国人教授はそれを彼女に説明する時、「目には見えぬ道教の原理」に言及した。それは、「陰と陽」、「女性的なものと男性的なもの」といったふたつの「宇宙の力」の相互作用ということだった。装飾音とは、音階と音階の間に新たに加えられる音階で、お互いの相互作用によって、曲をさらに美しく、調和の取れたものにする音階のことである。この小説には、文字どおりの装飾音に加え、メタファーとしての装飾音がいくつか描かれている。例えば、過去と現在の相互作用、東西世界の相互作用、男性と女性の相互作用、そして北アイルランドのカトリック・ナショナリストとプロテスタント・ユニオニストというふたつの分断された社会の相互作用が生み出す「融和」である。

キャサリンはベルファーストの大学の音楽作曲コースを首席で卒業し、グラスゴーの音楽院でさらに勉強を続ける。彼女の作曲したピアノ三重奏は、モンクリエフ=ヒューイット賞という音楽賞を受賞し、千ポンドの賞金を獲得する。そこで彼女はロシアに留学し、キエフに住むアナトリ・イヴァノビッチ・メルニチャックという著名な作曲家に師事する。キャサリンは、メルニチャックと彼の妻オルガに案内されて、教会に行き、聖歌を聴く。ここには文字どおりの装飾音が描かれている。

その聖歌は荘厳だった。男性の太く、素晴らしいバスの歌声と女性のソプラノとアルト。マホガニーとチーク、金と銀の歌声だった。（中略）メルニチャックはメガネを外し、うっとりと佇んだ。オルガは三度十字を切った。神父たちの歌声は、聖歌隊の歌声とは異なっていた。さらに大きく、さらにグリッサンドが効いていた。文字通りの装飾音だった。キャサリンが聞き取れた唯一の言葉は「ハレルヤ」だった。聖歌隊はその和音に陶酔し、永遠とも感じられる間、歌い続けた。(28)

ここでは、神父たちの歌声が、装飾音として聖歌隊の歌声と合体し、さらに美しい、調和のとれた歌が生み出されている。この後にはメタファーとしての装飾音がいくつか登場する。キャサリンは、ロシア留学の後、スコットランド沖合のイスレイ島で音楽教師として働き始める。そしてデイブという男性と恋仲になり、女児を出産するが、彼の飲酒癖と暴力が原因で別れ、子供を連れてグラスゴーに移り住み、作曲活動に専念する。そんな時、父親が亡くなり、葬儀のため北アイルランドに帰郷する。この小説はフラッシュバック形式で展開し、父親の葬儀を終え、グラスゴーに戻る飛行機の中で、キャサリンが、ロシアの教会で聴いた歌を回想する場面がある。

その音楽の強烈さと美しさゆえに、キャサリンの目からは涙が流れ出た。ロシアの人々の疑いようのない苦悩と仮借のない貧困が、それに輪をかけ、彼女の涙は止まらなくなった。今、彼女は暗褐色のアイルランド海の上を飛ぶ飛行機の中で、味気無い機内食を食べながら、キエフで泣いた時のことを思い出して、涙を流していた。そして彼女は涙の理由を他のところに持っていった。彼女はそれを父親の死のせいにした。するとこの二、三日間の感情が溢れ出てきた。まるでふたつの刑に服している囚人のように、彼女は同時発生的に涙を流していた。くだらぬことだとは思わなかった。彼女は涙の理由を増やしていたのである。(29)

ここでは、父親の死の悲しみが、キャサリンがキエフで音楽を聴いた時の悲しみを倍加する「装飾音」となっているように思われる。メルニチャックは彼女に、ロシアでは共産主義時代には宗教の信仰が許されていなかったので、音楽が神の恩寵を祈り、そしてそれを授かる唯一の方法だったと教えた。六人の修道士がメルニチャックの作曲した賛美歌を歌った。それは荘厳で、決してキャサリンの記憶から離れないものだった。彼女のメルニチャックとの出会いは、東西世界の相互作用、すなわち彼女が作曲する音楽をより美しく、調和のとれたものにする「装飾音」の役割を果たしたと言えよう。またキャサリンはグラスゴーの音楽院へ入学以来、両親とは断絶状態にあり、父親の葬儀の折、初めて帰郷した。そして、彼女は「未婚の母」であることを母親に告げた。最初、母親はショックを受け、怒ったが、結局は娘を許した。その意味で、キャサリンの帰郷は、過去と現在の相互作用をもたらし、母と娘の融和を実現した「装飾音」であったと言えよう。

もうひとつ、キャサリンが、より美しく、調和のとれた音楽を作曲することを手助けした東西世界の相互作用、過去と現在の相互作用が描かれている。メルニチャックの妻オルガはキャサリンに、第二次世界大戦中の一九四一年、キエフに住む三万五千人のユダヤ人がナチスドイツによって虐殺されたバビ・ヤーという場所について話し、彼らの死を追悼して「バビ・ヤー交響曲」が作られたことを教えた。それはキャサリンに、カトリック・ナショナリストとプロテスタント・ユニオニストの紛争で今なお数多くの犠牲者を出している彼女の故郷アイルランドを思い起こさせた。コーンマーケット、クローディー、ボグサイド、グレイスティール、シャンキル、ダブリン、エニスキレン、アーマー、モナハン等々。キャサリンは、たとえ彼女が歴史上最も深みのある音楽を作ったとしても、これら犠牲者を決して救うことはできないと悲観的な気持ちになった。しかし彼女は気を取り直し、彼女の作曲の仕事は、彼女を「人間」として、「一個人」として定義づけ、すべての個人は重要だと教えてくれることになるだろうと信じ、美しい音楽を作ろうと決意するのだった。

グラスゴーで、キャサリンは子育てから来る鬱病と戦いながら、作曲活動に励む。そして、彼女の過去の体験の集大成ともいうべき曲を完成させる。この曲にまつわるエピソードが描かれている。ある日、彼女は『帆立て貝』という古本を見つけ、それはデイブを思い起こさせたので買って読むことを決意した。デイブはキャサリンと暮らしている間、帆立て貝を採って売る仕事を片手間にしていた。彼女は、その本から、スペインのある寺院を訪れた中世の巡礼者たちは、巡礼の印として帆立て貝の形の紋章を彼らの帽子につけたことを知った。そしてまた、ヨーロッパの重要な寺院は巡礼者たちに、ヴァーニクル（vernicle）という紋章を与えていたことを知った。これは、イエス・キリストが処刑場に向かう道すがら、聖ヴェロニカがイエスの顔の汗を拭ったという言い伝えから作られた、「聖顔布」と呼ばれる布片のことで、それにはイエスの顔が描かれている。そしてこれらの寺院は、通常、荒涼とした無人の地にあった。キャサリンは、彼女自身も苦悩と孤独を経験し、それを克服したことを思い起こし、彼女の作った曲に「ヴァーニクル」というタイトルをつけた。この曲は、ＢＢＣのコンサートで演奏され大きな成功を修める。彼女のデイブとの出会いと別れ、つまり「男性と女性の相互作用」は、彼女の音楽、彼女の人生をより美しくする「装飾音」の役割を果たしたと言える。

キャサリンの曲のオーケストラ演奏には、北アイルランドの四人のオレンジマンが打つランベグ・ドラムが取り入れられた。これは、毎年七月一二日北アイルランドで行われるボイン河戦勝記念パレードの際に、オレンジマンたちが打ち鳴らして行進する巨大なドラムである。最初、それらは威圧的に響き、観客の気分を暗く落ち込ませた。しかし二度目にそれらが打ち鳴らされた時には、他の楽器と見事な調和を成し、すばらしい音楽を生み出した。ここには、文字どおりの装飾音とメタファーとしての装飾音が描かれている。文字どおりの装飾音は次の通りだ。

同じひとつの物も違ったものになる。実体変化（transubstantiation）だ。第一楽章におけるドラムの音が、第二楽章におけるドラムの音とまったく同じということがあるだろうか。同じドラムの響きでも、異なるコンテクストにおいては正反対の効果を生み出すことがあり得ないだろうか。同音語のように、音自体の本質が変化したのだ。リンシード・オイルからリン・C・ドイルへ、バー・トークからバルトークへ、というように。つまり同じ音だが、意味は異なるのだ。(30)

「バー・トーク」はバーでの会話であり、「バルトーク」はハンガリーの作曲家である。そして、この章の冒頭で引用したように、「リンシード・オイル」は亜麻仁油であり、「リン・C・ドイル」は北アイルランドの小説家である。

メタファーとしての装飾音は次の通りだ。

ランベグ・ドラムからは頑迷な信仰が取り除かれ、純粋な音になった。暗黒の海は消えた。教会の装飾も剥がされた。今やそれらは信仰に関係なく、色と形だけの存在になった。それは瞬く間に広がった。この高まる波のうねりとともに、ランベグ・ドラムは強烈な喜びをかもし出した。どこからともなく、歓喜が押し寄せて来た。[31]

ここには、著者マクラヴァティーの、北アイルランドのカトリック・ナショナリストとプロテスタント・ユニオニストの融和に対する願望が、メタフォリカルに表現されている。ランベグ・ドラムからは、プロテスタント・ユニオニズムに対する、オレンジマンの頑迷な信仰の意思表示という元来の意味が失せ、純粋な楽器へと「実体変化」し、美しい音をかもし出した。両派を分断する「暗黒」は消えた。プロテスタント、カトリック双方の教会は、形式的に存在するだけとなり、信仰の違いによる対立は失せた。そして「強烈な喜び」と「歓喜」が生じた。

前に論じたリン・C・ドイルの小説の数々と、マクラヴァティーの『装飾音』は、ジョン・ウィルソン・フォスター『アルスター小説における力と主題』(一九七四)の結末における、「プロテスタントもカトリックも、時が経てば幸運が訪れ、それぞれの孤立を捨て、成熟した、未知の融和に到達するであろう」[32]という一文を思い起こさせる。「未知の」に当たる英語は、“uncharted”である。これはもともと「海図に載っていない」という意味で、フォスターは、融和への具体的指針はないが、なんらかの形で両派が融和に達して欲しいという願望を込めて、この語を用いたのだろう。ドイルもマクラヴァティーも、両派の融和への具体的指針は示していないが、彼らの小説からは、両派が、成熟した、未知の融和に到達することを希求する気持ちが伝わってくる。『装飾音』は、北アイルランド紛争とひとりの女性の自立への苦闘を絡めて描き、両方の解決を模索した、真の「芸術」と呼ぶにふさわしい小説である。そしてこの小説自体がひとつの音楽を奏でており、『スコッツマン』のアラン・マッシーが言うように、読者に「詞のない音楽」を聴くことを可能にする。(33) 行間からは、様々な調べの音楽が流れてくる。マクラヴァティーの、簡潔で、歯切れのいい文体は、読者がそれらをより鮮明に聴くことを可能にする。この小説の冒頭がその一例として挙げられる。

　彼女は正面玄関のステップを下り、小さな通りを抜けて幹線道路に出た。朝のこの時刻には、ほとんど交通量はなかった。たまに車が通ると、雨の中を走り抜けて行く音が響くだけだった。街には、他の音はまったくなかった。まだあたりは暗く、街灯が路面を照らしていた。彼女は髪を後ろ手にくくって、襟を上げられるだけ上げた。レインコートはおろしたてのように折り目がついていた。彼女は、小さな手さげカバンをひとつだけ持って、バス停に向かった。

　朝早い空港の中、彼女はコンクリート舗装の地面を行ったり来たりした。白線が引かれてあり、彼女の靴底は水際近くの固い砂の上を歩いているような感触を覚えていた。彼女は、物思いに耽っているのではなく、自分の周囲に気持ちを集中していた。どこからか男性の口笛が聞こえてきた。彼女は、少なくともそれは男性だと思った。女性が口笛を吹くことはまれだからだ。(34)

この場面は、キャサリンが、父親の葬儀で故郷北アイルランドへ帰るために、夜明けにグラスゴーの自宅のアパートを出て、空港に着くまでの描写である。ひとりの、孤独な、若い女性。夜明けの暗がりの中の寂しい街。小雨。その中を走り過ぎる幾台かの車。ガランとした空港。固いコンクリート地面に響くキャサリンの足音。どこからともなく聞こえてきた口笛……。行間からはもの悲しげな音楽が読者の耳に聞こえてくる。様々な調べの相互作用、すなわち「装飾音」の働きにより、この小説はひとつの優雅な曲を成している。『タイムズ』のトバイアス・ヒルの的を射たコメントを紹介したい。「もし建築が凍てついた音楽ならば、『装飾音』は、力強いリズムを備えたその文学版である」[35]

一九七四年、シェイマス・ディーンは、当時の北アイルランドの文学に関して、「北アイルランドは、現在までのところ、演劇と詩が秀でており、小説は劣っている」と述べた。[36] しかし、それから今日までの三〇年間を振り返って見た時、マクラヴァティーの『キャル』と『装飾音』、次章で論じるブライアン・ムーアの、『沈黙の偽り』（一九九〇）その他の作品、ディーン自身の『暗闇の中で読む』（一九九七）等の登場で、小説は演劇と詩に劣らぬレベルに達しつつあると言えよう。

注（1）Bernard MacLaverty, *Grace Notes*（1997; rpt. London: Vintage, 1998）, pp.24-25.
（2）"Doyle, Lynn（1873-1961）", Robert Hogan, ed., *Dictionary of Irish Literature: Revised and Expanded Edition, A-L*（Westport: Greenwood, 1996）, pp.375-76.
（3）"Doyle, Lynn C.", Robert Welch, ed., *The Oxford Companion to Irish Literature*（Oxford: Clarendon, 1996）, p.153.
（4）William O'Kane, "Skimmin' it wi' a spoon", *Lost Fields*, a supplement to *Fortnight*, No.306, May 1992, pp.12-14.
（5）Ibid., p.13.『わずかな土地』の原題は *A Bit of Land*（1923）。

(6) Lynn Doyle, *Me and Mr.Murphy* (1930; rpt., London: Duckworth, 1935), pp.10-11.
(7) "The Rapparee", *Ibid.*, pp.101-10.; "Three Stories of 'Ninety-Eight' ", *Ibid.*, pp.126-172.
(8) "The Rapparee", pp.109-110.
(9) "1 Revenge" (pp.126-141);"2 Aftermath" (pp.142-155);"3 The Two Comrades" (pp.156-172).
(10) Máire and Conor Cruise O'Brien, *A Concise History of Ireland* (1972; rpt., London: Thames & Hudson, 1988), p.97.
(11) *Ibid.*, p.91.
(12) "The Two Comrades", pp.163-64.
(13) O'Kane, p.12.
(14) Ibid., p.13.
(15) それぞれの作品の原題は、*Ballygullion* (1908); *Lobster Salad* (1922); *Dear Ducks* (1925); *Me and Mr.Murphy* (1930); *Rosabelle* (1933); *The Shake of the Bag* (1939); *A Bowl of Broth* (1945); *Green Oranges* (1947); *Back to Ballygullion* (1953); *Ballygullion Bus* (1957)。
(16) "The Silent Dog", *Ballygullion*, pp.30-38.
(17) O'Kane, p.13.
(18) "A Short Suit", *Me and Mr.Murphy*, pp.12-19.
(19) "The Ballygullion Creamery Society, Limited", *Ballygullion*, pp.62-71.
(20) "Peace in Our Land", *Back to Ballygullion*, pp.23-32.
(21) Ibid., p.24.
(22) O'Kane, p.14.
(23) Elizabeth Bouché,"No big thrill", *Fortnight*, No.312, December 1992, p.46.
(24) Ibid.
(25) Christine Kottsieper, "Bernard MacLaverty's Image of Northern Ireland and Its Reception in Germany", a paper presented at the IASIL conference on July 31, 2001.
(26) Bouché,"No big thrill", p.46.

(27) Eamonn Hughes,"Fiction", Mark Carruthers and Stephen Douds eds., *Stepping Stones: The Arts in Ulster 1971-2001* (Belfast: Blackstaff, 2001) , pp.94-95.
(28) *Grace Notes*, p.122.
(29) *Ibid.*, pp.122-23.
(30) *Ibid.*, p.275.
(31) *Ibid.*, p.276.
(32) John Wilson Foster, *Forces and Themes in Ulster Fiction* (Dublin: Gill & Macmillan, 1974) , p.288.
(33) *Grace Notes* (Vintage, 1988) の背表紙に引用されたAllan Massie, *Scotsman* より。
(34) *Grace Notes*, p.3.
(35) *Grace Notes* (Vintage,1988) の背表紙に引用されたTobias Hill, *The Times*より。
(36) Seamus Deane,"The Writer and the Troubles", *Threshould*, No.25, 1974, p.14; quoted by Richard Deutsch, "'Within Two Shadows': The Troubles in Northern Ireland", Patrick Rafroid & Maurice Harmon, eds., *The Irish Novel in Our Time* (Lille: Universite de Lille, 1976) , p.134. 『暗闇の中で読む』の原題は、*Reading in the Dark* (1997)。

第四章　ブライアン・ムーアの描く北アイルランド
―カトリシズムとナショナリズムに対する見解を中心に―

『アイスクリーム皇帝』（一九六五）におけるナショナリズム批判
―ムーアの生い立ちとの関連において―

ブライアン・ムーアは北アイルランドが生んだ国際的小説家である。デビュー作の『ジュディス・ハーン』（一九五五）から遺作の『奇術師の妻』（一九九七）まで、二〇冊の小説を出版した。(1) 彼の小説の舞台は世界中に及び、そのうち故郷北アイルランドを舞台とした小説は、『ジュディス・ハーン』の他に、二作目の『ルパーカルの饗宴』（一九五七）、五作目の『アイスクリーム皇帝』（一九六五）、そしてブッカー賞候補作にノミネートされた『沈黙の偽り』（一九九〇）の四つである。ムーアの小説を読んで疑問に思うのは、彼は、カトリック・ナショナリストの家庭の出身にもかかわらず、終生、カトリシズムとナショナリズムを痛烈に批判し続けたということである。世界中の多くの人々は、ナショナリズム、すなわち北アイルランドがイギリスから独立して南のアイルランドと統一することを支持しているようだが、ムーアの小説を読むと、ユニオニズム、すなわち北アイルランドがイギリスに残留することを支持する見解にも正当性があるのではないかという思いに至る。本章では、ムーアが北アイルランドを描いた三つの小説を論じることにより、ユニオニズム、ナショナリズム双方に見られ

る正当性と問題を探るとともに、日本ではあまり読まれていないムーアの小説の価値と意義を実証したい。(2)

ブライアン・ムーアの父方の祖母は、一七九八年のユナイティッド・アイリッシュメン蜂起で反乱軍側に加担して戦ったオロー（O'Rawe）というカトリックの家庭出身だったが、祖父はプロテスタントの一派であるプレスビテリアンの家庭出身だった。しかしこの祖父は、理由は定かではないが、カトリックに改宗し、その息子ジェイムズ、すなわちムーアの父親は、改宗者にありがちな「一途な献身」と「断固たる決意」を受け継いだ。(3)そしてジェイムズが結婚したのは、「アイルランド人のうちでも最もアイルランド的」(4)と言われる人々が住むアイルランド西部ドニゴール州の、貧しい農家出身の女性だった。ジェイムズをさらにカトリシズム、ナショナリズムに傾倒させていったのは、彼の通ったベルファーストのカトリックの名門校セイント・マラキー・カレッジ(5)でのオーエン・マックニールとの出会いだった。彼らの友情は、マックニールが一八九八年にジェイムズの姉アグネスと結婚することによりさらに深まった。マックニールはアイルランドの中世に関する歴史学者でもあったが、一八九〇年代初頭にはゲーリック・リーグの創始者のひとりとしてすでに有名で、アイルランドのイギリスからの完全独立を企てるナショナリストの革命運動組織の結成に係わり、後にはアイルランド義勇軍の指導者になった。(6)

セイント・マラキー・カレッジには奨学金を得て通う優等生であったジェイムズは、卒業試験で書いたエッセイが全アイルランドの最優秀賞に選ばれるほどの文才の持ち主であった。しかし、コーク・クイーンズ大学に進学後は文学ではなく医学を専攻し、卒業してベルファーストに戻り、カトリックの名門病院として名の通ったメイター病院に外科医として勤務した。ムーアは、後年、彼の父親がいかに熱烈なカトリック信者であったかを示すエピソードを紹介している。(7)

ある時、父親は、食卓で「オーモー・ベーカリー」と書かれた包み紙にくるまれたパンを見つけた。彼は、それを見て腹を立て、妻を呼び、「ヒューズとケネディーがカトリックのパン屋だろう」と言った。妻が「オーモーの方が安いんですもの。それにとてもおいしいと評判ですもの」と答えると、彼は、「数ペニー高いくらいかまうもんか。オーモーから買うことは一切ならん。あれはプロテスタントのパン屋だ」と叱った。

父親は、息子ブライアンを自分と同じエリートコースに進ませるべく、セイント・マラキー・カレッジに入学させた。父親の文才を受け継いだ彼は、他の生徒たちが四苦八苦している週末の宿題のエッセイをわずか三〇分で書き上げることができた。そして週末には五人の同級生のエッセイの宿題を代わりにしてやり、ひとり六ペンスずつもらったこともあった。しかし、この学校での生活は、後にローズマリー・ハートヒルとのインタビューで語ったところによれば、ムーアにとっては決して幸福なものではなかった。

私は昔よく、自分の通う中等学校は「神父製造工場」だと言っていました。それは厳しい学校でした。今でもあります。私たちはいつも叩かれていました。私たちは、毎朝、フランス語の不規則動詞が暗記できないとむちで打たれました。何か間違えば必ずむちで打たれました。毎日手を叩かれていて、毎日、何もかもが暗記で教え込まれました。それは最低の人間教育の方法で、私は今思い起こしても憤りを覚えます。この学校の周囲はすべてプロテスタントに囲まれていましたので、私たちはプロテスタントの学校よりも良い成績を上げなければなりませんでした。そのために私たちはぶたれ、成績を上げるために詰め込み教育を受け、しかし実際には何ひとつ身につきませんでした。私は今でも覚えているのですが、私が初めてフランスに行った時、誰ひとりとして私のフランス語を理解してくれませんでした。しかし私は、不規則動詞は全部知っています。[8]

さらに一九六二年、ムーアは別のエッセイの中でこの学校で受けた屈辱的な体罰といじめについて述べ、その因習的カトリシズムを糾弾している。

一四歳の時、私たちは将来の夢についてエッセイを書く宿題を出された。私は徹夜して書いた。私は、生まれて初めて気持ちが奮い立った。私は偉大な詩人になると書いた。（中略）このエッセイを国語の教師に提出したら、翌日、彼は私の机にやって来て、煙草でやにだらけの親指と人差し指で私の耳をつかみ、私を教室の前に引きずり出し、私は声を出してエッセイを読むよう命ぜられた。（中略）抑圧された少年たちが楽しみを見つけるためには、私は何という格好の餌食だったことか。

しかしこの教師はもうこの世にいない。私は、彼から、気晴らし用のせむし男のように扱われたのだが、もはや彼を憎むことは不可能だ。そして、クラスメートの諸君、その日の放課後、君たちがもっと大きな気晴らしのために私に加えた仕打ちのことで、私は君たちを憎むこともはやできない。君たちは覚えているだろう。私を学校の水飲み場に引っ張って行き、水の下に私の頭を押さえつけ、水が私の背中を流れ落ち、ズボンに伝わって私の骨張った足をしたたり落ち、ソックスと靴がぐしょ濡れになった時、さらに多くの野次馬が集まったことを。そして私に、ずぶ濡れのまま私のエッセイを読むことを強要したことを。[9]

ムーアをセイント・マラキー・カレッジから、そして彼の家庭からさらに遠ざけたのが、アイルランドのナショナリズムとヨーロッパの政治に関する、彼と父親との著しい見解の相違だった。当時、父親の友人が発行していたベルファーストのカトリック系新聞『アイリッシュ・ニュース』は、スペイン内乱に関して、カトリックであるフランコ政権に対する支持を表明した。アイルランドのカトリック・ナショナリストたちは、「カトリック機軸」勢力を支持しており、彼らの見解は、「イギリスの困難はアイルランドの好機」というスローガンが示したように、「反イギリス色」で彩られていた。一方、ムーアは、フランコ、ムッソリーニ、ヒットラーらを敵と見なし、アイルランドのナショナリズムに反発した。一九六七年、彼はハルヴァード・ダーリーとのインタビューの中で次のように語っている。

もちろん、私の伯父と父親のせいで、私はアイルランド問題から大きな影響を受けました。しかしそれは彼らの革命であり、何も私の革命ではありませんでした。私はナショナリストたちの狂乱ぶりすべてに反発しました。なぜならば、彼らのイギリスに対する憎しみは、ムッソリーニなど、イギリスの敵たちに対する賞賛へとつながっていったからです。そのうえ、私はスペイン内乱の時代に育ったのです。私は、当時一七歳で、ゲイヴィンが彼の父親は間違っていると思ったのと同じように、私は自分の父親は間違っていると思いました。(10)

「ゲイヴィン」とは、『アイスクリーム皇帝』の主人公ゲイヴィン・バークのことである。ムーア自身が「もっとも自伝的」と認めるこの小説は、一九三九年、第二次世界大戦が始まって、ゲイヴィンがイギリス空軍救急部隊（ＦＡＰ）へ入隊してから、一九四一年、ベルファーストがナチス・ドイツによる空爆を受けるまでを描き、ナショナリズムに対する批判が色濃く現れている。ムーア自身もＦＡＰに入隊したが、理由のひとつは、この小説の中で、ゲイヴィンの姉キャシーが彼に、「あなたがこの仕事を選んだのは、高校に戻って来て大学入学資格試験に合格するよりも、救急資格試験に合格する方が簡単だと思ったからでしょう」[11]と言っているように、ムーアはセイント・マラキー・カレッジでは「数学」で落ちこぼれ、大学に入学することができず、行き場がなくなったからだ。しかし、もうひとつの大きな理由は、イギリスの敵国を支持した父親を初めとするカトリック・ナショナリストたちへの反発と、第二次大戦でアイルランドが取った中立政策に対する反発だった。一九九五年、ムーアは、アイリーン・バタースビイとのインタビューの中で、「中立は恥です。私は、自分たちは戦争と係わりを持たないから偉大だなどと自惚れて、戦争から身を引いている人間どもなど、胸糞が悪くなります」[12]と述べている。

ゲイヴィンの父親―ムーアは彼に、自分の父親と同じジェイムズというファースト・ネームを与えている―はキャシーとの会話の中で、ヒットラー支持を明言する。

「ポーランド軍がルブリンで降伏したぞ。ヒットラーが勝ったんだ。もちろん彼はもう二、三の要求を出すだろうがイギリス軍もフランス軍も断れる状況ではない。奴らは軍靴をはいたままで震えている」

「父さん」とキャシー。「そんな言い方してたら逮捕されるわよ」

「逮捕するがいい」ミスター・バークは堂々と言った。「わしは前にも同じことを言ったし、もう一度だって言ってやる。少数民族を踏み潰すということに関しては、ドイツ軍の軍靴はジョン・ブルの踵に比べれば半分の固さもない。ヒットラーが文明の脅威だなどというデタラメ話は全くのイギリスの偽善だ。その事は奴らがやってきたことじゃないか」[13]

そしてムーアは、感情をむき出しにして、ゲイヴィンの父親を批判し、愚弄している。

ゲイヴィンの父親は弁護士で、法律の勉強が、彼を、客観的、論理的、理性的に物事が判断できるようにしたと勝手に思い込んでいた。実際のところ、ゲイヴィンは、彼の父親は、自分が今までに出会ったうちでは、最も偏見に満ち、感情的で、非理性的な人間のひとりだと思っていた。父親と議論してももはや何の役にも立たないと分かって一年以上が経っていた。口をきかないことと、その沈黙による反抗が、父親のカトリシズムに関する偽善に満ちたたわごと、父親のファシスト的政治趣味、父親の文学上のクーデターに対する唯一の防御手段だった。父親の見解は一笑に付すべきものだった。いや、多分、人を泣かせるに十分なものだったろう。[14]

ムーア自身の父親は医者だったが、ムーアはゲイヴィンの父親を弁護士に仕立て、弁護士でありながら正しい物事の判断ができない人物として描き、カトリック・ナショナリストたちに対する批判を強めている。また、ゲイヴィンの父親の「文学上のクーデター」というのは、ムーアの文学に対する思想を父親が糾弾したことを指しているように思われる。一九六七年、ムーアはリチャード・B・セイルとのインタビューにおいて、彼はジェイムズ・ジョイスを賞賛したのに対し、父親はジョイスを「はきだめ」と呼んで軽蔑し、これを機に彼の家庭生活が大きく変わったと告白している。[15] 父親がジョイスを嫌悪した理由は定かではないが、アイルランドを捨てエグザイルとなり、『ダブリン市民』(一九一四)等を通して、故国のカトリシズム、ナショナリズムを批判し続けたためだろうか。

ムーアがカトリック・ナショナリスト批判のために登場させたもうひとりの人物は、ゲイヴィンがFAPで知り合ったミック・ギャラガーという、ベルファーストのフォールズ・ロード出身の男である。ムーアによれば、ここの住民たちは、もしドイツの爆撃機が、夜、ベルファーストの空爆にやって来たら、家の二階の窓に明かりを灯して、敬意を表す準備ができていたという。元IRAメンバーだったギャラガーは、「イギリスの困難はアイルランドの好機」というスローガンを信じ、イギリスを倒す勢力として、もはやIRAに希望を捨て、ヒットラーに賭けていた。彼がイギリス空軍に入隊したのは、ただ単に生計を得るためだった。

ゲイヴィンの家族は、父親を初めとして、ドイツがアイルランドを攻撃するなどということは絶対あり得ないと思っていた。それゆえ、父親は、ダブリンがドイツ軍の空爆に会ったという話を聞いた時は耳を疑った。伯母のリズは、空爆はドイツと見せかけてイギリスが行ったもので、中立を守っているアイルランドを戦争に加担させるための策略に違いないと言った。父親もそう信じた。しかし、それは実際ドイツ軍による空爆で、彼らはベルファーストをも空爆した。ゲイヴィンの父親の希望はずたずたに引き裂かれた。ムーアは、ここでもカトリック・ナショナリストに対する批判を強調するために、実際にはムーアの家庭では起こらなかったことを描いている。ゲイヴィンの父親は、同行を断ったゲイヴィン以外の家族を引き連れてダブリンに逃げた。実際にはムーアの父親はベルファーストを去るようなことはしなかった。車で家を去ろうとしているゲイヴィンの父親に関するムーアの描写は皮肉を極めている。

「また爆弾だ」彼の父親は言った。「港の近くだろう。造船所は修羅場になっているに違いない。ああ、クソ、わしは前にも言ったが、もう一度言ってやる。ドイツ軍どもの軍靴はジョン・ブルの踵よりもはるかに残酷なお荷物だ」

「父さん、いつそんなこと言った」ゲイヴィンは尋ねた。「父さん、そんなこと一度だって言ったことないだろ」しかし父親は彼を無視して、顔を背け、車のところにいるキャシーの方に向かった。(16)

そしてゲイヴィンの父親は、悲惨極まる空爆の数日後、息子の安否を確認するため、ベルファーストに戻って来た。空爆で破壊された彼の自宅で、息子との間で展開するシーンも、現実にはムーアと彼の父親にはなかっただろうと言われている。

ロウソクの火で、ゲイヴィンは父親が泣いているのが見えた。彼は今までに父親が泣くのを見たことがなかった。父はこの家が没収されていることを知ったのだろうか。父は、すべてが変わってしまって、二度と前と同じではないことを知ったのだろうか。ゲイヴィンのうちの新たな声が、冷たい大人の声が言った。「いや」彼の父親は今や子供同然だった。彼の父親の世界はもはや存在しなかった。ゲイヴィンはラジオの方に目をやった。かつて父親がイギリスの苦しい戦いを、耳を立てて聞いていたのを、また遠く離れた地での敗北のニュースを聞いて喜んでいたのを思い出した。「そんなことは忘れろ」と大人の声が言った。（中略）父親は泣いていた。ゲイヴィンのうちの新たなる声は、彼が何をすべきかを教えてくれるだろう。これから先、彼はそれらを学ぶことになるだろう。

父親は、すべてが変わったことに気づいているようだった。彼は、乱れた白髪をゲイヴィンの肩に寄せ、うなずき、涙を流しながら、確信した様子で言った。「ああ、ゲイヴィン」と彼。「わしは愚かだった。本当に愚かだった」

ゲイヴィンの内なる新たな声が沈黙を命じた。彼は父親の手を取った。[17]

これは、ゲイヴィンの父親が、彼のドイツ支持がどんな恐ろしい間違いであったかに気づく描写だが、実際にムーアの父親もドイツ支持を放棄したかどうかは定かでない。ムーアは、この小説を出版した翌年の一九六六年、ローリィ・フィッツパトリックに宛てた手紙の中で、この小説の意図はビルディングスロマンであったことを次のように述べている。

あの一連の恐ろしい夜の出来事は、私の青年主人公を成長させただけではなかった。アルスターをも成長させた。ここでの小さな争い、例えば七月一二日のオレンジ・パレードや、窓を割ったり、石をぶつけたりのちっぽけな憎しみ合いがどんなに幼稚で愚かに見えたことか。ドイツが勝って欲しいというナショナリストたちの密かな願いは、実際その通りだったのだが、恐ろしく子供じみた自己欺瞞のように思えた。それは、ローマと、ローマ法王をアルスターの敵と見なすオレンジ協会の連中の雄弁術と同じくらい愚かに思えた。小説の最後で、主人公のゲイヴィンは彼の父親の愚かで頑迷な信仰を許す。彼の父親は、自分がどんなに愚かだったかを悟って泣く。私の意図はただ単なるハッピー・エンドではなかった。私は当時のアルスターに起きたと思ったこと、つまりわれわれは皆成長したということを小説に書いたのだ。[18]

果たしてムーアの言うことは正しいだろうか。北アイルランドにおけるカトリック・ナショナリストとプロテスタント・ユニオニストの紛争を、ドイツのベルファースト空爆と比べて「小さな争い」と決めつけることは果たして妥当だろうか。確かに、ムーアがこの小説の中で描写している通り、ドイツ軍の空爆は悲惨極まるもので、破壊のスケールは北アイルランド紛争史上のどの争いをも上回るものであった。しかし、ドイツとイギリスの争いは第二次世界大戦後終息し、現在では友好国同士であるのに対し、北アイルランドにおけるカトリック・ナショナリストとプロテスタント・ユニオニストの争いは四百年に及び、未だ終息の気配を見せていない。そして、この空爆を通して北アイルランドは成長したというムーアの楽観論は、その後の北アイルランドを見れば間違いであったことが分かる。北アイルランドの紛争が「小さな争い」というムーアの見解は、『ジュディス・ハーン』の中でも、そして北アイルランド紛争を真正面から描いた『沈黙の偽り』の中でも表現されている。『ジュディス・ハーン』のうちで、ベルファーストからアメリカへ移住し、そして再び帰郷したジェイムズ・マドゥンが、彼の甥と言い争う場面がある。その中で、マドゥンは一部のアイルランド系アメリカ人を変人呼ばわりして次のように言う。

ミスター・マドゥンはクックックッと笑った。「ニューヨークにはあらゆる種類の変人がいる。例えば、アイルランド系アメリカ人の連中だ。あいつらはベルファーストに住んでいる奴らと何ら変わりがない。どんな議論の時でも、あいつらは必ずアイルランドを引きずり込むんだ。いつも反イギリスのビラを配っていやがる。いいか、ニューヨークでも、その他のどこでも、誰ひとりとして北アイルランドの六州で起きていることなど―すみません、ご婦人方―屁とも思っていやしない」[19]

またムーアは、『沈黙の偽り』の主人公マイケル・ディロンにも、「アイルランドが統一しようがしまいが世界の歴史の中ではなんの重要性もない」[20]と言わせている。しかし、世界中の他の紛争と比較して北アイルランド紛争がどれだけ深刻なものであるかという議論はともかくとして、ムーアは、『アイスクリーム皇帝』の中で、第二次世界大戦下のベルファースト市民たちを描くことにより、アイルランドのナショナリズムの恥部をえぐり出すと同時に、カトリック・ナショナリストとプロテスタント・ユニオニストの紛争の愚劣さを糾弾していると言えよう。

この小説のもうひとつの価値は、ムーアの優れたナラティヴの技法により、ドイツ軍の空爆がベルファースト住民にもたらした犠牲の悲惨さがよりリアルに表現されている点である。その端的な例が、ゲイヴィンが仲間の救急隊員とともに、積み重なった、悪臭を放つ死体を処理する場面の描写である。救急隊員たちは士気を鼓舞するためにウィスキーを回し飲みする。ゲイヴィンは、自分のところにウィスキーが来るのを待ちながら死体を見つめていると、彼の視線は、積み重なった死体の底から突き出た、年老いた女性の硬直した足に向いた。ここでムーアは、この小説のタイトルの由来ともなったウォーレス・スティーブンスの詩「アイスクリーム皇帝」の一節を引用する。

If her horny feet protrude, they come
To show how cold she is, and dumb.

Let the lamp affix its beam.
The only emperor is the emperor of ice-cream.(21)
もし彼女の硬直した足が突き出ているとしたら、
それは彼女がどんなに冷たく、無言であるかを示すためだ。
ランプの光を当てよ。
唯一の皇帝はアイスクリーム皇帝だ。

ゲイヴィンは、自分のところに順番が回って来たウィスキーを飲む。しかしその強いウィスキーは彼の士気を高めるどころか、胃がむかつき、その前に飲んだ紅茶と一緒に吐いてしまう。死体のおぞましく悲惨な様子を示すのに、直接的に描くのでなく、スティーブンスの詩を効果的に挿入し、死体処理に当たる人間の反応を描くことによって、それがよりリアルに表現されていると言えよう。

『ジュディス・ハーン』（一九五五）におけるカトリシズム批判
―ジェイムズ・ジョイスとの比較において―

セイント・マラキー・カレッジ時代から第二次世界大戦までの体験を通して、アイルランドの保守的なカトリシズム、偽善的なナショナリズム、そしてカトリック・ナショナリストとプロテスタント・ユニオニストの愚劣な争いに嫌悪感を覚えたムーアは、故国を去り、カナダに移住し、小説家になることを決意する。そして彼のこの決意を促したものにジェイムズ・ジョイスからの影響があった。後の一九八二年、ムーアは、『ユリシーズ』（一九二二）と『若き日の芸術家の肖像』（一九一六）を読んで、どれほど大きな影響を受けたかを回顧している。

私は『ユリシーズ』を家に持ち帰り、自分の部屋に隠した。次の二、三日間、私はこっそりと、時間をかけて、興奮を味わいながら読んだ。その中には私が理解できないものが多くあった。しかし、それは私がかつて読んだ他のいかなるアイルランドの（あるいはイギリスの）小説とも驚くほど異なるものだった。（中略）初めて読んだ時から、『ユリシーズ』は、私の人生に対してとは言わないまでも、作家になるうえで、私の考えを大きく変えた。それは私を奮い立たせると同時に、私に脅威を与えた。その影響で私は『若き日の芸術家の肖像』を読むに至った。それは、アイルランドにおけるビルディングスロマンの真髄で、見事な、非の打ちどころのない小説で、私の同世代人と同じように、私にとってもまさに「われわれの本」となった。(22)

一九四八年、カナダのモントリオールに移住したムーアは、新聞記者を務めるかたわら、金儲けのために書いた二、三のスリラー小説である程度の名声を得た。しかし、それには飽き足らず、真の小説家として名を上げるために、一九五三年初頭から書き始め、一九五五年五月に出版したのが『ジュディス・ハーン』だった。そして、これは「作家クラブ推薦デビュー小説賞」に輝く成功作となった。ムーアが、「私が新聞記者の仕事を辞め、ケベックのローレンティアン山脈の山荘に隠遁し最初の小説を書いた時、私は再びジョイスを模範とすることを選択した」(23)と後になって述べたように、この小説にはジョイスからの影響が色濃く感じられる。一九九八年にデニス・サンプソン（彼もムーアと同じようにアイルランドからカナダに移住した）が出版した『ブライアン・ムーア―カメレオン小説家―』は、今までに出版されたムーア評伝のうちでは最も優れたものと評判が高い。その中で彼は、ムーアは、アーネスト・ヘミングウェイやメイヴィス・ギャラントなどの小説家から影響を受けた以上に、ジョイスからどれほど大きな影響を受けたかを述べている。

しかし最終的にムーアの初期小説の模範となったのは、ヘミングウェイやギャラントが描いたヨーロッパの異邦人の世界ではなく、ジョイスが『ダブリン市民』と『ユリシーズ』の中で示した、アイルランド体験の本質を描く手法だった。「午後のライオン」のようなモントリオールについての物語でさえも、『ダブリン市民』とレオポルド・ブルームの特徴を備えている。中心登場人物は都会の孤独人たち、決して同情的ではない社会から慰めや愛を求めようとするささいな人間たちである。[24]

ムーアが『ジュディス・ハーン』のうちで描いた「都会の孤独人」は、タイトルと同名の、ベルファーストに住む四〇歳を過ぎた独身女性である。後の一九八五年、ムーアはトム・アディアとのインタビューにおいて、「ジュディス・ハーンはメアリー・ジュディス・キーオウという、昔、自分の家によく出入りしていた実在の女性がモデルだった」と述べている。[25] 同時に、ムーアはこの小説を書くに当たって、ジョイスの『ダブリン市民』の中の一編、「痛ましい事件」[26]を強く意識していたようである。「痛ましい事件」の主人公はジェイムズ・ダフィーという、他人との接触を避けて、ダブリン郊外で孤独に暮らす男性である。彼はふとした事からエミリー・シニコという人妻と知り合う。彼女は、裕福とはいえ、決して家庭生活は満たされていなかった。ともに「都会の孤独人」であるふたりは、意気投合し、逢瀬を繰り返すようになる。ある時、シニコ夫人は、感情が高じて、思わずダフィーの手を取って自分の顔に当てる。驚いたダフィーは手を引き、数日後彼女に別れを告げる。それ以後ふたりが出会うことはなかったが、四年後のある日、ダフィーが新聞に目を通していると、シニコ夫人が路面電車にはねられて死亡したという記事が目に入る。彼女は彼と分かれた後酒浸りになり、彼女は酒を飲んでフラついているところを路面電車にはねられたのだった。この「痛ましい事件」を知ってダフィーはますます孤独感を深め、物語は終わる。

　一方のジュディス・ハーンは、両親を亡くし、そして骨の髄までカトリック教徒だった伯母の病気の、気が滅入るような看病をし、その伯母も亡くなり、今や天涯孤独の身で住む家を転々としていた。彼女が家を変わる度に、必ず最初にする事は、自分の部屋の良く見える所に伯母の写真とキリスト（Sacred Heart）の石版画を置くことだった。物語は、彼女がベルファースト・クイーンズ大学近くのヘンリー・ライスという未亡人の下宿に住みにやって来たところから始まる。

> 彼女の愛しい伯母が暖炉の真正面から自分を見ることができるように、伯母の写真を配置した後、ハーンは、キリストの油絵風カラー石版画を包んだ白いティッシュ・ペーパーを開いた。それをベッドの頭に置いた。キリストの指先は、祝福のために、天を指していた。彼の目は優しかったが、同時に非難する目つきでもあった。その石版画は古く、キリストの頭の周りに描かれた後光は小さな裂け目を見せ始めていた。彼は長い間、彼女の人生のほぼ半分の間、彼女を見下ろし続けていた。[27]

この描写にはふたつの意味が込められているように思われる。ひとつは、ジュディスは、伯母の写真とキリストの石版画を絶えず身近に置くことにより、カトリシズムの信仰を守り通そうとしていることである。しかし、キリストの頭の周りに描かれた後光に入った「小さな裂け目」はジュディスの信仰に対する迷いをメタフォリカルに現わしているのではないだろうか。したがって彼女にとって、キリストの目は「優しく」もあり、「非難する」ようにも見えたのではないだろうか。

ジュディスがこの下宿で出会ったのが、ジェイムズ・マドゥンである。彼は閉鎖的なベルファーストを逃れ、自由と富を求めてアメリカへ渡った。そして、ニューヨークでホテルのドアマンをしていたが、バスにはねられる事故に遇い、一万ドルの損害賠償金を得てベルファーストに戻って来て、ジュディスと同じ下宿に住むようになった。彼女は彼のアメリカの話に魅せられ、ベルファーストのナショナリスト社会の保守的なカトリシズムを逃れ、自由を求めて彼と一緒にアメリカへ行くことに憧れる。一方、マドゥンの方も、ジュディスのことを、自分の話を理解してくれる教養ある女性と感じ、ふたりはお互いに惹かれ合う。当時、マドゥンはダブリンでレストランを開業することを企てており、ジュディスの遺産を当てにして、彼女にパートナーになって欲しいと依頼する。しかし彼は、実は彼女の財産はさほどの額ではないと知るや、彼女に別れを告げる。この失恋がきっかけで、ジュディスは、以前から密かにウィスキーを飲む癖があったのだが、「痛ましい事件」のシニコ夫人同様、酒に溺れる。彼女は教会に駆け込み、神に救いを求めようとするが神父からは無視され、絶望に陥り、特別養護施設に送られる。そして、結局、彼女は孤独のまま、保守的、因習的なカトリシズムの世界から逃れられないことを悟って物語は終わる。

「都会の孤独人」を描いているという点で、『ジュディス・ハーン』は『ダブリン市民』のうちの多くの作品と類似しているが、その描写法において大きな相違が見られる。ジョー・オドノヒュー『評伝ブライアン・ムーア』（一九九一）は、ムーアの各小説に、細かく、ユニークな文学的解釈を与えており、数多くの知られざる伝記的事実を明らかにしたデニス・サンプソンのムーア伝とはまた違った意味で、優れたムーア研究書である。その中で、彼女はジョイスとムーアの相違点を次のように指摘する。

『ダブリン市民』の特徴は、細かい配慮と、作者が主題から一定の距離を置いているということであり、それがこの作品を傑作のレベルに仕立て上げている。ブライアン・ムーアの『ジュディス・ハーン』と『ルパーカルの饗宴』は、間違いなく優れた点は多いが、ジョイスのレベルには決して達していない。なぜならば作者が、彼が描いている社会とあまりにも緊密に拘わり過ぎているからであり、作者の憎しみがあまりにも強烈に表現されているからである。(28)

オドノヒューが指摘する通り、同じ保守的なカトリック社会に生きる「都会の孤独人」の描写でも、ジョイスの場合、彼らから一定の距離を置いて、冷静な目で描いており、作者の直接的な批判の声はない。それに対してムーアは、『アイスクリーム皇帝』でも見られるように、カトリシズムの保守性、因習性を、彼の感情を直接的に現わして、糾弾し、批判している。そしてジョイスの描く都会の孤独人たちは、カトリシズムに縛られて生きているとはいえ、ある種の「救い」が感じられるが、ムーアの描く都会の孤独人たちには決して救いはない。オドノヒューのもうひとつの指摘を紹介しよう。

ムーア自身、「平凡なるものの賛美」(celebration of the commonplace) ゆえにジョイスを賞賛すると述べた時、おそらくは、ジョイスと自分自身の本質的な違いを言ったのだろう。『ジュディス・ハーン』と『ルパーカルの饗宴』のうちには、いかなる意味においても、「賛美」はほとんど見られない。(29)

例えば、ジョイスの「痛ましい事件」における「救い」に関しては、シニコ夫人の事故死は悲劇であったが、主人公のジェイムズ・ダフィーにとっては、「人妻」と別れたことは彼の人生を悲劇に導かないための「救い」であったと言えよう。また、オドノヒューは、ダフィーの生き方を"grimly selective"ジュディスの生き方を"grimly unselective"(30)と呼んで区別しているが、的を射た表現である。ダフィーは、たとえ孤独であるにしても、それは彼自身が選んだ生き方であり、彼なりの慎ましい人生を送っている。その点、「平凡なるものの賛美」であると言えよう。それに対して、ジュディスの場合は、決して孤独は彼女が選んだものではなく、保守的なカトリシズムから逃れようにも逃れることができず、自分自身で生き方の選択ができない。

また、『ジュディス・ハーン』の中で、ムーアが「憎しみ」の感情を込めて糾弾している保守的、因習的カトリシズムの権化とも言うべき人物が、ジュディスの苦悩にまったく耳を貸さないクィグリー神父である。彼は、映画やギャンブルといったほとんどの娯楽を、「道徳的悪」と非難し、教区民たちにカトリックの教えに従うことを強要する。ジュディスは孤独を紛らわすために酒を飲み始め、救いを求めて神父のもとにやって来て、告解を行うが、彼の応対はカトリシズムの保守性を端的に表わしている。

彼女は神父の顔を見ていた。それはうんざりした顔で、頬杖をつき、目をつぶっていた。神父は聞いてくれていない。彼女は心の中で泣いた。聞いてくれていない。

神父は話し始めた。「よいか、我が子よ。私たちは皆、この世の中で課せられた重荷を、耐えねばならぬ十字架を、我らの神に捧げるべき試練と苦難を背負っている。我が子よ、祈りこそが偉大なのだ。私たちは、耳を傾けて下さる神がいるが故に、決して孤独ではないのだ。（中略）私たちが必要なのは、ただ祈ることだ。我が子よ、祈りなさい。誘惑と戦うために神の助けを求めなさい」(31)

確かに、同じカトリシズムの保守性、因習性を描くにしても、ジョイスに比べ客観性、冷静さを欠いたために、ムーアはジョイスほどの世界的作家になれなかったのかもしれないが、オドノヒューの言う、ムーアの小説の「間違いなく優れた点」について述べたい。それは彼のリアリズムと、ナラティヴの技法である。「痛ましい事件」の場合、ジョイスはダフィーに捨てられたシニコ夫人を事故で死なせてしまうが、ムーアはジュディスを生かしたままにしておく。ムーアは、たとえ彼女は人生に絶望しようと、閉塞的なカトリシズムの世界の中で生き続けねばならないという冷酷な現実を突きつける。そして彼の優れたナラティヴの技法が、この作品のリアリズムをさらに際立たせている。前述したように、この作品は、ジュディスが新しい家に移って来て、伯母の写真とキリストの石版画を自分の部屋に配置するシーンから始まるが、結末も、特別養護施設に入れられた彼女が、自分の部屋に、看護婦に手伝ってもらってこのふたつを据え付けるシーンで終わる。

そして化粧台の上にはセピア色の彼女の伯母がいる。伯母のダーシーの写真がそこにある。本当の伯母よりもリアルだ。なぜなら伯母は死んでいないからだ。伯母の写真はここにある。それは私の心身の一部だ。

そして神よ、あなたはかつて存在していたのですか。神よ、この絵が唯一のあなたなのですか。あなたの絵はここにありますが、あなた自体はもういません。私はあなたです。たとえあなたが何であろうと、あなたの絵が今でも私の心身の一部です。

彼女は目を閉じた。このふたつのもののことを考えるとおかしかった。このふたつが私といっしょにいて、私を見下ろしている限り、新しい場所が私の家となるのだ。(32)

ここには、カトリシズムに対する痛烈な皮肉が、ムーアの優れたナラティヴの技法で、すなわち巧妙なメタファーで、リアルに表現されている。伯母の「写真」の方が伯母自体よりもリアルで、ジュディスの「心身の一部」になっている。これは、カトリシズムがいかに空虚で、実のないものかを述べているようだ。「神よ、あなたはかつて存在したのですか。神よ、この絵が唯一のあなたなのですか」という問いかけは、ジュディスの、神に対する懐疑を表わしている。しかし、神の「絵」が、伯母の写真同様、ジュディスの心身の一部になっているというのは、やはりカトリシズムの空虚さ、実のなさに対する皮肉を込めた表現である。そして伯母の写真と神の絵が彼女と共にある限りは新しい場所が彼女の家になるという思いは、たとえカトリシズムが空虚で、実のないものであろうと、彼女は決してそれから逃れられないという諦めの気持ちを表わしている。効果的に用いられたメタファーが、ジュディスの、カトリシズムに対する屈服をよりリアルに露呈していると言えよう。

『沈黙の偽り』（一九九〇）に描かれた北アイルランド紛争

―ナショナリズムとユニオニズムの正当性を巡って―

ムーアのナラティヴの技法の真価は、『アイリーン・ヒューズの誘惑』（一九八一）、そして『沈黙の偽り』（一九九〇）等のスリラー小説においても、別の形で、十二分に発揮されている。『アイリーン・ヒューズの誘惑』の主人公は、同名の、北アイルランドの田舎町出身の純真無垢な娘である。物語は、彼女が、雇い主夫妻とともにロンドンへ休暇に出かけ、そこで展開するスリラーである。表向きは、裕福で幸福に見える夫妻だが、実はふたりの仲は崩壊寸前で、夫バーナード・マコーリーはアイリーンに気を寄せ、彼女を異常なまでに、神と崇めるまでに愛し、彼の経営する百貨店を破滅に導き、彼自身も命を失う悲劇的結末を迎える。作品のタイトルは皮肉である。純真無垢なアイリーンは、バーナードを誘惑する行為は何ひとつしない。しかし、彼にとって、彼女は神と崇めるばかりの美しさで、その美しさに「誘惑」され破滅への道を辿る。このタイトルひとつを取っても、ムーアのナラティヴの特長が現れていると言えよう。

『沈黙の偽り』は、ムーアが北アイルランド紛争を真正面から描き、カトリック・ナショナリスト、プロテスタント・ユニオニスト双方のテロリストたちを批判した小説である。デニス・サンプソンによれば、ムーアがこの作品のヒントを得たのは、一九八七年、ベルファースト・クイーンズ大学から名誉文学博士号の学位を授与されるために帰郷して、大学近くのホテルに宿泊した時、真夜中にＩＲＡによる爆破の脅迫があり、他の宿泊客たちとともに避難を命ぜられた事件からである。(33)

主人公マイケル・ディロンはベルファーストのホテルの支配人である。彼のホテルに、カナダの、プロテスタントの急進派組織であるオレンジ協会の指導者が宿泊しており、彼の演説会が催されることになっていた。カトリックの過激派テロ組織ＩＲＡは彼の殺害を企み、ディロンの自宅に侵入して彼と妻を監禁し、妻を人質に取っている間にホテルを爆破するようディロンに命じる。ＩＲＡは、ディロンが警察に通報したら彼の妻を殺すと脅迫する。彼は、妻の命と多数のホテルの宿泊客の命どちらが大事かと激しく葛藤した揚げ句、警察への通報を決断する。ホテルは爆発したが、宿泊客たちは無事で、幸い彼の妻も一命を取りとめる。しかし、当時、彼にはＢＢＣテレビに勤める愛人がいて、彼の妻は、「もし人質が自分ではなくて、あなたの愛人だったら警察には通報しなかったはずよ」と彼を激しく責める。ディロンは監禁されていた時、ＩＲＡのうちのひとりが覆面を外した瞬間に彼の顔を見ていた。ディロンは、ＩＲＡに自分の命が狙われることを恐れ、警察にその人相を告げるべきかどうか、また激しく葛藤する。そしてその後、物語は、イギリスの女流小説家アニタ・ブルックナーが、「まったくショッキングで、この本を手から放すことができなくなる」[34]と評する展開を見せる。

『沈黙の偽り』という作品のタイトルは、ＩＲＡに監禁されたディロンが、家の中から、近くに住むハービンソンという、銀行を定年退職した男性が犬の散歩をさせているのを見ながら、北アイルランド紛争に対して次の怒りをぶちまけるパラグラフから取られている。

そして、今、ハービンソンが犬と一緒に朝の散歩に向かうのを見ながら、ディロンは自分のうちに怒りがこみ上げて来るのを覚えた。この、自分とハービンソンの生まれ故郷を、頑迷さと邪悪さの末期症状に陥れた偽りに対する怒りが。何年もの間、貧しいプロテスタント労働者たちが教え込まれてきた、カトリック教徒に関するウソ偽りに対して。貧しいカトリック労働者たちが教え込まれてきた、プロテスタント教徒に関するウソ偽りに対して。議会、演壇、決起集会、追悼演説等の場で述べられてきたウソ偽りに対して。そして何よりも、アルスターの邪悪な現状から顔を背けてきたウェストミンスターの国会議員の連中の沈黙の偽りに対して。(35)

このように、ムーアはプロテスタント、カトリック双方の強硬派に対して、そしてイギリス国会に対して怒りをぶつけているが、彼は、プロテスタント・ユニオニストよりもカトリック・ナショナリストに対して、より大きな批判を向けている。それは、ムーアが、ディロン夫妻はカトリックでありながら、カトリック系過激派組織のＩＲＡに脅迫されるという皮肉な設定にしていること、そしてディロンに、北アイルランドに関して次のような思いを抱かせていることからうかがえる。彼は、愛人に会いに行くために車を運転し、周囲の光景を見ながら、北アイルランドはイギリスに属しているからこそ豊かなのだという思いを抱く。

ベルファーストとルーガンを結ぶ自動車道は見事に設計され、道路標識が行き届いており、この高速道路からは、時たま、新しい工場や、きれいに耕された農地の中に立つ瀟洒な農家が見えた。それは、アイルランド島のこの地域はイギリスの一部であり、道路や公共サービスは、南へ百マイルも行かないアイルランド共和国よりも遥かに優れていることを思い起こさせた。(36)

もうひとつは、ディロンが、ＩＲＡのひとりが覆面を外した時に見た顔について、自分の命の危険を冒してでも警察に通報すべきかどうか、激しく葛藤する際に抱く思いだ。

北アイルランドはナチス・ドイツの占領下に置かれたフランスのような被支配国とは違う。住民の大多数はイギリスに残留することを望んでいる。[37]

因習的カトリシズム、偽善的ナショナリズムを嫌悪してアイルランドを去ったムーアの人生を振り返った時、そして『ジュディス・ハーン』、『ルパーカルの饗宴』、『アイスクリーム皇帝』等、北アイルランドを題材とした他の小説を振り返った時、このディロンの思いは作者の思いを代弁しているようにも思われる。

またムーアは、この小説の執筆の動機について、出版された年の一九九〇年、イーモン・ウォールとのインタビューのうちで、「(テロリストから解放された）人質のインタビューや言葉を聞くことはまずない。それが私が興味を抱いた沈黙だ」[38]と語っている。したがって、この作品に描かれた「沈黙の偽り」は、「ウェストミンスターの国会議員の連中の沈黙の偽り」だけではない。ディロンの、幾多の場面における心の葛藤は、「沈黙の偽り」を押し通すかどうかの葛藤である。ＩＲＡから彼のホテルを爆破するよう脅迫された時、彼は爆破直前になって「沈黙の偽り」を破り、警察に通報することにより多数の宿泊客たちの命を救う。そして、警察から、彼が目撃した覆面ＩＲＡのひとりの顔について証言を求められた時、彼は命を賭してでも証言すべきかどうか、つまりここでも「沈黙の偽り」を破るべきかどうか激しく葛藤する。さらに、この作品の中で、「沈黙の偽り」をめぐっての意志の選択を迫られるのはディロンだけではない。彼の妻は、彼が彼女の命も顧みずホテルに仕掛けられた爆弾のことを警察に通報した面当てに、テレビに出演して、「沈黙の偽り」を破り、ＩＲＡを非難する。しかし彼女は、ディロンが覆面IRAの人相について警察への証言を決意した時、それを撤回して欲しいと、すなわち「沈黙の偽り」を押し通すことを懇願する。彼の愛人もまた彼に同様の懇願をする。そしてまた、この作品のうちには、進んで「沈黙の偽り」を選択する人間たちがいる。それは、周囲には一切察知されずディロン夫妻の家に侵入し、彼らを監禁するIRAであり、結末で、ディロンと彼の愛人が住むロンドンのアパートに、ガスの検針と称してやって来た男と、彼の連れである。彼らふたりの正体は何か。そしてディロンの運命は……。ムーアの、簡潔で、歯切れの良いナラティヴは、読者をこの物語の世界の中に引きずり込み、アニタ・ブルックナーの言う通り、この本を「手から放すことができなくなる」状態に陥れる。

ムーアは、イーモン・ウォールに、「私は、北アイルランドに関心を持っていない人々でも読みたい気持ちになる本を書きたかったのです。なぜなら、北アイルランドについて書かれる大部分の本は、今や専門家だけによって書かれており、世界中のほとんどの人々は飽き飽きしているからです」[39]と述べている。確かにこの小説は、ムーアの優れたナラティヴの技法がかもし出す、緊迫した心理ドラマゆえに、北アイルランドに特別な関心を持たない読者でも興味深く読むことができる。そしてこの紛争の実態を垣間見ることができる。確かに、ムーアはジョイスほど偉大な小説家ではないが、アイルランドにはジョイスを凌ぐ小説家はいない。ムーアは、ジョイスに次ぐ、アイルランドを代表する小説家たちのうちのひとりである。

ムーアの人生と彼の小説を振り返ってみた時、北アイルランドに生まれた人間がナショナリズムを支持するか、ユニオニズムを支持するかは、個人の生い立ちにかなり左右されることが分かる。ムーアが生まれた一九二一年はイギリス=アイルランド条約が締結され、翌年には南の二六州から成るアイルランド自由国が誕生し、北の六州は北アイルランドとしてイギリスに残留する。この時期、北の六州ではイギリスへの残留を主張するユニオニストと、イギリスからの独立と南北統一を主張するナショナリストの間で激しい紛争が起き、約三百人が亡くなる。この騒乱の余波はその後も続き、一九三五年には再び大きな紛争が起こる。ムーアは、このような激しい紛争の中で子供時代を過ごしたわけだが、彼及び彼の家族が紛争に巻き込まれて被害を受けたという形跡がなく、ムーアはもっぱら、家庭内での、そして学校での保守的、因習的カトリシズムを嫌悪した。もしムーア自身、あるいは彼の家族がプロテスタント・ユニオニストたちからテロの攻撃に遇うということがあれば、事情は異なっていただろう。

第三者の目で北アイルランドを客観的に判断すればどうか。アイルランドというひとつの島が南北に分断されているのは民族の悲劇だというのが、世界の一般的見解である。アイルランド人の祖先はケルト人と見なされており、アイルランドはケルト人による統一国家であるべきだというのが主流を占める見解である。しかし、ケルト人の歴史を振り返って見ると、彼らはもともとヨーロッパ大陸で誕生し、好戦的民族として大陸各地を荒らし回ったが、ローマ帝国との闘争に敗れ、アイルランド、スコットランド、ウェールズ周辺に生き延び、特にアイルランドでは先住民族を追い払い、全土に住みついた。A・T・Q・スチュアートは、版を重ねて読まれている彼の名著、『狭い土地—一六〇九年から一九六九年までのアルスターの諸相—』のうちで、アイルランドはヨーロッパの複合民族から成っており、ケルト人による統一国家である必然性はないと強調する。

アイルランド人は数多くのヨーロッパ民族が混合していることを示すのは、イングランド人やスコットランド人も同様なのだが、国ということを考える上でなんら有害なことはない。アイルランドにおける民族の混合は、歴史が記述されるようになってから始まったのではなく、先史時代からすでに始まっていたという事実は、強調されるべき必要がある。ケルト人自体、侵略者であった。(40)

スチュアートの指摘には一理あると同時に、問題もある。確かにケルト人以前にアイルランドには先住民がいたが、それは「先史時代」のことであり、その民族名も定かではない。そのような民族をアイルランド人の祖先とみなして、ケルト人を「侵略者」と決めつけることは妥当であろうか。

一九八八年、ロイ・フォスターは、スチュアートの流れを汲んで、『現代アイルランド――一六〇〇年から一九七二年――』のうちで、アイルランドに関する「歴史修正論」(Irish Historical Revisionism)を提唱し、注目を浴びた。彼は、「アイリッシュネスの多様性」(41)を主張し、アイルランドの南北統一を主張するカトリック・ナショナリストたちを「排他的」、「人種主義的」であると糾弾した。これはカトリシズムの保守性、ナショナリズムの偏狭性を批判したムーアに通ずるものがある。

このようにナショナリズム、ユニオニズム双方に正当性と問題が認められる。一九九八年、北アイルランド首相でユニオニストのデイヴィド・トリンブルと、社会民主労働党党首でナショナリストのジョン・ヒュームがノーベル平和賞を受賞したことは、双方の正当性が認められた証拠ではないだろうか。しかし、双方の主張に正当性があるからこそ、北アイルランド問題の解決は難しいのだと言えよう。ムーアの場合、カトリック・ナショナリストの家庭に生まれながらも、カトリシズムとナショナリズムを批判し、同時に北アイルランド紛争の愚劣さを糾弾した。彼は、北アイルランドがイギリスに残留する形で、両派が融和することを願ったのだろうか。

そしてムーアの小説の大きな価値は、生涯発表した二〇編の作品が、それぞれ異なる特徴を備えていることである。たとえば本章で論じた三つの作品に関して言えば、いずれも北アイルランドを描いているとはいえ、『ジュディス・ハーン』はひとりの女性の人生を通してカトリシズムの保守性と因習性を批判したものであり、『アイスクリーム皇帝』は第二次世界大戦下のベルファーストの惨禍を通してナショナリズムの偽善を批判したものであり、『沈黙の偽り』は現代の北アイルランド紛争を真正面から描いたものと、それぞれが他とは異なる、際立った特徴を備えている。ムーアは、デニス・サンプソンとのインタビューにおいて、「本のサイン会の時、読者が私のところに来て、『ムーアさん、私はあなたの本を全部読みました』と言う度に、私は驚きます。私は、ひとつひとつの作品が全く異なると思っていますので、私が書いてきた、それぞれ違った種類の作品すべてに興味を持つ読者がいるということが考えられないのです」[42]と語っている。ムーアの小説は、それぞれが異なった特徴を備えているからこそ、読者の興味を引くのだと言えよう。南北アイルランド、フランス、アメリカ、カナダ、アフリカ等世界中を舞台としたムーアの作品は、その優れたナラティヴの技法が生み出す強烈なリアリズムゆえに読者を引きつける。ムーアが亡くなる直前に出版されたサンプソンのムーア評伝は、今までに出版されたムーアに関する研究書のうちではもっとも優れていると評判が高く、そのタイトル、『ブライアン・ムーア――カメレオン小説家――』は、ムーアという小説家を言い表すのに、この上なく的を射たタイトルと言えよう。

注（1）ムーアは、二〇冊の小説の他にも、*Wreath for a Read Head*（1951、のちに*Sailor's Leave*と改題）、*The Executioners*（1951）、*French for Murder*（1954、Bernard Maraという匿名で出版）、*A Bullet for My Lady*（1955、同）、*This Gun for Gloria*（1956、同）、*Intent to Kill*（1956、Michael Bryanという匿名で出版）、*Murder in Majorca*（1957、同）という七つのスリラー小説を出版しているが、通常、言及されることはない。

（2）日本では、一九九〇年に、*The Color of Blood*（1987）が『夜の国の逃亡者』（大庭忠男訳）、一九九八年に、*Catholics*

(1972）が『独裁者の島』（田中昌太郎訳）というタイトルで共に早川書房から出版されただけである。
（3）Denis Sampson, *Brian Moore: The Chameleon Novelist*（Dublin: Marino, 1998）, p.14.
（4）ムーアは、「私のうちにはふたつのアイルランドの血が流れている。私の母はアイルランド人のうちではもっともアイルランド的だったが、私の父はある程度までアルスターのプロテスタントの血を受け継いでいた」と語っている。（"Beginnings", *Today*, 11 October 1980, 3; quoted by Sampson, p.16.）
（5）St.Malachy's College：北アイルランドの「カレッジ」は、日本でいうと中学校、高校を合わせたものに相当する。この学校の創立は一八三三年で、北アイルランドに初めてできたカトリックのカレッジだった。場所は、ベルファースト北部（36 Antrim Road, Belfast）である。
（6）John Eoin McNeill（1867-1945）：穏健派ナショナリストであった彼は、一九一六年のイースター蜂起における武力闘争には反対した。ムーアは、父親と彼のナショナリズムに反対していたが、後にマックニールのことを、「無益な流血の空しさと愚かさに酔うことのなかった、冷徹で、現実的な思想家だった」と述べて、評価している。（"Review of Michael Tierney, *Eoin MacNeill*", *Times Literary Supplement*, 31 July 1981, p.869; quoted by Sampson, p.27.）
（7）"Bloody Ulster: An Irishman's Lament", *Atlantic Monthly*, September 1970, p.59; quoted by Sampson, p.23.
（8）"Brian Moore in Conversation with Rosemary Harthill", Rosemary Harthill, *Writers Revealed: Eight Contemporary Novelists Talk about Faith, Religion and God*（New York: Peter Bedrick, 1989）, p.137; quoted by Sampson, p.30-31.
（9）"Preliminary Pages For a Work of Revenge", *The Dolmen Miscellany of Irish Writing*, ed., by Thomas Kinsella and John Montague（Dublin: Dolemen, 1962）, rpt.Brian Moore, *Two Stories*（Northridge: Santa Susana, 1978）, pp.13-15; quoted by Sampson, pp.31-32.
（10）"Interview with Hallvard Dahlie", 12 June 1967, *Tamarack Review*, 46, Winter1968, p.8; quoted by Sampson, p.38.
（11）Brian Moore, *The Emperor of Ice-Cream*（1965; rpt.London: Paladin,1987）, p.35.
（12）"Eileen Battersby Talks to Brian Moore", *Irish Times*, 12 October 1995, p.13; quoted by Sampson, p.288.
（13）*The Emperor of Ice-Cream*, pp.35-36.
（14）*Ibid.*, pp.36-37.
（15）Richard B. Sale, "An Interview with Brian Moore", 13 July 1967, *Studies in the Novel*（Spring 1969）, p.68; quoted by

Sampson, p.39.

(16) *The Emperor of Ice-Cream*, p.217.

(17) *Ibid.*, p.252.

(18) Letter to Rory Fitzpatrick, 23 January 1966; quoted by Sampson, p.151.

(19) Brian Moore, *The Lonely Passion of Judith Hearne* (1955; rpt., London: Flamingo, 1994), pp.44-45.

(20) Brian Moore, *Lies of Silence* (1990, rpt., London: Bloomsbury, 1995), p.198.

(21) *The Emperor of Ice-Cream*, p.234.

(22) "Old Father, Old Artificer", *Irish University Review*, 12: 1 (1982), pp.13-14; quoted by Sampson, pp.42-43.

(23) *Ibid.*, p.15; quoted by Sampson, p.88.

(24) Sampson, p.88.

(25) "Brian Moore in Conversation with Tom Adair", *Linen Hall Review* 2: 4, Winter 1985, p.5; quoted by Sampson, p.89.

(26) James Joyce, *Dubliners* (1914, rpt., Harmondsworth: Penguin, 1967) のうちの "A Painful Case" (pp.105-106) を参照した。

(27) *The Lonely Passion of Judith Hearne*, p.7.

(28) Jo O' Donoghue, *Brian Moore: A Critical Study* (Montreal: McGill-Queen's University, 1991), pp.27-28.

(29) *Ibid.*, p.27.

(30) *Ibid.*

(31) *The Lonely Passion of Judith Hearne*, p.197.

(32) *Ibid.*, pp.254-55.

(33) Interview with Eamonn Wall, unpublished, 1990; quoted by Sampson, p.276.

(34) "It is profoundly shocking and it is impossible to put down"–Anita Brookner, *Spectatoor*; *Lies of Silence* 表紙裏。

(35) *Lies of Silence*, pp.54-55.

(36) *Ibid.*, p.105.

(37) *Ibid.*, p.198.

(38) Interview with Eamonn Wall; quoted by Sampson, p.276.

(39) *Ibid.*

(40) A.T.Q. Stewart, *The Narrow Ground: Aspects of Ulster 1609–1969* (1977; rpt., Belfast: Blackstaff, 1997), p.28.

(41) R.F. Foster, "Varieties of Irishness," *Modern Ireland 1600–1972* (1988, rpt., Harmondsworth: Penguin, 1989), pp.3-14.

(42) Sampson, p.5.

第五章　グレン・パタソンのベルファースト小説
―北アイルランドの多様性と可能性―

『我が身を燃やす』（一九八八）とサバーバニズム
―「ボーダー崩壊」に向けての旅立ち―

グレン・パタソンは、一九六一年ベルファースト生まれの小説家で、二〇〇二年一〇月には、国際アイルランド文学研究協会日本支部（ISIL JAPAN）の大会にゲストスピーカーとして招かれるなど、[1]最近注目を浴びている。パタソンが注目されている理由は、彼の小説の主人公たちは、プロテスタント・ユニオニズムとカトリック・ナショナリズムのボーダーを越えた、新たなアイデンティティーを必死に模索しており、北アイルランドの多様性と可能性を予感させるからであろう。

リチャード・カークランド『一九六五年以降の北アイルランドの文学と文化―危機の時―』（一九九六）は、一九六〇年代半ば以降の北アイルランドの社会状況の推移が、文学と文化の中にどのように反映されてきたかを論じた、示唆に富む好著である。その中で、カークランドは、「グレン・パタソンとロバート・マックリアム・ウィルソンは、北アイルランドのアイデンティティーに関する論議を韻文以外のものに移し換え、他の文化表現形式において行うことを可能にした」[2]と述べ、北アイルランドでは、伝統的に詩と演劇が好まれる傾向にあったが、パタソンとウィルソン（一九六四―）、このふたりの優れた小説家の登場により、北アイルランドのアイデンティティーに関する論議が小説においても可能になったと指摘している。また、ラウラ・ペラスキア『北アイルランドを描く—北アイルランドの現代小説—』（一九九八）は、一九八〇年代以降の現代北アイルランド小説を論じており、北アイルランド小説の、詩と演劇に劣らぬ価値と意義を認識させる好著である。その中で、ペラスキアは、パタソン、ウィルソン、ディアドラ・マドゥン（一九六〇—）、コリン・ベイトマン（一九六二—）の四人を一九九〇年代に登場した、才能ある若手作家たちと賞賛し、彼らは「北アイルランドに対する新たな解釈」[3]を呈示していると述べる。

パタソンのデビュー作『我が身を燃やす』（一九八八）は、北アイルランド紛争勃発直後の一九六九年七月、ベルファースト郊外の、プロテスタントが多数を占める新興住宅街が舞台の物語である。主人公は一〇歳のプロテスタントの少年マル・マーティンで、彼はプロテスタントの不良少年たちと係わる一方で、ゴミ捨て場を住処とするカトリックの少年フランシー・ヘイガンに引きつけられてゆき、彼との間に奇妙な友情を育む。フランシーは、たびたび、プロテスタント住民たちの敵愾心を煽り立てる行為を仕掛け、彼の一家は立ち退きを強要される。立ち退きの日、フランシーは、彼が住むゴミ捨て場に捨てられているものに次々と火をつけ、集まって来たプロテスタント住民たちの足元に投げつける。そしてアイルランドの三色旗に火をつけて投げようとしたところ、その旗は逆風に煽られ、フランシー自身の体に巻きつき、彼は焼死してしまう。この悲劇はマルの目の前で起こる。プロテスタント・ユニオニストとカトリック・ナショナリストの対立の実態をえぐり出した、パタソンのこの衝撃のデビュー作は数多くの批評家たちから賞賛され、ルーニー文学賞とベティー・トラスク賞を獲得した。[4]

ここでは、日本アイルランド協会『エール』第一九号（一九九九）の中で、伊藤範子が提唱した、アイルランド文学の新たな潮流である「サバーバニズム」(Suburbanism)[5]との関わりにおいて『我が身を燃やす』を論じることにより、この小説の価値と意義を示したい。伊藤によれば、アイルランドは、一九六〇年代、社会のあらゆる領域において大きな変化を経験し、大規模な経済変革の結果、都市、田舎から「郊外」(suburbs)への人口流出が起きた。郊外とは、伝統も、規範もない場所である。郊外で他の住民たちと調和を保って暮らすためには、古来の伝統的価値観を捨て、宗派的偏見のないリベラルな姿勢を持つ必要がある。伊藤は、この郊外で生きるための精神、自由で偏見に囚われない精神をサバーバニズムと呼ぶ。このサバーバニズムの潮流が発展するに従って、アイルランドの小説家たちは、それから生じる事象を描き始めた。伊藤がその例として挙げる作家たちは、南のアイルランド出身では、ダーモット・ボルジャー（一九五九―）、ロディー・ドイル（一九五八―）、セバスチャン・バリー（一九五五―）、ジョセフ・オコナー（一九六三―）らである。[6]伊藤はまた、『ユリイカ』二〇〇〇年二月号の、「アイルランド現代小説について」と題するエッセイの中で、北アイルランド小説のうちから、ウィルソンの『リプリィ・ボウグル』(一九八九)、マドゥンの『光と石を思い出しながら』(一九九二)、そしてパタソンの『我が身を燃やす』をサバーバニズム小説の代表として挙げている。[7]伊藤の次の指摘にある通り、サバーバニズムとは、都市、あるいは田舎から郊外への人間の地理的移動ばかりでなく、「ボーダー崩壊」という彼らの意識上の変化をも含む。

　この共有されたボーダー崩壊の意識は、カトリシズムとプロテスタンティズム、ナショナリズムとユニオニズム、ホモセクシュアリティーとヘテロセクシュアリティーなど、あらゆるボーダーを突き崩し、未来のヴィジョンを探る転回点として注目される。[8]

『我が身を燃やす』は、確かに地理的にはベルファースト郊外が舞台であるが、果たして、伊藤の言う意味でのサバーバニズム小説たり得るのか。この小説には三つのテーマがある。ひとつは主人公マル・マーティンの、彼の家族、親族との関係で、もうひとつは彼とプロテスタントの不良少年たちとの関係で、そしてもうひとつが彼とフランシー・ヘイガンとの関係であり、この最後のテーマが最も重きをなしている。スペインの批評家エスタ・アリアガは、ウィルソンの『リプリィ・ボウグル』と『我が身を燃やす』を論じた示唆的な論文(9)の中で次のように指摘する。マルはまだ一〇歳で、世の中に対する見方を形作っている段階で、決して固定観念には囚われていない。彼は強い感受性を持ち、周囲の事物に好奇心を抱き、それらを探求しようとする。それゆえに、彼は偏見を持つことなく、プロテスタントの不良少年たちとも、フランシー・ヘイガンとも係わる。そして彼の両親が彼に押し付けようとする古来の伝統的価値観を受け入れようとはしない。

マルは、伊藤の言うサバーバニズム小説の多くの主人公たち同様に、両親とは不和である。伊藤によれば、「地域主義」(Regionalism)の範疇に属する小説に描かれた父親たちは頑固で、独裁的であるのに対し、サバーバニズム小説に描かれた父親たちはただ単なる「間に合わせ」に過ぎない場合が多い。彼らは弱く、家族に対して威厳がない。マルの父親はビジネスに失敗する。妻と絶えず口論を繰り返し、しばしば酒に酔い、プロテスタントの不良少年たちから馬鹿にされる。ある時、彼は、マルの目の前で、不良少年たちのうちの一人に殴り倒される。この出来事の後、マルの母親は夫との別居を決意し、マルを連れて実家に帰る。このようにぶざまで、威厳のないマルの父親は、典型的なサバーバニズム小説の父親のようだ。地域主義小説のひとつというべき、ブライアン・ムーアの『アイスクリーム皇帝』(一九六五)に登場してくるゲイヴィン・バークの父親に比べてみると、その弱さは顕著である。ゲイヴィンの父親は、独裁者のごとく、カトリック信仰をゲイヴィンに押し付ける。

マルの母親の実家には、彼女の兄夫婦が住んでおり、彼らには、マルよりも年上の、ふたりの娘がいた。ここでマルは、彼の感受性に大きな影響を及ぼす体験をする。彼がアポロ宇宙飛行船による人類初の月面着陸をテレビで見ていると、彼のふたりの従姉妹が加わり、そのうちのひとりが彼の腕を掴む。若い娘と肌を合わせるという初体験にマルは興奮する。そして、マルは、アポロ宇宙飛行船の月面着陸を見た時、最初は信じられないほど驚き、自制心を失う。しばらくして目の前で起きていることが理解できた時、彼の目はテレビに釘付けになり、彼は、テレビを見ている家族たちと、そして月面で手を振っている宇宙飛行士と一心同体の気持ちになる。パタソンは、マルの心の動きを次のように描いている。

ぼくは、今、ここにいる。マルは自分に言い聞かせた。この部屋に、この家に、この街に、この国に、この島に。（中略）しかしすでにマルは自制心を失い、宇宙との莫大な距離の隔たりに彼の頭はグラグラし、考えること自体無駄だった。彼は、彼の尻と太ももの下にあるクッションの滑らかな皮に気持ちを集中し、それとともに、疑いようのない彼の周囲の状況―つまり昼間、ラウンジでテレビを見ている母親、伯父、伯母、従姉妹たち―と一体になろうとした。マルの頭からは膨大な空間という観念は消えた。宇宙飛行士が手を振った。彼の宇宙服の顔のガラス部分に、彼を写しているカメラのカプセルが反射していた。宇宙飛行士が手を振っているのが画面いっぱいに写し出され、マルの母親、伯父、伯母、従姉妹たちはそれを見た。マルは、全体重をかけてクッションに沈み、それを見た。一心同体の気分だった。(10)

マルのこの心の動きは、彼がフランシー・ヘイガンとの友情を深めてゆく過程での心の変化と類似している。

マルは、フランシーの住むゴミ捨て場を捜索し、初めて彼に会った時、何を話してよいのやら分からず当惑し、自制心を失う。しかし、マルはフランシーに友人として受け入れられた後は、フランシーと彼の住むゴミ捨て場と一体化しようと試みる。マルの心からは外の世界に対する思いは消える。彼はフランシーと一心同体になったと感じ、彼とキスさえする。ちょうどその時、近くの公園で、プロテスタント・ユニオニスト強硬派の決起集会が行われており、カトリック教徒たちを追い出せと気勢を上げていた。マルは、ゴミ捨て場の外で起きている対立は一顧だにしなくなる。したがって、マルがアポロ宇宙飛行船の月面着陸を見た時の心の動きと、彼がフランシーとの友情を育んでゆく過程での心の変化は、マルの、偏見に囚われない感受性を示すと同時に、プロテスタント・ユニオニストとカトリック・ナショナリストの間の「ボーダー崩壊」のメタファーとしても描かれていると言えるだろう。マルは、一見、典型的なサバーバニズム小説の主人公のように思われる。しかし、『我が身を燃やす』を、本当の意味で、サバーバニズム小説と言うことができるだろうか。伊藤は、サバーバニズム小説の特徴のひとつとして、前向きな姿勢、つまり主人公が絶望の中にあっても現実と前向きに向かい合うということを強調する。そして、これがサバーバニズム小説の最も重要な特徴である。マルは、果たして、フランシーの悲劇的な死に直面しても、今後、現実と前向きに向かい合うことができるのだろうか。ここで、伊藤が、他のサバーバニズム小説の例として挙げる、ウィルソンの『リプリィ・ボウグル』とマドゥンの『光と石を思い出しながら』と、『我が身を燃やす』を比較してみたい。リプリィ・ボウグルは、北アイルランドのプロテスタント・ユニオニストとカトリック・ナショナリストの対立を嫌悪して、故郷を去り、ケンブリッジ大学に入学する。しかし大学の特権階級意識になじむことができず、退学し、いかなる人間社会にも属することができない彼は、ロンドンに出て、乞食に身を落とす。そして彼は、飢えと数多くの苦悶を経験するが、現実に対しては前向きな姿勢を保ち、作品の結末では、彼自身の未来を楽観的に語る。

俺は訳もなく笑う。ものごと、そんなに悪くない。たぶん、俺はこの生き方を繰り返すかもしれない。結局、俺は若いのだ。俺は、一度、こういう生き方をした。そして極貧から這い出した。世の中はまだ俺を受け入れてくれるだろう。たぶん、この次はオックスフォードに行くだろう。誰も知ったことではない。落ち着いて、ゆっくりとタバコをくゆらせながら、俺はいくつかの計画を立て始めた。(11)

『光と石を思い出しながら』の主人公アシュリングは、彼女の家族が彼女に押し付ける伝統的価値観―彼女の場合はカトリシズム―を拒絶し、アイルランドを去り、フランス、イタリア、アメリカと転々と旅しながら、自己実現を達成しようとする。しかし、彼女は目的を果たすことができず、アイルランドに戻って来る。彼女は、いったんは絶望するが、彼女の現実に向かい合う姿勢は、小説の結末においては、リプリィ・ボウグル同様、前向きである。

それから私はイタリアのことを考えた。すると、ある意味では、何週間考えあぐねても結論が出なかっただろうに、この時ばかりははっきりと、断固たる決意が私の心に生じた。S・ジオルジオを去ることにしよう。イタリアに戻ったら、荷造りをして、工場に退職願いを出して、残りの必要な期間だけ滞在しよう。アイルランドに戻って来よう。(12)

アシュリングは再び故郷アイルランドに戻ることにより、希望を見いだそうと決意する。ウィルソンとマドゥンの小説に比べると、『我が身を燃やす』の結末はかなり悲劇的で、果たして、マルは、リプリィやアシュリングのように前向きな姿勢で、今後、現実に立ち向かうことができるのだろうかという疑問が生じる。フランシーが悲劇的な死を遂げた日の翌朝、マルは、"FRANCY HAGAN REST IN PIECES"という落書きを壁に発見する。"PIECE"は"PEACE"をもじったものであり、これはフランシーの死の悲劇をさらに強調している。マルは、北アイルランドの宗派紛争の「生きた犠牲者」であり、プロテスタント・ユニオニストとカトリック・ナショナリストのボーダーを越えるのは不可能だということを悟ったとは言えないだろうか。しかし、この悲劇的結末にもかかわらず、この小説に関する肯定的解釈が存在する。エスタ・アリアガは、「マルは、これから先、ゴミ捨て場が示すベルファーストの本質を他の人間たちに理解させる責任を引き受けることになるだろうと読者は期待する」[13]と述べ、マルの前向きな姿勢を強調する。アリアガが指摘するように、マルが住む住宅街が文明と宗派紛争によって汚された「北アイルランドの縮図」である一方、フランシーが住むゴミ捨て場は文明からも宗派紛争からも解き放たれた場所である。マルは、フランシーの悲劇的な死にもかかわらず、彼との出会いを通して学んだ「融和」の必要性を今後は伝えてゆくのかもしれない。もしそうだとすれば、『我が身を燃やす』はサバーバニズム小説と言うことができる。

マル・マーティンの、フランシー・ヘイガンとの出会いと友情がボーダー崩壊に向けての「旅立ち」であるとするならば、パタソンの第二作目の『Fat Lad』と第三作目の『ビッグ・サンダー・マウンテンの闇夜』はボーダー崩壊に向けての、「旅の最中」を描いた作品であると言えよう。

『Fat Lad』（一九九二）から『ビッグ・サンダー・マウンテンの闇夜』（一九九五）へ
―国際的視野から描く、北アイルランドのアイデンティティー模索―

パタソンの第二作目の『Fat Lad』（一九九二）はG・P・A賞にノミネートされた作品である。[14] 主人公は、ベルファースト生まれの青年ドリュー・リンドンで、イギリス・マンチェスターの大学を卒業後、同市にある大型チェーンの書店に勤めるが、[15] まもなくしてベルファーストの支店に転勤命令が下り帰郷する。しかしベルファースト支店は倒産し、パリ支店へ転勤となる。ドリューにとって、この過程での様々な体験は、彼の、北アイルランドのアイデンティティー模索の旅でもあった。この作品の中で、パタソンは、メタファーとシンボルを効果的に用いて、ドリューのアイデンティティー模索における苦悩と葛藤を鮮明に浮かび上がらせている。

第三作目の『ビッグ・サンダー・マウンテンの闇夜』（一九九五）は、北アイルランドを、さらに幅広い、国際的視野から描いた小説である。舞台は、パリ郊外のユーロ・ディズニー建設現場で、世界中から労働者がやって来ていた。ベルファースト出身の労働者レイモンド・ブラック、ドイツ出身のレストラン料理人イルス・クレイン、アメリカ出身でディズニー・プロジェクトに携わるサムの三人がここで出会う。ウォルト・ディズニーに心酔する夢想家のサムは、ミッキー・マウス以前に、ディズニーが考案した、幻のネズミのキャラクター、「モーティマー」を連れて来ることを工事関係者たちに要求する。そしてレイモンドとイルスを人質に取り、アトラクションのひとつである「ビッグ・サンダー・マウンテン」に立て籠もり、彼の要求が満たされなければここを爆破すると脅迫し、スリリングな物語が展開する。この作品でも、パタソンはメタファーとシンボルを駆使して、プロテスタント・ユニオニズムとカトリック・ナショナリズムのボーダーを超越した、北アイルランドの新たなアイデンティティーの模索を試みている。

パタソンは言う。「私は、一九八〇年代末にイギリスからベルファーストへ戻って来た時、この都市を見て、何かを書きたい衝動に駆られた。そして、まず第一に書きたいと思ったのが、ベルファーストは絶えず変貌しているという事実についてだった。私は、都市という観念、土地の変貌、再生という観念に非常に興味を持った。もちろん、これらに関して、私は、私の登場人物たちに異なる解釈をさせているが、とにかく私は、造り、破壊し、また新たに造るという観念に興味を抱いた。そして、私が『Fat Lad』を書き終えた時、友人のひとりが、私が本当に都市とその建設に関心があるのならばユーロ・ディズニーに行くべきだ、そこに行って何が造られているかを見て来るべきだと言った。そして私はその通りにした。私は当時、ただ単なる政治的アイデンティティーではない、地域的アイデンティティーという考えを発展させていたので、ユーロ・ディズニーにはただただ魅せられた。(中略)私は、何か小説の題材になるものはないかと思い、パリ郊外に建設中のユーロ・ディズニーへ行った。それが『ビッグ・サンダー・マウンテンの闇夜』の出発点だった。したがって、『Fat Lad』の続きという意味で、この小説は、私が自分自身と交わしていた会話をさらに進展させるものだった」[16]

パタソンの、この言葉から伺える思想は、ベルファースト、すなわち北アイルランドは絶えず変貌しており、したがってプロテスタント・ユニオニズム、もしくはカトリック・ナショナリズムという一定のアイデンティティーに縛られるべきではないということだ。『Fat Lad』は、主に北アイルランド、南アイルランド、イギリスという三つの視点を絡めて北アイルランドのアイデンティティーを模索した作品であり、『ビッグ・サンダー・

マウンテンの闇夜』は、パタソンも述べているように、それを発展させ、さらに大きな国際的視野から北アイルランドのアイデンティティーを模索した作品である。ここでは、このふたつの小説の分析を通して、パタソンが、いかにメタファーとシンボルを効果的に用いて、プロテスタント・ユニオニズム、カトリック・ナショナリズムを超越した、新たなアイデンティティーを追求しているかを明らかにしたい。

『Fat Lad』は、作品のタイトル自体がメタファーである。ファマーナ（Fermanagh）、アーマー（Armagh）、ティローン（Tyrone）、ロンドンデリー（Londonderry）、アントリム（Antrim）、ダウン（Down）の六州の頭文字を合わせたもので、北アイルランドを指している。そして、このタイトルは、同時に、主人公ドリュー・リンドンをメタフォリカルに表しているようだ。“Fat”には、「太った」という意味の他に、「鈍い、のろい」という意味がある。ドリューは、ひどい近眼で、度の強いメガネをかけており、北アイルランドのアイデンティティーを求めて右往左往する様を初め、彼の行動は滑稽で愚鈍である。彼の滑稽で愚鈍な行動のひとつは、この小説の冒頭で、彼が、イギリスの本店からベルファーストの支店に転勤を命ぜられて帰郷し、空港からシティセンターへバスで向かう時に見られる。ドリューの隣りに、補聴器を付けた老人が座り、話しかけて来た。老人は、ドリューに、バスの外に見える埋め立地を指して、「一〇年前はこの辺では魚釣りもできた」と、涙ながらに昔のベルファーストのことを懐かしげに語り始めた。ドリューはこの老人との会話を避けたいがために、彼のメガネが曇っていると見せかけて、何度も外しては服の袖で拭きまた掛けるという、滑稽で愚鈍な行為を繰り返す。“Fat Lad”としてのドリューの一面を如実に示している。しかし、同時に、ドリューがこの老人を避けようとする態度のうちには、ベルファーストは一定不変ではあり得ず、絶えず変貌しているというパタソンの信念が表現されている。ドリューは心の中で叫ぶ。「ああ、この爺さんのダブったものの見え方など御免だ。今ある姿こそがすべてなんだ」[17] ここで言う「ダブったものの見え方」とは、老人の頭の中で交錯する、昔のベルファーストと、土地が埋め立てられて変貌を遂げた現在のベルファーストのことであり、ドリューは、後者を肯定している。これは、この小説のテーマを予示するシンボリカルな冒頭である。

このベルファーストの変貌がもたらす北アイルランドのアイデンティティーの不安定性―すなわちドリューの北アイルランドのアイデンティティーに対する迷い―を表現するメタファーとして他に挙げられるのは、彼と三人の女性の恋愛である。ドリューの最初の恋人は、メレイン・ビショップというイギリス人女性で、彼女は、彼の北アイルランド転勤を知り、一緒に行くことを拒絶する。そして彼は故郷ベルファーストでケイ・モリスという地元の女性と恋仲になる。ふたりが出会ったのは、かつては「タイタニック・バー」と呼ばれた酒場だった。この呼称は、かつてこの酒場にはタイタニック号にまつわる記念品が数多く陳列されていたことから来たものだった。ドリューの祖父も、タイタニック号建造のために働き、彼の死後も、長い間、家庭の中ではタイタニック号は尊敬の念を持って語られていた。しかし、ドリューのタイタニック号に対する見方は否定的で「なぜ沈没した船がかくも崇められるのか」と疑問を抱き続けていた。しかし、ドリューがイギリスからベルファーストに戻って来て、この酒場を訪れた時には、タイタニック号に関する陳列品は取り払われ、現代的なジャズ・バーに変身し、その名も「ジャズボー・ブラウン」と変わっていた。このドリューのタイタニック号に関する否定的な見解は、前述の、昔のベルファーストを郷愁込めて回顧する老人に対する反発に通じるものがある。ここにも、都市は常に変貌するものというパタソンの信念が現れており、タイタニックの名残を取り払い、現代的なジャズ・バーへと変身したこの酒場は、ベルファーストの発展のシンボル、もしくはメタファーとして描かれていると言える。ケイ・モリスもまた、ベルファーストの発展をメタフォリカルに体現した女性として描かれている。デザイン会社を経営する彼女は、ドリューの勤める書店のデザインを担当するなど、昼間は第一線のキャリアウーマンとして活躍する傍ら、夜は遅くまでジャズボー・ブラウンで酒を嗜み、ドリューとのセックスを楽しみ、快感を高めるためには大麻も平気で吸う。彼女は、ドリューの上司であるジェイムズがベルファーストを訪れた時、街を案内し、その様子は次のように描かれている。

ケイは案内役に徹して、ジェイムズに語った。「破壊と建設の戦いが、ベルファーストの最も昔からの戦いでした。（中略）ベルファーストは泥水をさらって造り上げられた都市なのです。何世代にも亙って、商人、エンジニア、企業家たちが結実させた夢なのです。彼らは、土地を開発する前に、土地を造らなければなりませんでした。水をさらい、泥を除き、土を積み上げ、固め、彼ら独自のイメージで都市を造り上げたのです。港、船、クレーン、溶鉱炉、サイロと、次々に産業を起こし、沼地を固め、この不毛の泥土の上に不滅の痕跡を残したのです。ダーガン、ダンバー、ワークマン、ウルフ、ハーランド、彼らの名前はベルファーストの存在そのものの中に消し去り難く根付いているのです」(18)

ここでケイ・モリスは、一七世紀初頭にイギリスから北アイルランドに入植して、都市を造り、産業を興したプロテスタント・ユニオニストたちの功績を讃えている。これは、ベルファーストは、つまり北アイルランドは絶えず変貌を遂げているというパタソンの信念をより明確に示すと同時に、北アイルランドに対する斬新な解釈であると言えよう。この節の前に、「ジェイムズはもっと多くの破壊を見ることを期待していた」という一文が出て来るが、世界中の多くの人々は、彼同様、北アイルランドをカトリック・ナショナリストとプロテスタント・ユニオニストの紛争の土地という画一的イメージで捕らえ、プロテスタント・ユニオニストたちはイギリスからの侵略者であり、地元のカトリック・ナショナリストたちが不当に虐げられていると見なしている。しかし、ここに示されているのは、いかにプロテスタント・ユニオニストたちが北アイルランドの発展に貢献したかという、彼らに対する肯定的な見解である。リチャード・カークランドは、『一九六五年以後の北アイルランドの文学と文化—危機の時—』の中で、ケイ・モリスの言葉を引用し、この小説は北アイルランドにおけるプロテスタント植民の合法性を分析したものであると指摘している。[19] また、ラウラ・ペラスキアも、『北アイルランドを描く—北アイルランドの現代小説—』の中で、同じケイ・モリスの言葉を引用し、「ケイ・モリスはアイルランド史に新しい解釈を与え、パタソンは、彼女の口を通して、聖書にも等しい響きとリズムでそれを述べている」と述べている。[20] カークランドもペラスキアも正しい。しかし問題なのは、両者とも、ケイ・モリスのこの言葉だけを引用して、パタソンがプロテスタント・ユニオニストたちの功績を賞賛していることのみを強調している点だ。両者の論述は、パタソンが強硬なユニオニストであるとの誤解を与えかねない。

パタソンは言う。「私はユニオニズムにもナショナリズムにも賛同しない。私は、どちらの主義にも縛られない、何らかの存在の方法を見つけ出そうと試みている。私の小説の中で、幾人かの登場人物は特定の政治的見解を支持し、他の登場人物たちはそれらを拒絶する。どの登場人物も私の政治的見解を代弁しているのではない」[21] パタソンが述べている通り、この小説には、ユニオニスト、ナショナリスト、どちらでもない人物が登場する。ケイ・モリスは強硬なユニオニストである。しかし、ドリュー・リンドンはプロテスタント教徒だが、ユニオニストにはなり切れず、ユニオニズムとナショナリズムの間でさ迷い、時には双方に関して否定的見解を示す。ドリューのユニオズムに対する否定的見解は、次の一節に現れている。

ドリューの窓の真下に見える鉄道の向かい側の、サンディー・ロウとドニゴール・ロードの交差点に隣接する荒れ地には、七月のかがり火のために木がすでに集められていた。毎年、プロテスタント労働者階級が、アルスター・ロイヤリズムの偉大な死んだ手に対して、木を燃やして捧げる行事だった。ユニオニスト北アイルランドの長年の拠り所である、巨大な墓石の固まりと言うべきストーモントを建てた一方で、この行事は、半世紀の間、彼らを、彼らのカトリックの隣人たち同様、彼らのスラム街に閉じ込めてきた。(22)

「サンディー・ロウ」は、プロテスタント・ユニオニスト強硬派であるロイヤリストの居住区である。「七月のかがり火」とは、彼らが毎年七月一二日に行うボイン河戦勝記念パレードの前夜に、かがり火を焚いて気勢を上げる行事のことである。「アルスター・ロイヤリズムの偉大な死んだ手」(the great dead hand of Ulster loyalism) とは、「アルスターの赤い手」(the Red Hand of Ulster) を皮肉った言い方である。「ストーモント」は、北アイルランドの国会議事堂で、ユニオニストが多数勢力を占める。ドリューは、これを、「広大な墓石の固まり」(the vast mausolean pile) と揶揄している。ドリューのこのプロテスタント・ユニオニストたちに対する非難は、ケイ・モリスの彼らに対する賞賛同様、注意を払われるべきである。これらの、ユニオニズムに対する賞賛と批判は、著者パタソン自身が、ユニオニズムとナショナリズムの狭間で、北アイルランドのアイデンティティーを模索して葛藤していることを示しているとも言えよう。

ドリューのナショナリズムとの関わりは、彼と、ケイ・モリスの腹違いの姉であるアンナとの恋愛において描かれている。彼女にはかつて、ナショナリストの強硬派であるリパブリカンのテロ組織に属する恋人がいた。彼は、テロ容疑で逮捕され、ハンガーストライキに加担して獄死した。パタソンは、ドリューとアンナの恋愛の描写においては、北アイルランド小説の「常套手段」である、単なる「宗派を越えた愛」を超越したものを示そうとしている。ふたりの愛をもたらしたのは、北アイルランドのみでなく、世界中で彼らの背後に存在した数多くの人間たち、数多くの出来事であったことを強調する。

ふたりの愛をもたらしたのは、ここアイルランド、隣りのイギリス、そしてさらに向こうのヨーロッパ大陸に、結束して存在し、彼らを支えたすべての家族、恋人たち、友人たちだった。ローカルな出来事と、地球規模の出来事の共謀だった。ふたりの愛には、何世代にも亙る下地があった。愛、結婚、誕生、死、そしてその間に生じたすべての出来事、小さな幸福、大きな恐怖、慎ましい成功、英雄的な失敗、壮絶な苦闘、数多くの些細な出来事、天変地異の変化、順応、歓喜、倦怠、確信、疑い、諦め、不安……(23)

パタソンの小説の特長は、多くの「紛争小説」と異なり、北アイルランドを、北アイルランド以外のコンテクストを交えて描き、視野の広がりを見せていることだ。例えば、『我が身を燃やす』では、マル・マーティンがフランシー・ヘイガンに出会った時の驚きは、マルがアポロ宇宙飛行船の月面着陸を見た時の驚きに例えて描かれている。そして、『ビッグ・サンダー・マウンテンの闇夜』では、北アイルランドは、フランス、ドイツ、アメリカを引き合いに、国際的コンテクストの中で描かれている。ドリューとアンナの愛も、ただ単に北アイルランドの中での宗派を越えた愛としてではなく、彼らを取り巻く地球上のすべての人間、出来事がもたらした愛として描かれている。そしてふたりが愛し合う様子は次のように示されている。

静かな、たったひとつの口づけの中にも、厖大な人間の活動が伝わって来た。境界は越えられ、アイデンティティーはぼやけて来た。ふたりの肉体の中で、広大な陸地が浮かんでは沈んだ。(24)

ここには、ふたりの愛によって、プロテスタント・ユニオニストとカトリック・ナショナリストを分かつ障壁が取り払われたばかりではなく、あたかも世界の人類がひとつになったという響きさえ感じられる。ある意味では、パタソンの、「ボーダー」を越えることに対する理想を表現したものと言えよう。しかし、結局、ドリューは、メレイン・ビショップとも、ケイ・モリスとも、アンナとも結ばれることはなかった。この三人の女性たちとの実らぬ恋は、ドリューのアイデンティティーがイギリス、北アイルランド、南アイルランド、いずれにも属することができないことをメタフォリカルに表現している。

ドリューの北アイルランドのアイデンティティーを模索しての苦悩は、その他いくつものメタファーを用いて表現されている。彼は、ノートを何冊も持ち、自分の思いを乱雑に書きなぐっていた。そこには北アイルランド人としての苦悩がいろんな形で表現されており、例えば、アルベール・カミュ『ペスト』（一九四七）からの一節が書き写されていた。この小説は、アルジェリアの小さな港町にペストが伝染し、死の運命に直面した人々が極限状況の中で見せる様々な行動を描くことにより、人間の本質を暴き出そうとした作品である。ドリューが『ペスト』から書き写したのは、「最初、彼らがこの疫病は他の疫病と同じだと思っていた頃は、宗教も存在し得た。しかし、これらの人間たちが間近に死を悟った時、彼らは喜びに思いをゆだねた。そして昼間彼らの顔に刻印されているすべてのおぞましい恐怖は、赤い空の、埃立つ夕暮れには、一種の熱狂的な喜び、彼らの血を沸き立たせる荒々しい自由へと変わる」という一節だ。(25) ドリューは、ペストに犯された町の、死の運命を免れない人々が陥った極限状況を引き合いに出すことにより、北アイルランドも同じように救い難い状況にあるということを表現しようとしたのだろうか。

もうひとつ、ドリューの北アイルランドのアイデンティティー模索をメタフォリカルに表現しているのが、彼の家で飼っていた金魚である。この金魚は、彼の祖父が買ってきて、祖父の死後は祖母が飼い続けていた。それは、小さな金魚鉢に入れられ、まるで自分の尻尾を追いかけるかのように、ぐるぐると回転しながら泳ぎ続けていた。それを見たドリューの姉エレンは、気の毒に思い、もっと伸び伸びと泳げるようにと、その金魚を大きな浴槽に移してやった。ところがそれは、相変わらず小さな円を描いて泳ぎ続けた。そこでエレンは、彼女の手でそれを無理やりまっすぐに泳がせようとしたところ、死んでしまった。この小説はフラッシュバック形式を採っており、冒頭で、ドリューは、彼の勤めるイギリスの書店のベルファースト支店に転勤を命ぜられ、飛行機で帰郷している。その機内で、彼は昔のこの出来事を思い出している。また、小説の結末近くで、この出来事が再び登場し、ここでは、ドリューの父親が、金魚を死なせたエレンを殴ったことが明かされる。この出来事がもとで、彼女は家出をして、カナダに移住する。しかし、人々の北アイルランドに対する偏見に嫌気がさし、再び帰国し、結婚する。ひとつに、この金魚は主人公ドリュー・リンドン、小さな金魚鉢は北アイルランド、大きな浴槽はイギリスのメタファーと考えられる。ドリューは、北アイルランドという小さな世界の中でアイデンティティーを模索しながら堂々巡りを繰り返す。その後、イギリスというもっと大きな世界に身を移して、外部から北アイルランドのアイデンティティーを見つけだそうとするが、やはり見つけることができず、同じように堂々巡りを繰り返してしまう。もうひとつ、この金魚は姉エレンのメタファーとも考えられる。彼女は、幼少時代はイギリスに住んでいて、北アイルランドに移り住むのが嫌だった。小さな金魚鉢の中で円を描いて泳ぎ続ける金魚は、北アイルランドを逃れたくても逃れることができない彼女の閉塞状態をたとえているとも考えられる。そして、大きな浴槽に移っても同じように泳ぎ続ける金魚は、エレンは、カナダへ移住し、自由解放が得られると期待したものの、北アイルランドに対する偏見に会い、やはり自分は北アイルランド人であることを免れなかったという事実を示唆しているのではないだろうか。もうひとつに、この金魚は北アイルランド自体のメタファーでもあり得るのではないだろうか。金魚鉢の中で回転を繰り返し、大きな浴槽に移るものの結局は死んでしまうのは、何百年にも亙って同じ紛争を繰り返す北アイルランドの姿を象徴し、大きな浴槽に移りながら泳ぐ金魚の姿は、紛争を解決するために何らかの新しい方策を講じても、結局は失敗に終わるという事実をメタフォリカルに表現しているのではないだろうか。

ジェリー・スミス『小説と国家―新しいアイルランド小説に関する研究―』（一九九七）は、一九八〇年代以降の現代アイルランド小説に関する、洞察に富んだ批評書である。その中で、スミスは、パタソンの『我が身を燃やす』に関して、「多くは答えが出ぬままに、あるいは明らかにされぬままに残されている。（中略）これは、パタソンの巧妙な手法である。というのは、著者の意図するただひとつの意味を呈示するというよりも、むしろ数々の意味を読者に見つけ出させようとすることにより、パタソンは、北アイルランド社会に対する画一的な見方、あるいは一九六〇年代後半以降北アイルランド社会にのしかかっている紛争に関する単一な解釈という考えを拒絶している」[26]と述べている。同様のことが、『Fat Lad』についても当てはまる。例えば、金魚のメタファーに関して、読者は多様な解釈が可能である。もうひとつ、読者に複数の解釈を可能にする出来事が結末に描かれている。ドリューが彼の勤める書店のパリ支店に転勤になってから三か月半後、父親が亡くなり、彼は葬儀のためベルファーストへ帰郷する。彼の乗った飛行機がアイルランド上空に差しかかった時、副操縦士が、視界不良で、ベルファーストの天候は雨模様であることをアナウンスする。すると、中央の通路を隔てて、隣り合わせに座っている二人の女性が、次の反応を示す。

ドリューの隣りに座っている二人の女性が、中央通路を隔てて、長く、苦しげなため息を交わした。「ベルファーストの天気が雨以外のことなんてある」ひとりがもうひとりに語りかけ、会話を始めた。(27)

「ベルファーストの天気が雨以外のことなんてある」という言葉は、プロテスタント・ユニオニストとカトリック・ナショナリストの対立は決して解決しないということをメタフォリカルに表現しているという悲観的解釈ができはしないだろうか。しかし、パタソン自身は、これには多少楽観的な意味合いを持たせていると語る。「通路を隔てて、隣り合って座っている二人の女性が会話を始める。私は、『会話を始める』というのは非常に重要な表現だと思う。会話を始めるというのはほんの小さな行為だ。しかしドリューは北アイルランドに帰っていて、人々は隔たりを越えて会話している。少しは楽観的な響きがあると私は期待している」(28)すなわち、パタソンは、人々は「ボーダー」を超えようと努力していることをメタフォリカルに表現し、そしてドリューの北アイルランドのアイデンティティー模索は今後とも続くことを暗示しているのだ。しかし、同時にパタソンは言う。「私は、作家として文章とイメージを作るけれども、実際には意味までは作らない。もしこれを、楽観的というより、悲観的と解釈する読者がいたとしたら、それはかまわない。面白い解釈だ」(29)このようにパタソンは、読者の、彼自身の意図とは異なる解釈を否定しない。したがって、『Fat Lad』もまた、読者に複数の解釈を許すことにより、北アイルランドに関する単一な見方を否定し、その不確実性と不安定性、良く言えば多様性と可能性を示した作品と言えよう。

『ビッグ・サンダー・マウンテンの闇夜』は、北アイルランドを国際的なコンテクストから描くことにより、さらにその不確実性と不安定性、多様性と可能性を示した小説である。北アイルランド文学研究の第一人者イーモン・ヒューズは言う。「いくつかの意味で、ベルファーストは今やスリラー小説が書かれる神話的土壌になったと見ることもできるが、グレン・パタソンの『ビッグ・サンダー・マウンテンの闇夜』に示されるように、すべてのものが不確実で、不安定で、解決不可能なポストモダニズム的都市空間になったと見ることもできる」[30] ヒューズがここで述べているのは、ベルファーストは、長年の間、カトリック・ナショナリストとプロテスタント・ユニオニストの間で戦われている紛争によって、スリラー小説の舞台であり続けてきたが、『ビッグ・サンダー・マウンテンの闇夜』に示されるように、すべてのものが不確実で、不安定で、どちらが正しいとは言い切れない、そしてまたこの両派の紛争だけではない、世界の他のコズモポリタン的大都市同様、多種多様な様相を帯びてきたということである。パタソン自身が語ったように、この小説は、『Fat Lad』の中で彼が彼自身と交わしていた会話をさらに継続するものであり、同時に、北アイルランドは絶えず変貌しており、プロテスタント・ユニオニズムあるいはカトリック・ナショナリズムという一定不変のアイデンティティーで縛られるべきではないという彼の信念をいっそう明確に表現したものと言えよう。レイモンド・ブラックの、イルス・クレインとサムとの係わり合いを辿りながら、それを究明したい。

レイモンド・ブラックは、ベルファーストのプロテスタントの家庭に生まれ、第一次世界大戦にイギリス軍兵士として参戦した祖父譲りの正義感を備えていた。そして彼は、オリー・トンプソンとギルスピーというふたりの友人と共謀してカトリック・ナショナリストのテロリストの殺害を企て、レイモンドは運転手役を務めた。ところが、実はギルスピーはスパイで、オリーは待ち伏せた警官に射殺され、レイモンドは逮捕され、禁固刑となった。刑務所を出所後、彼は妻から別れを告げられ、新たな生き方を模索して、北アイルランドを去り、建設労働者として各国を転々とし、ユーロ・ディズニーにやって来た。

イルス・クレインは、第二次世界大戦直後のドイツに生まれ、東西ドイツの対立、民主主義と社会主義の対立という、相反するイデオロギー同志の対立を目の当たりにする。彼女は、いずれのイデオロギーにも与することなく、これらの対立を越えた新しい自由解放の中に身を置くことを渇望する。それが、彼女にとってはポルノ映画への出演だった。ビッグ・サンダー・マウンテンで、彼女はレイモンドと共に、サムによって人質に取られ、監禁状態の中で、当時を回想しながら次のように語る。

私は、そのバイタリティーと不完全さ故にベルリンを愛したの。これを利用したい、この混沌からまったく新しい何かを作り出したいという欲求に駆られたの。すべてが実験だったわ。映画もまたその実験のうちの一部だったわ。どこまで到達することが可能か。（中略）私たちの肉体を見て欲しい。これらの行為を、セックスを見て欲しい。しっかりと、目を逸らさずに見て欲しい。何もむかつくものなどないわ。ポルノ映画は、エネルギーに満ち溢れた賛歌で、そして何よりも自由解放運動だったわ。(31)

彼女の、この「混沌からまったく新しい何かを作り出したい」という欲求、「自由解放」に対する願望が、彼女をユーロ・ディズニーに向かわせることになる。

ある撮影の時、彼女は犬のドーベルマンとのセックスの演技を命ぜられ、いくらなんでもそこまでは承諾できず、ポルノ映画界を去り、その後、職を転々とする。そして一九八九年、ベルリンの壁が崩壊し、彼女は、東西ドイツの統一によって対立するイデオロギーの融和がなされる、本当の自由解放が訪れると期待したが、彼女が実際に目にしたのは、「交流」(exchange) ではなく「逃亡」(escape) であった。すなわち彼女が目にしたのは、東ドイツ国民の西ドイツへの流入に過ぎなかった。そんな時、彼女はユーロ・ディズニーの建設のことを聞き、レイモンド同様に新しい生き方を模索して、ここへやって来て、世界中から集まった労働者たちに食事を提供するために、レストランで料理人として働き始めた。

アメリカ人サムの両親はヒッピーだった。ロサンゼルス出身の彼の父親トムは、酒とタバコに身をやつした両親、すなわちサムの祖父母のことを、「あいつらはゾンビだ、俺の両親は。奴らの素晴らしい消費社会ロサンゼルスはあいつらの心を蝕んでしまった。自分の子供が同じようになって欲しくない」[32]と心に決め、妻ホーリーと共にメイン州の田舎のヒッピー共同体で暮らし始めた。そこで生まれたのがサムだった。両親と、周囲の環境の影響を強く受けた彼は、「純粋なもの」に固執するようになる。そして、小学生になって、同級生とその両親にディズニーランドに連れて行ってもらい、強く惹かれ、大学生になって再び訪れる。彼は、ウォルト・ディズニーを、アニメを通して空想の世界を限りなく広げた人物と見なして、宗教的に崇拝するようになる。そして彼は、ディズニーについて書いた論文が認められ、ディズニーランドに社員として採用され、ユーロ・ディズニーの企画に携わるため、フランスに派遣される。サムは、ウォルト・ディズニーの伝記を読んだ時、ディズニーは自分の考案したネズミのキャラクターに「モーティマー」という名前を付けようとしたが、妻の反対に会い「ミッキー」に変えたことを知る。しかし、サムは、ディズニーの残した「何物も死ぬ必要などない」という言葉に心を突き動かされ、妄想に囚われ、モーティマーの存在を本気で信じるようになる。かくして彼は、ユーロ・ディズニーの工事関係者たちに、モーティマーを彼のもとに連れて来ることを要求して、レイモンドとイルスを人質に取り、アトラクションのひとつであるビッグ・サンダー・マウンテンに立て籠もる。

レイモンドとサムの場合、対立するイデオロギーが存在し、その一方に加担した。レイモンドは、カトリック・ナショナリズムに反発して、プロテスタント・ユニオニズムに加担し、サムは、消費を徳とする物質社会に反発して、ものごとの「原点」を追い求めた。しかし、レイモンドが最終的にはプロテスタント・ユニオニズムを捨て、新たな生き方を求めてユーロ・ディズニーにやって来たのに対し、サムは「原点」に固執し続けて、幻想を追い求めて、ここにやって来た。一方、イルスは東西ドイツの対立、民主主義と社会主義の対立という相反するイデオロギーを目の当たりにして、どちら側にも与することなく、それらの対立を越えた新しい自由解放を求めてここにやって来た。三人に共通して言えるのは、それぞれの人生の「ボーダー」を広げるためにユーロ・ディズニーにやって来たということだ。パタソンは、世界中の人々が集まるディズニーランドを、ただ単なるアミューズメントパークとしてではなく、あらゆるイデオロギー、価値観の存在が可能な理想的都市のメタファーとして描いている。サムは言う。

ここは決してアミューズメントパークなどではなく、創設者ウォルトが常に意図していた、生命のある、息づいている物体だった。(33)

「生命のある、息づいている物体」という表現からは、パタソンは、ディズニーランドを、常に変貌し続ける都市ベルファーストのメタファーとして描いているとも考えられる。またパタソンは、ウォルト・ディズニーの伝記を引用して、ディズニーランドのことを、「計画性に基づいた、統制のとれた共同体社会で、数多くの都市が統制を失いつつあるこの世界における模範都市」[34]とも述べている。混沌の都市ベルリン出身のイルス・クレインにとって、ディズニーランドは、混沌からまったく新しい何かを作り出せる可能性を秘めた地であった。レイモンド・ブラックにとっては、宗派紛争で統制を失っているベルファーストが模範とすべき、多様なイデオロギーと価値観の存在を許す理想の都市空間であった。彼らは、サムに捕らえられ、死に直面する恐怖を味わったにもかかわらず、それが縁で恋人同士になり、ユーロ・ディズニーが完成後、金が許す限りふたりで訪れて、ビッグ・サンダー・マウンテン・ライドに乗って、監禁されていた場所を懐かしげに語り合うのだった。このことからも、彼らがディズニーランドを、可能性と多様性を秘めた理想都市のメタファーと見なしていることがうかがえる。また、ディズニーランドがそのような理想都市のメタファーとして描かれていることは、モーティマーを連れて来ることを要求して一歩も引かないサムが、次のように述べることによっても端的に示されている。

ここはディズニー、すべてが可能だ。[35]

（"This is fucking Disney. Everything's possible."）

『ビッグ・サンダー・マウンテンの闇夜』は、北アイルランドを国際的視野から描くことによって、その可能性と多様性を強調し、プロテスタント・ユニオニストとカトリック・ナショナリストの融和を模索した、ユニークで意欲的な小説である。エドナ・オブライエンの息子で、エニスキレン在住の小説家カーロ・ジェブラーは、北アイルランドの政治文芸批評誌『フォートナイト』に人間味溢れるエッセイと書評を連載し続けており、一九九五年一〇月号で、パタソンのこの小説を取り上げ、「これは極めて現代的な小説で、ヒューゴー・ハミルトンを例外として、アイルランドでは北でも南でも、ほとんどの作家が書くことがないような作品だ。この小説は、アイルランド人の現代の生き方を、ヨーロッパ中心の視野から描こうとしているという点で、ジュリアン・バーンズ、ミシェル・トーニエ、ギュンター・グラスらと多くの共通点がある」(36)と述べて、賞賛している。また、北アイルランド文学研究の第一人者マイケル・パーカーも、この小説に関して、「パタソン自身のイマジネーションの領域ばかりでなく、アイルランド小説のイマジネーションの領域をも広げようとする意欲的試み」(37)と、同様の賛辞を贈っている。

次いで第四作目の『インターナショナル・ホテル』(一九九九)では、パタソンは、ベルファーストを、一九六九年の北アイルランド紛争勃発以前と以後という、異なる時代の視野から描いている。

『インターナショナル・ホテル』(一九九九)における人間ドラマ
—紛争以前のベルファーストが呈示するものは—

「インターナショナル・ホテル」は、かつてベルファースト中心部に実在していたホテルである。このホテルのバーマンとして働いていたダニー・ハミルトンが、過去を回想しながら語る物語である。この作品は、地理的な意味ではサバーバニズム小説ではないが、心理的な「ボーダー崩壊」という意味では、サバーバニズム小説としての要素を多く含んでいる。ラウラ・ペラスキアは、パタソンの小説は「北アイルランドに対する新たな解釈」を呈示していると指摘するが、ここでは、『インターナショナル・ホテル』がどのように北アイルランドの新しい解釈を示しているかを探りたい。

この小説の中心は、北アイルランド紛争勃発以前の一九六七年、インターナショナル・ホテルで繰り広げられる様々な人間ドラマである。この年の一月末の土曜日、ホテル近くの商店街で火災が起きる。しかし、この火災は、『我が身を燃やす』に描かれた火災とはまったく意味を異にする。紛争以前のベルファーストでは火災を見ることは極めて稀だった。ダニー・ハミルトンを初め、多くの人々がこの火災を見るために集まる。テレビカメラが報道のために到着した時、人々は拍手喝采し、テレビカメラに映ろうとする。パタソンは、この野次馬たちの様子を、滑稽に描く。


ゆっくりと拍手が、シティー・ホール前の、南端の群衆の方から起きた。それは徐々に広がり、勢いづき、音が大きくなり、われんばかりの喝采でクライマックスに達した。バーニーはつま先立ちした。

「UTVのカメラがやって来たぞ！」

「UTVにしては早いな」私は言った。すると隣りの女性が言った。「たぶん、あの人たち、BBCラジオでニュースを聴いてやって来たんだわ」

まもなくして、私のまわりは、皆、つま先立ちになった。もっと威勢のいい連中はカメラのところへ飛び出した。

「何か見えるか。あいつら、インタビューしてるか」

すぐに押し合いへし合いが始まった。

「俺の足を踏むな!」

「俺の通り道からそのでかいケツをどけろ!」(38)


この、珍しい火事を見にやって来た人々に関する、ユーモア溢れる描写は、一九六七年当時のベルファーストがいかに平和であったかを、逆説的に強調している。ユーモアとヒューマニズムが『インターナショナル・ホテル』の根底を流れるトーンであり、数多くの「紛争小説」には見られない特徴で、その意味でも、「北アイルランドに関する新解釈」を呈示していると言えよう。

同じ土曜日、インターナショナル・ホテルには様々な客が訪れていた。ここで、もう一度、伊藤範子が提唱するサバーバニズムに言及したい。「サバーブズ」(suburbs)とは、伝統や基準に囚われない自由な場所であるが、他方では、人々は疎外感、喪失感に苛まれ、彼らは、それらが生み出す空虚さを埋めるための何かを躍起になって求めている。その「何か」とは、ヒューマニズム、人間愛といったものである。インターナショナル・ホテルはサバーブズに例えられるかもしれない。ここを訪れる客たちは、疎外感、喪失感に苦しんでいる人々で、彼らはそれらを補う「何か」を希求している。たとえば、アメリカからやって来たボブ、ナタリー・ヴァンス夫妻がそうである。彼らは裕福だが、何かの疎外感、喪失感に苦しんでおり、欲求不満の日々を送っている。彼らは人間的であろうとする。彼らはホテルの従業員たちにチップをはずみ、ホテルのバーでは地元客たちに気前よく酒を奢る。彼らは、自分たちの部屋にダニー・ハミルトンを呼び、セックスに誘惑する。パタソンは、この場面を、再びユーモラスに描く。

「君は今までにふたりの人間とやったことがあるかい」

「同時にはやったことがありません」と私。もっと正確に言えば、一週間の間にふたりの人間とやったことはなかった。そして、ああ、神様、私はとても、とても不安になって来たのです。しかし、ボブと、彼のアルバカーキのイチモツはナタリーの上にぶら下がっていて、私は、ちょっとでもいいから、見たくてたまらなかったのです。ナタリーは、今や両足をベッドに置いて、両ひざをＶの字に立てて、ボブが彼女に挿入しようとしていたのです。でも、私は、ボブは絶対イカないだろうと思いました。それで私は、突然、ボブかナタリーかどちらかを突き飛ばしたい、あるいはふたりともを突き飛ばしたいという気持ちになったかどうか、それは分かりません。しかし私はすでにベッドの端に座っており、ナタリーの両手は私のベルトを引っこ抜こうとしていました。それでボブは、「クソッ」とか、「畜生」とか、「ベイビー」とか言って、ナタリーは、何度も何度も、「しーっ」と言ってたのです。(39)

パタソンの、彼らの滑稽な描写は、ロバート・マックリアム・ウィルソンの『ユリーカ・ストリート』(一九九六)における、チャッキー・ルーガンの、人々を騙して「巨根型バイブレーター」を買わせようとする悪巧みの描写に負けず劣らずユーモラスである。ヴァンス夫妻は、悲哀に満ち、人間的である。このように、『インターナショナル・ホテル』は、紛争の悲惨さのみを描いた数多くの北アイルランド小説とは異なった幅の広さを備えている。

　もうひとりの哀れなホテル客にイングリッドという女性がいて、彼女も喪失感を補う「何か」を必死に求めていた。彼女は一六歳の時、親友から「冷酷な人間」と言われ、絶望し、複数の男性たちとのセックスに走った。その中で、彼女はひとりの男性を愛するようになるが、彼は他の女性との結婚を決意した。そこで、彼女は、彼らの結婚式が行われる予定のインターナショナル・ホテルへやって来て、「彼女が愛を永遠に諦めた日、彼女の周りの世界はどのようだったかをもれなく記録するために」、ホテルの内外の出来事を写真に撮っていた。彼女は、ホテルの中で、禁じられている撮影をしようとして従業員から制止される。彼女は、このトラブルの最中、別の哀れな、喪失感に苦しむホテル客に救われる。それは、バップ・コノリーというイギリスのプレミア・リーグに属するプロサッカー選手で、彼は負傷してサッカーができなくなり、一日の半分をホテルのバーで飲んで過ごしていた。さらにもうひとりの哀れな客に、スタンリーという人形劇師がいた。彼は、なんとかしてロンドンのディレクターに認められて、人気テレビ番組に出演したいと願っていた。ホテルのバーで、スタンリーは、辛抱強く、そのディレクターが交渉に現れるのを待っていたが、実際にやって来たのは彼の女性秘書で、彼に出演は認められなかったことを告げる。絶望と喪失感に苦しんでいる時、彼はイングリッドに出会い、ふたりは恋に陥る。

　これら、悲哀に満ちた客たちが訪れるインターナショナル・ホテルは、伊藤範子の言う「サバーブズ」の様相を呈している。彼らは、喪失感、疎外感を埋めてくれる「何か」を希求してこのホテルにやって来ていた。このホテルには、地元客と外国人客の間の、プロテスタント・ユニオニストとカトリック・ナショナリストの間の「ボーダー」は存在しない。このホテルは、『我が身を燃やす』の、フランシー・ヘイガンが住むゴミ捨て場同様、

「ボーダー崩壊」のシンボル、もしくはメタファーとして描かれている。そしてパタソンは、これら、ボーダーに囚われぬ場所から眺めるベルファーストは、どんなに愛すべき姿をしているかを強調する。マル・マーティンは、ゴミ捨て場から見えるベルファーストの姿を、「家々の屋根は、奇妙なシーソーをするような格好で合体し、二分の一サイズの家、四分の一サイズの家が、あらゆる溝を埋め、あらゆる路地と車道を見えなくするほど、お互い同士隣接し合っていた」(40)と述べている。ここには、ベルファーストでは、人々はこのように密接に隣り合って暮らしているのに、なぜお互い憎しみ合い、傷つけ合うのかというマルの疑問が呈示されているようだ。一方、『インターナショナル・ホテル』では、アメリカ人であるヴァンス夫妻の目にはベルファーストがどのように映ったかを、ダニー・ハミルトンは次のように語る。

殊にナタリーは、まるでベルファーストが実物サイズの人形であるかのように、「なにもかもが、なんて可愛らしいんでしょう」と言い続けていた。私がこの最初の二、三日間に見たもの、つまり彼らが交わす軽いウィンクや、ほほ笑みや、テーブルの下での肘のつつき合いから、彼女とボブは、同じように愛情を込めて、楽しそうに、ベルファーストの住民たちを見ているのが分かった。おもちゃの町には深刻なものなど何一つないのだ。(41)

マルとヴァンス夫妻の、ベルファーストに対するこの愛情のこもった見方は、パタソンの、プロテスタント・ユニオニストとカトリック・ナショナリストの融和を願う気持ちを代弁していると同時に、このふたつの主義に限定されない北アイルランドのアイデンティティーを模索していると言えよう。数多くの「紛争小説」では、登場人物はカトリック・ナショナリストとプロテスタント・ユニオニストに大別されるが、『インターナショナル・ホテル』では、多くの登場人物のアイデンティティーは曖昧である。ホテルのバーの客のひとりが、オスカーというバーマンに次のような駄洒落を言う。

「おまえ、分かるか。イングランドとウェールズとスコットランドと北アイルランドが、バーで惨めそうな様子で立っていて、それを見た人間が尋ねる。『UK?』」

オスカーは私と目を合わせ、すっかり当惑した様子で、その客を見る仕草をした。

「ユー、オーケー? おまえ、まだ分からないのか」(42)

この機知に富んだジョークは、北アイルランドが現在置かれた立場を表している。北アイルランドは惨めである。というのは、連合王国、すなわちUKに属しているが、半数近いカトリック・ナショナリスト系の住民が、連合王国からの分離、南のアイルランドとの統一を望んでいるからだ。イングランドとウェールズとスコットランドもまた惨めだ。というのは、多くの住民たちが北アイルランドを手放したいにもかかわらず、北アイルランドは連合王国の中にいとどまっているからだ。北アイルランドが現在置かれた立場を端的に表現したジョークと言えよう。この、北アイルランドの曖昧な立場の中で、プロテスタント・ユニオニストとカトリック・ナショナリストの融和に対するパタソンの願望は、ダニー・ハミルトンの生い立ちの描写においても見られる。彼の両親は、カトリックとプロテスタントだったが、ダニーはどちらがどちらだか分からなかった。そして両親とも、「この最も神に取り憑かれた都市」で、お互いの信仰を捨て、ダニーはどちらの教会からも洗礼を受けることはなかった。ただ、プロテスタントの学校が家から歩いて二分のところにあったという理由だけで、ダニーは、その学校へやられ、プロテスタントとしての教育を受けた。

パタソンの小説は、シンボルとメタファーを効果的に駆使して、北アイルランドのアイデンティティーは、カトリック・ナショナリズム、もしくはプロテスタント・ユニオニズムという狭義の概念で規定できないことを、強い説得力で示している。『我が身を燃やす』のマル・マーティンも、『Fat Lad』のドリュー・リンドンも、『ビッグ・サンダー・マウンテンの闇夜』のレイモンド・ブラックも、『インターナショナル・ホテル』のダニー・ハミルトンも、それぞれ独自の方法で、両派のボーダーを越えた、なんらかの北アイルランドの新たなアイデンティティーを発見すべく、試行錯誤を繰り返している。『インターナショナル・ホテル』は、『我が身を燃やす』同様、ベルファーストが舞台だが、作品の結末においては、未来への展望は明るい。その意味では、この小説は都心部が舞台で、『我が身を燃やす』は郊外が舞台だが、「サバーバニズム小説」としての要素は多く含んでいると言えよう。一九六七年、人々は、インターナショナル・ホテルの内外で悲哀に満ちた人間ドラマを演じるが、彼らは二年後の北アイルランド紛争の勃発など予想だにせず、明日への希望を持って生きていた。ところが紛争によって、彼らのうち、幾人かは命を落とす。この二五年間に及ぶ紛争は、結末近くの数ページに凝縮されているが、ホテル関係者の命がひとりひとり奪われてゆく様子を、パタソンは、驚くほど無感情に描いている。それゆえに、死とはかくも冷酷なものなのかと読者は実感し、紛争の悲惨さが強烈に伝わってくる。インターナショナル・ホテルは、紛争の最中の一九七五年に閉鎖されるが、この小説は悲劇のままでは終わらない。後年、ダニー・ハミルトンは、かつてこのホテルで一緒に働いていたポーラという女性に出会い、ホテルと、ホテルの従業員たちのことを懐かしく語り合う。そして、ダニーは、イングリッドが一九六七年一月末の土曜日にこのホテルにやって来て撮った写真を見ながら、言う。「これらの写真に写ったベルファーストはまったく別の場所だ。ただ単に、年月の流れだけではこの時分の喜びは説明できない」[43] 彼は、紛争以前のベルファーストから、何か、前向きな、勇気づけるものを見いだそうとするのだ。間もなくして、一九九四年、プロテスタント・ユニオニストの過激派である、ロイヤリスト準軍事組織の指揮官が停戦を表明する。ダニーは言う。「少し時間を要したが、私は彼の言葉を信じた」[44]

北アイルランド紛争は終結し、一九九八年にはベルファースト和平合意が成立したが、プロテスタント・ユニオニストとカトリック・ナショナリストの対立は未だに根深く続いている。パタソンは言う。「現時点では、われわれは無批判で、ナショナリストは、ナショナリストであるとは一体何を意味するのか、ユニオニストは、ユニオニストであるとは一体何を意味するのかと己に問いかけることもない。己に対して批判的になれるようになるには時間を要すると思う。（中略）しかし、私自身は一歩先を行きたい。己に対して批判的でありたい。ユニオニストはユニオニズムに対して、ナショナリストはナショナリズムに対して批判的であるべきだ」[45] ユニオニストがユニオニズムに対して、ナショナリストがナショナリズムに対して批判的であるということが果たして可能なのか。しかし、それがまさにパタソンの小説の主人公たち、マル・マーティン、ドリュー・リンドン、レイモンド・ブラック、ダニー・ハミルイトンの生き方なのである。プロテスタント・ユニオニズムとカトリック・ナショナリズムのボーダーを越えたアイデンティティーとは一体何なのか。ジェリー・スミスが言うように、パタソンの小説は、多くのものが答えが出ぬままに残されている。パタソンの、北アイルランドの新たなアイデンティティーの模索は今後とも続く。

注（1）二〇〇二年一〇月一九日、二〇日、広島市立大学にて行われた。大会のテーマは“Crossing Borders”であった。

（2）Richard Kirkland, *Literature and Culture in Northern Ireland Since 1965: Moments of Danger*（London: Longman, 1996）, p.46.

（3）Laura Pelaschiar, *Writing the North: The Contemporary Novel in Northern Ireland*（Trieste: Edizioni Parnaso, 1998）, p.13.

（4）ルーニー文学賞（Rooney Prize for Literature）は、一九七六年、アイルランド系アメリカ人実業家ダニエル・M・ルーニー（Dr. Daniel M. Rooney）によって創設され、四〇歳以下のアイルランド人作家の出版作に対して与えられる賞である。ベティー・トラスク賞（Betty Trask Prize）は、故ベティー・トラスクによって創設され、英連邦諸国に住む三五歳以下の作家のデビュー作に対して与えられる賞である。

（5）Noriko Ito,“Suburbanism”, *Éire*, No.19, December 1999, pp.104-17.

（6）それぞれの作家の主な作品は次の通りである。Dermot Bolger, *Night Shift*（1982）, *The Woman's Daughter*（1987）, *The Journey Home*（1990）, *A Second Life*（1994）, *Temptations*（2000）; Roddy Doyle, *The Commitments*（1987）, *The Snappers*（1990）, *The Van*（1991）, *Paddy Clark, Ha, Ha, Ha*（1993）, *The Woman Who Walked Into Doors*（1996）; Sebastian Barry, *Macker's Garden*（1982）, *The Engine of Owl-Light*（1987）, *The Wherabouts of Eneas McNulty*（1998）; *Joseph O' Connor, Cowboys and Indians*（1991）, *Desperadoes*（1993）, *The Salesman*（1998）, *Inishowen*（2000）, *Star of the Sea*（2002）。

（7）伊藤範子「アイルランド現代小説について」、『ユリイカ』二〇〇〇年二月号、一六八―一七五頁。

（8）同、一七〇頁。

（9）Esther Aliaga Rodorigo, “Tell Me Where You Were Born and I Will Tell You Who You Are: Finding a Place to Fit in Glenn Patterson's *Burning Your Own* and Robert McLiam Wilson's *Ripley Bogle*”, Javier Pérez Guerra et al. eds., *Proceedings of the XIXth International Conference of Aedean*（Vigo: Universidade de Vigo, 1996）, p.106.

（10）Glenn Patterson, *Burning Your Own*（1988; rpt., London: Minerva, 1993）, p.128.

（11）Robert McLiam Wilson, *Ripley Bogle*（1989; rpt., London: Vintage, 1998）, p.326.

（12）Deirdre Madden, *Remembering Light and Stone*（1992; rpt., London: Faber, 1993）, p.180.

(13) Esther Aliaga Rodorigo, p.109.
(14) Guiness Peat Aviation Awardの略。この時の受賞作は、John McGahern, *Amongst Women*（1990）であった。
(15) パタソン自身によれば、この書店のモデルはウォーターストーン（Waterstone）とのこと。
(16) 二〇〇一年三月二日、ベルファーストにおける著者のパタソンとのインタビュー。
(17) Glenn Patterson, *Fat Lad*（1992; rpt., London: Minerva, 1993）, p.6.
(18) *Ibid.*, p.204.
(19) Richard Kirkland, *Literature and Culture in Northern Ireland Since 1965: Moments of Danger*, p.48.
(20) Laura Pelaschiar, *Writing the North: The Contemporary Novel in Northern Ireland*, pp.102-03.
(21) 著者のパタソンとのインタビュー。
(22) *Fat Lad*, pp.129-30.
(23) *Ibid.*, p.249.
(24) *Ibid.*
(25) *Ibid.*, pp.214-15.
(26) Gerry Smith, *The Novel and the Nation: Studies in the New Irish Fiction*（London: Pluto, 1997）, p.128.
(27) *Fat Lad*, p.282.
(28) 著者のパタソンとのインタビュー。
(29) 同。
(30) Eamon Hughes, "The Urban Dialectics of Belfast: Cool Breaths and Flaming Sewers", *Cartography: The City*, November 2000, p.25.
(31) Glenn Patterson, *Black Night at Big Thunder Mountain*（London: Chato & Windus, 1995）, pp.118-19.
(32) *Ibid.*, p.31.
(33) *Ibid.*, pp.75-76.
(34) *Ibid.*, p.211.
(35) *Ibid.*, p.4.

（36）Carlo Gébler, "Bright Young Thing", *Fortnight*, No.343, October 1995, pp.32-33. ヒューゴー・ハミルトン（Hugo Hamilton）は一九五三年ダブリン生まれで、主な作品は、*Surrogate City*（1990）, *The Last Shot*（1991）, *The Love Test*（1995）, *Headbanger*（1996）, *Sad Bastard*（1998）等である。ジュリアン・バーンズ（Julian Barnes）は一九四六年イギリス生まれで、*Flaubert's Parrot*（1984）, *Talking It Over*（1992）, *England, England*（1998）等、ミシェル・トーニエ（Michel Tournier）は一九二四年フランス生まれで、*Vendredi ou la vie sauvage*（1974）, *Les Rois Mages*（1985）, *Les Contes du Médianoche*（1989）等の作品がある。ギュンター・グラス（Günter Grass）は一九二七年ドイツ生まれで、*The Tin Drum*（1959）, *Cat and Mouse*（1961）, *Dog Years*（1963）, *The Rat*（1986）, *The Call of the Toad*（1992）, *Crabwalk*（2002）等の作品があり、一九九九年にはノーベル文学賞を受賞した。

（37）Michael Parker, "Books of Hours: The Fiction of Glenn Patterson", *The Honest Ulsterman*, No.1, 1996, p.14.

（38）Glenn Patterson, *The International*（London: Anchor, 1999）, p.14.

（39）*Ibid.*, p.115.

（40）*Burning Your Own*, p.14.

（41）*The International*, p.108.

（42）*Ibid.*, p.178.

（43）*Ibid.*, p.307.

（44）*Ibid.*, p.318.

（45）著者のパタソンとのインタビュー。

第六章　ロバート・マックリアム・ウィルソンのレトリック

——北アイルランドに対する憎悪から「愛」へ——

『リプリィ・ボウグル』（一九八九）のアイルランド批判は正当か

——環境の犠牲者と愛の冒瀆——

北アイルランドには、一九八〇年代以降、才能ある若手小説家たちが数多く登場した。ディヴィッド・パーク（一九五四—）、ディアドラ・マドゥン（一九六〇—）、グレン・パタソン（一九六一—）、オーエン・マクナミー（一九六一—）、コリン・ベイトマン（一九六二—）、ロバート・マックリアム・ウィルソン（一九六四—）、アン・ダンロップ（一九六八—）等がその例として挙げられる。[1]ラウラ・ペラスキア『北アイルランドを描く—北アイルランドの現代小説—』（一九九八）は、ジョン・ウィルソン・フォスター『アルスター小説の力と主題』（一九七四）の続編とも言うべき、優れた北アイルランド小説研究書である。フォスターの著作は、北アイルランド小説の先駆者であるウィリアム・カールトンに関する論考から始まり、ブライアン・ムーア（一九二一—一九九八）とモーリス・レイチ（一九三三—）に関する論考で終わっている。ペラスキアの著作は、ムーアとレイチ以降に登場した小説家たちを扱っており、彼女は、そのうちでも、マドゥン、パタソン、ベイトマン、ウィルソンの四人を、「一九九〇年代に活躍中の才能ある若手作家たち」[2]と述べ、賞賛している。本章では、ロバート・マックリアム・ウィルソンが現在まで出版した、いずれも「愛」をテーマとした三つの小説を取り上げ、それらが、いかにメタファーと擬人法を中心にしたレトリックを効果的に用いて、著者のメッセージを明確に伝えているかを明らかにしたい。

ロバート・マックリアム・ウィルソンの本名はロバート・ウィルソンで、一九六四年、ベルファーストのカトリック労働者階級の家庭に生まれた。ケンブリッジ大学に入学し、英文学を専攻したものの、中退し、ロンドンで放浪生活を送った。一九八九年出版のデビュー作『リプリィ・ボウグル』は、ルーニー賞、ヒューズ賞、ベティー・トラスク賞、アイルランド・ブック賞という四つの文学賞を獲得する話題作となった。一九九一年にドノヴァン・ウィリーと共作でノンフィクション『持たざる者たち』を出版し、[3]その翌年、第二作目の小説『マンフレッドの痛み』を出版した。しかし、この作品は多くの批評家たちから酷評される失敗作に終わった。たとえば、リチャード・パインは、『持たざる者たち』と、ウィルソンが制作した一連のBBCのドキュメンタリーに言及し、「ウィルソンは今や創作能力を失い、社会の現実を伝えることに力量を発揮しつつある」[4]と指摘した。しかし、一九九六年に、ウィルソンの第三作目の小説『ユリーカ・ストリート』が出版された時、パインの批判は間違いであることが実証された。この作品は、『フォートナイト』一九九六年一〇月号における、エドナ・ロングレイの書評「クオリティー・ストリート」[5]が示すように、絶賛を浴びる成功作となった。また、一九九九年にはBBCとRTEによってテレビドラマ化され、好評を博した。

『リプリィ・ボウグル』のうちで、主人公リプリィ・ボウグルは次のように語る。

それだ、それ。それが、俺たちが生まれ育ったアイルランドだ。そこから俺たちは異なる感化を受けた。

ありとあらゆる、ゲールの、ナショナリストの、ケルトの優越性についてのたわごとから。モーリスの奴、他のことは何ひとつ知らなかったので、それが奴の生まれながらの権利だと見なして、その気違い沙汰をまるで奴の宝物のようにしてきやがった。（中略）そんなものは、どこかの馬の骨の野郎の犯罪で、したがって、どこかの馬の骨の野郎の問題だ。俺の答えは、「そんなものゴメンこうむる」だ。俺がそう言うたびに、モーリスの奴、カンカンに怒りやがって。

俺たちは、アイルランドの政治というシロモノについて、見事な青二才の議論を戦わせてきた。このドギマギする議論は、俺の喋りの爪を立てるうえでの格好の餌食だった。俺はモーリスに言った。「なにふざけたことを抜かしてやがるんだ、このクソッたれ。おまえの言うことなんぞ、小便といっしょに垂れ流してやる」（レトリックはいつも俺の楽しみだった）[6]

「レトリックはいつも俺の楽しみだった」というのは、ウィルソンの三つの小説について当てはまることである。『オックスフォード英英辞典』にある通り、レトリックとは、「他人を納得させる、あるいは感化を与えるために言葉を用いる技法」[7]である。この一節は、ウィルソンの卓越したレトリックにより、リプリィ・ボウグルは彼の友人のナショナリズム支持を心から軽蔑していることを読者に納得させる。

『リプリィ・ボウグル』は、ベルファーストのカトリック労働者階級の家庭に生まれた、タイトルと同名の主人公の物語である。リプリィ・ボウグルの生まれ育った環境は、彼の異常な性格を形成するうえで大きな役割を果たす。彼は、失業中の父親と、売春婦の母親が結婚して、一か月後に生まれた、「欲せざる子供」だった。彼の誕生を描写する突飛な表現の数々は、彼がいかに望まれぬ子供であったかを強調している。母親は、リプリィ・ボウグルの「不本意な出産」の際に、金切り声を上げて泣きわめいた。この「汚い、でか頭の、厄介ものの赤子」は、怒りわめいて、この世に現れた。産婆は「不快感のあまり」眉をしかめた。彼の誕生は、他の者たちにとっては「災い」だった。

幼少時代、彼は読書に異常な興味を示す。ディケンズ、サッカレー、シェイクスピア、ウェブスター、マーロウ、スペンサーを読み、ニヒリズムを学ぶ。オーウェル、カミュ、サルトル、マン、エリオットは彼の気持ちを滅入らせる。読者は、いかなる知的素養もない両親から生まれたリプリィ・ボウグルがこのようなインテリに成長していくことを不自然に感じるかもしれない。しかし、これは著者ウィルソン自身の人生を反映している。ウィルソンもまた、労働者階級の家庭に生まれたにもかかわらず、六歳の時にチャールズ・ディケンズの『ディヴィッド・コパフィールド』を読破し、将来は作家になることを心に決めたという。[8] そして、リプリィ・ボウグルの読書に対する関心は、フランク・マッコートの自伝小説『アンジェラの灰』を想起させる。マッコートもまた労働者階級の家庭に生まれた。彼の父親は元ＩＲＡの兵士だった。彼は、リプリィ・ボウグルの父親同様、ほとんど働かず、酒に明け暮れた。母親は、仕事は何一つできず、リプリィ・ボウグルの母親同様、貧困に苦しんだ。しかしマッコートは、読書に興味を抱き、苦難の生活を乗り越え、ピューリッツア賞を獲得する自伝小説を著す。

かくして、知的教養を身につけたリプリィ・ボウグルは、アイルランドに関して複雑な見解を抱くようになる。彼は、ベルファースト・フォールズ・ロードのカトリック労働者階級の家庭に生まれたにもかかわらず、ナショナリズムに懐疑を抱き、リパブリカニズムに強い共感を示す若い女性教師を、「若いネクラ女」と呼ぶ。彼女は、生徒たちに、たとえ「心を惑わされた人間ども」からイギリス人と呼ばれようとも、髄の髄までアイルランド人であれと教える。リプリィ・ボウグルは彼女の教えに「すっかり打ちのめされ、困惑し、不安で心配になり、混乱する」のだった。そこで彼は、妥協の精神から、彼自身のことを「リプリィ・アイリッシュ・ブリティッシュ・ボウグル」と呼ぶことにする。そして彼は、幼い少女が巻き込まれた事件を引き合いに出し、北アイルランド紛争を糾弾する。一九七〇年代のある日の夜、彼の家の近所に住むミューア・ギンチィという少女が有刺鉄線の上を歩いていて、ウィルソンという名のイギリス兵が、暗がりの中で、彼女をテロリストと間違え、銃口を向けた。彼女は恐怖のあまり悲鳴を上げ、足を踏み外し、有刺鉄線に落下し、重症を負い、激しく出血する。そしてリプリィ・ボウグルは言う。

誰が責められるべきか。若いウィルソン、それとも俺、それとも他の誰か。いや、誰のせいでもないと思う。俺はベルファーストを責めたい。なにもかもベルファーストが悪いんだ。なんとかしなければならない。ベルファーストに、この種のことをやりっ放しにさせておいてはダメだ。ベルファーストを止めないといけない。いつかその時が来る。俺はそう願う。(9)

ここではベルファーストは擬人化され、あたかも意思を持った人間のように描かれている。リプリィ・ボウグルの嫌悪は、重大な罪を犯した「ベルファースト」という名の人間に向けられているとの印象を与える。それゆえに、彼のこの都市に対する嫌悪はよりいっそう際立っている。しかし、著者ウィルソンの見解を反映していると思われるが、このようにベルファーストのみを一方的に批判するのは必ずしも正しくない。なぜならば、北アイルランド問題の歴史を振り返った時、イギリス、アイルランド両国にもその責任の一端はあるからだ。

興味を引くのは、リプリィ・ボウグルはＩＲＡの温床とも言われるフォールズ・ロードの出身にもかかわらず、イギリスに対して同情を示すことだ。彼は言う。「イギリスはアルスターでは非常な不運に乗りかかった。奴らはいずれにしても勝てない。奴らが去れば、内戦が起こる。かといって奴らが居残れば、あらゆる方面からたたかれる」(10) リプリィ・ボウグルがここで言っていることは正しい。北アイルランド住民の過半数以上がイギリス残留を望む現状では、イギリスは北アイルランドを手放すべきではないだろう。なぜならば、ユニオニズムもナショナリズム同様に正当であり、イギリスが南北アイルランドの統一を許せば、内戦が起きることは確実だからだ。彼はさらに、インドとパキスタンの紛争、パレスチナにおけるユダヤ人とアラブ人の紛争等、イギリスが関わった、世界の他の民族紛争を引き合いに出し、イギリスに対する同情を表現する。彼は、イギリスの、これらの紛争を解決しようとする努力は「博愛主義的」かつ「高貴」であると述べる。しかし、彼は次のように言葉が度を過ぎてしまう。

もちろん、アムリスターや、血の日曜日や、ヴェルト・キャンプのような「小さなしゃっくり」は仕方がなかった。しかし、誰も完璧じゃない。イギリスを好きになるのは難しいが、俺は好きになるつもりだ。(11)

リプリィ・ボウグルは、これらのイギリスの残虐行為を「小さなしゃっくり」と例え、誰にでもある小さな失敗だと、イギリスを許そうとしている。これらのイギリスの残虐行為は、決して許されるべきものではない。ウィルソンの小説の登場人物たちは、しばしば彼らの挑発的な見解をあからさまに述べる。そしてウィルソンのレトリックの技法は、それらの挑発性をさらに強める。

しかし、リプリィ・ボウグルは、「イギリスを好きになるのは難しい」と述べているように、彼は、常にイギリスに対して同情的であるわけではない。彼のイギリスに対する見解は、アイルランドに対する見解同様、複雑である。彼はケンブリッジ大学に入学するが、その「気取り主義」に辟易する。彼は、同級生たちのうちに「何の人間性も、魂のかけらも発見できず」、彼らの、政治、芸術、ファッション、学問の「流行追い」を軽蔑する。彼は、ケンブリッジでは、自分が野性味のあるアイルランド人であることを誇りに思い、同級生たちとは馴染むことができず、教師たちには刃向かい、ついには退学する。ひとりの教授がリプリィ・ボウグルを研究室に呼び出し、彼の講義妨害に対して警告を発する描写においては、擬人法が効果的に用いられ、いかなる人間もケンブリッジ大学のエリート主義を打破することができないことを読者に実感させる。

その老いぼれが話している時、奴の研究室そのものが、その埃っぽい、木の洞窟が、太古の力を結集して奴の助けに馳せ参じたかのようだった。ブラボー！　もっと来い！　大学の反逆児たちが支払った代償は？（中略）華麗な、薄暗い明かりの中、俺は、その老いぼれのそばで、過去が、今までのすべての歴史が、高い声を上げて賛美歌を歌うのを聞いた。俺など取るに足らぬ。ああ、俺は、この完璧なまでのお上品さに刃向かうなんて、アホなことするんじゃなかった。俺は間違ってた。誰も俺の味方などしてくれない。奴らは「伝統」という軍隊を、「文化」という奇襲隊を送り込んで来た。これらの、この研究室とツルんだ、迫力満点の、とっくに亡くなった野郎どもが、俺の目の前にドッと現れた。(12)

ここでは教授の研究室、大学の過去、伝統、文化が擬人化されており、あたかもそれらがひとつの巨大な軍隊となって襲来して、リプリィ・ボウグルを押し潰すかの強烈な印象を与える。かくして彼は大学を退学し、ロンドンで浮浪者の生活を始める。彼はロンドンを選んだ理由を次のように語る。

ロンドンの一番良いところは、ロンドンは誰にも構わないってことだ。（中略）努力すれば、ロンドンは俺にツイてくれる。が、たいがいは俺を放っておいてくれる。寂しさという心地よい刺激を与えてくれるが、同時に俺の夢、絶望、孤独を受け入れてくれる。昔ながらの、灰色の縞が入った、ダークスーツに身をまとって、ロンドンは丁重そのものだが、クールだ。これはどこの都市も見習うべき立派な立ち居振る舞いで、大いに賞賛されるべきだ。[13]

ここではロンドンが擬人化されており、ロンドンが提供する自由、無関心ゆえに、リプリィ・ボウグルにとっては放浪生活を送るうえで最適の場所であることを読者に実感させる。彼は、彼自身のことを、「環境と、時代と、国の犠牲者」であると見なし、「この世は、俺をアイルランド人に生まれさせることによって、俺にひどいことをしやがった。（中略）実際、俺は何ひとつ間違ってない。（中略）アイルランドの奴が間違ってんだ。何ひとつ俺の間違いじゃない」[14]と述べ、一方的にアイルランドを非難する。ここでも、「この世」と「アイルランド」が擬人化されており、リプリィ・ボウグルの両者に対する糾弾は強烈である。

リプリィ・ボウグルが環境の犠牲者であることを示すもうひとつの出来事がある。そして、ウィルソンのレトリックの技法により、再び読者はそれを強く実感する。ケンブリッジ大学に入学する前に、リプリィ・ボウグルはプロテスタントの女性と恋愛をする。彼の母親は激しく反対し、彼の伯父は、彼の膝を撃ち抜くと脅迫する。

そこで彼は家出し、その女性と肉体関係を結ぶ。彼女は妊娠するが、中絶する。リプリィ・ボウグルは、この過程を、猥雑な言い回しとスラングを交えて語る。彼が彼女の中絶を行ったと言う。彼は、絵の具筆を彼女の「尻」に突っ込み、約一五分間引っ掻き回し、「突いたり、押したり、突っ込んだり、回したり」した。すると、ベトベトしたものが出て来て、その中に「ひとつかふたつの有望な塊」があった。中絶の直後、彼は彼女と「一発やろう」としたら、彼女は「狂わんばかりに喜んだ」。「出産」という神聖なものをこのように冒瀆するのは、リプリィ・ボウグルの生まれ育った環境ゆえであることが明らかだ。エスタ・アリアガは、グレン・パタソンの『我が身を燃やす』（一九八八）とウィルソンのこの小説に関する論文の中で、主人公の生まれた環境が彼らの成長に及ぼした影響を論じている。[15] マル・マーティンはユニオニスト強硬派の地域社会に生まれ、一方、リプリィ・ボウグルはナショナリスト強硬派の地域社会に生まれた。彼らの生まれた地域社会は、アリアガが指摘するように、「沿って生きて行かなければならない一連の期待」を、彼らに押し付ける。しかし、マル・マーティンの場合、フランシー・ヘイガンとの奇妙な友情が示すように、またリプリィ・ボウグルの場合、このプロテスタントの女性との冒瀆的な愛が示すように、彼らは、それら一連の期待に背き、敵対する地域社会と深く交わろうとする。しかし、彼らの友情と恋愛における挫折は、彼らが環境の犠牲者であることを如実に示している。彼らの違いは、挫折の後、リプリィ・ボウグルは、彼の生まれたカトリック・ナショナリスト社会を去ってロンドンで放浪者となるが、マル・マーティンは彼の生まれたプロテスタント・ユニオニスト社会へそのまま戻って行くことだ。

『マンフレッドの痛み』（一九九二）における愛の謎

―『ユリーカ・ストリート』を生み出したレトリック―

ウィルソンは、彼の二作目の小説『マンフレッドの痛み』において、もう一人の環境の犠牲者を描こうと試みる。主人公マンフレッドはロンドン生まれのユダヤ人である。彼の両親の結婚生活は、幸福からは程遠かった。父親は事業に失敗し、母親は、家族を生きながらえさせるために死に物狂いで働かねばならなかった。マンフレッドは、両親が結婚して間もない頃、父が母を屈服させるためにしばしば殴っていたことを知る。母はそれを決して許すことができなかった。父が年老いて、体が弱ってくると、母が父に仕返しを始めた。マンフレッドは、ある時、父が、「結婚に失敗した」と語っているのを母に聞かれ、母から激しくぶたれるのを目撃した。彼はまた、父が、家の外でユダヤ人差別に合い、殴られて帰って来たことを知った。マンフレッドは第二次世界大戦にイギリス軍兵士として参戦し、ドイツ軍、イタリア軍と戦う。戦後、彼はエマというユダヤ人女性と結婚し、ロンドンに住む。しかし、間もなくしてマンフレッドはエマを殴り始め、ふたりの結婚生活は崩壊する。エマはマンフレッドのもとを去るが、離婚はせず、週に一度電話で会話をし、月に一度ハイドパークで会う。それを繰り返しているうちに、マンフレッドは、いつしか原因不明の痛みに苦しみ始め、病死する。

この小説は、北アイルランドの詩人ジェラルド・ドーが指摘するように、ウィルソンが「新開地」を切り開こうとした試みでもある。(16) 確かに、この作品のトーンは、『リプリィ・ボウグル』に比べ、「まじめ」で、慎重である。突拍子な言い回しや、痛烈な皮肉や、冒瀆的な言葉もない。しかし、ウィルソンのこの新たな試みは、多くの批評家たちから批判を浴びることになる。比評家たちは、この小説の「説得力のなさ」を酷評した。そのうちの一人、リュディガー・イムホフは、マンフレッドも、エマも、他の登場人物たちも「ほとんど現実性を帯びていない」と述べた。イムホフは、この小説とヴァン・ゴッホの絵画を比べ、ヴァン・ゴッホは、彼の絵を通して、「履き古された靴」を見事に光り輝かせているのに対し、ウィルソンは「マンフレッドの痛み」を光り輝かせることに失敗していると指摘した。(17) 確かに、この小説におけるいくつかの出来事は説得力に乏しい。たとえば、エマは、マンフレッドから激しく殴られた後に、彼が涙ながらに許しを乞うのに心を動かされ、セックスをする。そして、エマは彼に殴られ続けても決して離婚をしようとはしない。

しかしながら、このような欠点にもかかわらず、この小説は、ウィルソンの秀でたレトリックの技法を示しており、後には優れた小説を書くであろうことを予感させる。事実、次作『ユリーカ・ストリート』は、アイルランド小説史上に残る傑作となった。イムホフは、『マンフレッドの痛み』を酷評する一方で、第二次世界大戦を扱っている章では、ウィルソンは、戦争における蛮行、殺戮、恐怖の描写に関しては「ショッキングな成功」を収めていると述べている。(18) 特にマンフレッドが死体を片付ける場面の描写は、ブライアン・ムーアの『アイスクリーム皇帝』（一九六五）において、ゲイヴィン・バークがモルグ（死体公示所）で働く場面の描写に負けず劣らず陰惨で、真実味を帯びている。ムーアもウィルソンも、死体の様子と、その片付け作業に当たる兵士たちの反応を詳細に描くことにより、戦争の悲劇をいっそう顕著に示している。ゲイヴィンも、マンフレッドも、積み重なった死体を目の前にして、滅入る気分を奮い立たせるためにウィスキーと紅茶を飲むが、吐いてしまう。しかし、彼らの指揮官は、冷酷に、彼らに仕事に戻るよう命じる。(19)

エマの第二次世界大戦との関わりもまた、「無垢」と「蛮行」の著しいコントラストにより、戦争の残忍さを強調している。エマが子供時代にプラハに住んでいた頃、ドイツ軍が侵攻して来て、ユダヤ人虐待を始める。最初のうち、エマと、彼女の姉妹であるレイチェルとダナはそれに気づかず、無邪気に遊んでいた。しかし、間もなくして、彼女の一家はユダヤ人のゲットーに強制移住させられる。ある日、エマと姉レイチェルがパンを買って家に帰っていると、ふたりのドイツ兵が彼女たちからそのパンを奪い取り、キャッチボールを始める。レイチェルは、彼らの機嫌を損ねたくないがために、彼らがパンをキャッチする度に歓声を上げる。しかし、兵士のうちのひとりが靴でパンを踏み潰し、レイチェルがかがんでそれを拾い上げようとした時、その兵士は彼女の顔を激しく蹴り上げる。彼女は吹き飛ばされ、舗装道路で頭をひどく打ち、さらにそのうえ、その兵士は彼女の顔に唾を吐きかける。数日後、彼女は死亡する。

ウィルソンの、ドイツ軍のユダヤ人に対する虐待のショッキングな描写は、ブライアン・ムーアのもうひとつの小説『声明文』(一九九五)[20]を想起させる。これは、第二次世界大戦中に一四人のユダヤ人を虐殺したフランス軍指揮官ピエール・ブロサールと、彼に復讐を企てるユダヤ人たちの物語である。この作品では、虐待が加えられるのは、レジスタンス軍に加担して戦ったユダヤ人男性たちであるのに対して、ウィルソンの作品では、一般市民のユダヤ人女性たちである。エマの姉の悲劇に加え、エマと、彼女の母親が強制収容所に送られる際に、母親が他のユダヤ人たちの前で全裸にされ、兵士に強姦される事件がある。ムーアの描写も、ウィルソンの描写もかなりリアルであるが、ウィルソンの作品の場合は、虐待を加えられるのは、無力で罪のない女性たちであるがゆえに、いっそう残虐に感じられる。その意味でも、イムホフが指摘する通り、他の欠点にもかかわらず、ウィルソンの、戦争の残忍さに関する描写は「ショッキングな成功」を収めていると言えよう。

ウィルソンの優れたレトリックの技法を示すもうひとつの描写に、エマに去られた後の、マンフレッドの陰鬱に用いる。

な孤独の描写がある。ウィルソンは、マンフレッドの人生に対する諦めを強調するために、再び擬人法を効果的

死は簡単なことのように思えた。その老いた男は、二〇世紀と共に終焉を迎えようとしていて、急速な衰えの餌食になっていると感じていた。その老いた男も、「二〇世紀」も、そんなことはどうでもよかった。両方について言えるのは、ふたりの愚かな老人が諦めの気持ちを分かち合いながら、人生の夕暮れのドラマを演じているということだった。両者が出し合った結論は適切だった。残された年月は無意味で、敵愾心に満ちている。死ぬことなど実に簡単だ。(21)

ここでは、「二〇世紀」が擬人化され、その終焉とマンフレッドの人生の終末がオーバーラップしている。マンフレッドは彼自身の人生と「二〇世紀」に対してすでに希望を捨てていることが、この擬人法によって強調されている。擬人化は「ロンドン」に対してもなされている。

夕暮れ。ロンドンは赤く染まり、哀れな様子をしていた。陽は街路を、髭剃り後の発疹のような、暖かみのない色に変え、マンフレッドは、彼が抱えてきた苦悩に思いを向けた。夕暮れ。街は薄汚れ、悲しげだった。ロンドンは、訳もなく哀れな様子をしていた。(22)

ここでも、ロンドンの陰鬱な夕暮れが擬人化されて、マンフレッドの苦悩とダブって描写されており、マンフ

レッドの哀れさと惨めさを強調している。これらの擬人法は、次作『ユリーカ・ストリート』では、さらに大きな効力を発揮している。たとえば、次の一節がある。

チャッキー・ルーガンはラガン川にウィンクした。それは、ごぼごぼ、ぶくぶく、大きな声を上げながら、透き通った水を泡立たせていた。彼の足元では、橋までもが酔っ払っているかのように、グラグラしていた。怖くなって、チャッキーは歩調を早め、その酔っ払った橋を渡った。(23)

ここでは、川と橋が擬人化され、チャッキーが酒に酔っている様子がありありと読者の目に浮かぶ。同時に、このユーモアが『ユリーカ・ストリート』の基調である。

『ユリーカ・ストリート』（一九九六）に描かれた愛が意味するもの
―紛争を超越した、ベルファーストの多様性と普遍性―

『マンフレッドの痛み』がウィルソンの「新開地」を切り開こうとした試みならば、『ユリーカ・ストリート』は彼の「旧土壌」への復帰とも言える小説である。そして、ウィルソン特有の、メタファーと擬人法を中心としたレトリックを十二分に駆使して、大きな成功を収めた。ウィルソン自身の言葉を用いるならば、この小説は、「登場人物は非常に数多く、スケール的には一九世紀小説で、究極的にはベルファーストに関するもの(24)」である。

事実、エドナ・ロングレイが、「このうえなくディケンズ的色彩が強いベルファースト小説」[25]と呼んだこの小説の中には、チャールズ・ディケンズの小説に匹敵するほど数多くの人物が登場し、ベルファーストはロンドン同様の多様性と普遍性を備えた都市であることを、読者に実感させる。前述したように、この小説は、ウィルソンの「旧土壌」への復帰、すなわち、『リプリィ・ボウグル』に立ち返った作品である。しかし、ウィルソンのベルファーストに関する見解は、両作品では異なる。『リプリィ・ボウグル』は、ベルファーストに対して一方的に非難の矢を向けているのに対し、『ユリーカ・ストリート』は、ベルファーストに対する様々な感情を描き、究極的には、この都市に対する「愛」で終わっている。

『ユリーカ・ストリート』の舞台は、一九九四年の停戦合意前後のベルファーストである。中心登場人物は、ポエトリー・ストリートに住むカトリック教徒のジェイク・ジャクソンと、ユリーカ・ストリートに住むプロテスタント教徒のチャッキー・ルーガンで、彼らは親友同士である。

ジェイクは、サラというイギリス人女性と同棲していたが、サラは北アイルランドを嫌悪し、彼と別れる。その後、ジェイクは、メアリーという地元のウェイトレスと知り合い、彼女は北アイルランド警官のボーイフレンドがいるにもかかわらず、ジェイクとセックスをする。ある日の晩、この警官は、ジェイクの住むアパートを奇襲し、彼に殴りかかる。ジェイクは軽症を負う。ジェイクは、ナショナリズムの強硬派であるリパブリカニズムを信奉する女性に出会い、警官に襲われたことを話す。ジェイクは、それはあくまで個人的な出来事であり、北アイルランドでよく問題になっている、警官のカトリック教徒に対する虐待とは違うと彼女に話す。しかし彼女は、北アイルランドがイギリスから独立して、南と統一しない限り、このような警官のカトリック教徒に対する蛮行はいつまでも続くと言い張る。数日後、プロテスタント系の新聞『ベルファースト・ニュースレター』は、ジェイクが北アイルランド警官に殴られ、負傷した事件を次のように報道する。

リパブリカンの扇動者たちは、北アイルランド警察を、南ベルファースト在住の男性に一連の暴行を加えた廉で告発した。この告発は、二九歳の借金取り立て業者で、カトリック教徒のジェイク・ジャクソン氏に関するものである。伝えられるところによれば、ジャクソン氏は、今月上旬の早朝未明、複数の非番の制服警官たちから自宅に押し入られ、激しい暴行を受けた。いくつかの筋によると、ジャクソン氏は重症を負い、現在は、恐怖のあまり、報道機関のインタビューには応じられない状態とのことである。(26)

ウィルソンは、哀れな北アイルランド警官、頑迷なリパブリカンの女性、誇張した記事を伝える新聞を滑稽に描いて、カトリック・ナショナリズム、プロテスタント・ユニオニズム双方を痛烈に諷刺している。同時に、ウィルソンは、『ベルファースト・ニュースレター』を、「二五〇〇年に亙って、健全なプロテスタント関連のニュースを報道し続けてきた健全なプロテスタント系新聞」と皮肉を込めて述べている。

この新聞は、リパブリカンの政治政党「ジャスト・アス」(Just Us)もまた、北アイルランド警察を告発したことを報じているが、この政党は「シン・フェイン」を戯画化したものである。「シン・フェイン」はアイルランド語で、「われら自身」の意味である。また、党首ジミー・イヴと、リパブリカン詩人シェイグ・ギンソスは、ジェリー・アダムスとシェイマス・ヒーニーを戯画化したものである。ジェイクは、ギンソスのことを軽蔑的に、「不当に有名」で、「かえるや、生け垣や、柄の長いシャベル」などのことばかり書いていると皮肉を込めて述べる。さらにジェイクは、ギンソスは「いくぶん反イギリス的」なカトリックにもかかわらず、イギリス人たちは、自分たちがどれほどの「糞ったれども」かを聞きたくてたまらないがゆえに、ギンソスの詩を好むとまで言う。この、ヒーニーの戯画化を通して、ウィルソンは、ヒーニーは、彼の詩のテーマを、自然の風物とイギリスに対する嫌悪だけに限定し、北アイルランドの深刻な政治状況を扱うことを避けていると示唆している。ウィルソンは、『アイリシュ・タイムズ』のインタビューの中でも、「私は政治問題を無視したくはない。私はシェイマス・ヒーニーではない」(27)と述べ、このノーベル賞詩人に対する批判をあからさまにしている。しかしながら、ウィルソンのヒーニー批判は必ずしも正しくはない。ヒーニーは、これらの自然の風物をメタファー、シンボルとして用いて、北アイルランドの深刻な政治状況に言及しているのだ。ヒーニーとアダムスの戯画は、ウィルソンの卓越したレトリックゆえに、ユーモアに溢れ、滑稽で、読者を楽しませるが、彼らの実際の人物像として受け入れることはできない。また、ウィルソンは、カトリック・ナショナリスト強硬派のアダムスを戯画化したのならば、プロテスタント・ユニオニスト強硬派のイアン・ペイズリーも戯画化して描くべきであったかもしれない。そうすれば、ナショナリズム、ユニオニズムに対する批判の度合いは同等になり、北アイルランド紛争に対するウィルソンの批判はさらに説得力を増したかもしれない。

しかし、ヒーニーとアダムスの戯画を除いては、ウィルソンが、カトリック・ナショナリストとプロテスタント・ユニオニストの対立を批判するために作り出した他の物語は説得力を持つ。中でも、チャッキー・ルーガンの事業に関する荒唐無稽の物語は、北アイルランドの、この分裂したふたつのコミュニティーに対する批判と、彼らの融和と繁栄に対する願いというメッセージを同時に含んでいる。ジェイクは生まれて以来、一日たりとも働いたことがなく、毎日パブで飲み暮らしていた。しかし、彼は三〇歳になったのを機に、事業を起こし、金儲けをしようと決意する。彼は北アイルランドの住民たちを欺いて、事業資金を稼ごうと企む。彼は、新聞に、ありもしない「巨根型バイブレーター」の販売広告を出す。そして四千人以上の北アイルランド住民たちから注文を受け、彼らをまんまと騙し、四万ポンド以上の金を手に入れる。彼は、さらに事業資金を上乗せするために、北アイルランドへの投資を奨励するために設立された政府産業省を訪れ、実際にはありもしないプロジェクトと考えてもいないアイデアについて、「恐ろしく雄弁に」語る。そして、彼は政府産業省をも騙すことに成功し、巨額の補助金を得る。北アイルランドの住民たちと政府がジェイクにいとも簡単に騙される、現実にはありえない物語を通じて、ウィルソンは、カトリック・ナショナリストとプロテスタント・ユニオニストの対立を痛烈に諷刺している。ジェイクは、これら一連の詐欺行為に従事している間に、父親から莫大な遺産を相続したアメリカ人女性に出会う。ジェイクは彼女の愛を勝ち得、彼女が受け継いだ遺産で事業を拡張し、北アイルランド住民に数多くの就職口を提供する。かくしてジェイクの一連の詐欺行為は、究極的には、北アイルランド住民たちの利益となる。そして彼は誇らしげな態度を見せる。

ジェイクは、彼の実践主義的な、巨大な就職開拓プロジェクト宣言は、ジミー・イヴの非力なイデオロギー発言を沈黙させてしまうだろうという確信があった。イデオロギーは確かに厚い毛布だ。しかし、「就職口」ほど暖かくもなければ、長持ちもしない。イヴはあちこちで中途半端な爆弾を仕掛けるだけだが、この俺は、チャッキー・ルーガンは、俺ひとりの力でベルファーストに就職口を持ち帰って来た。俺こそヒーローだ。(28)

ここではメタファーが効果的に用いられている。「イデオロギー」と「就職口」を二枚の異なる毛布に例え、北アイルランドに平和と安定をもたらすためには、就職口の供給に比べれば、ナショナリズム、ユニオニズムの政治的イデオロギーなど取るに足らないということが強調されている。

ウィルソンの卓越したレトリックの技法は、「ＯＴＧ」という謎の三文字にまつわる物語においても見られる。北アイルランドでは、「ＩＲＡ」、「ＵＶＦ」、「ＵＤＡ」といったテロ軍事組織を示す、三文字のスローガンの落書きが随所に見られる。ある日、「ＯＴＧ」という、かつてなかった三文字の落書きが北アイルランド中のあちこちで見られるようになった。人々はこの三文字が何の省略なのか、様々な推測を巡らせ始めた。「オレンジマンたちよ、集団虐殺を行え」（"Orangemen Try Genocide"）なのか、「オムレツはおいしい」（"Omelettes Taste Good"）なのか、はたまた「オックスフォードは緑が多過ぎる」（"Oxford's Too Green"）なのか。人々は、幾多もの憶測を経て、ベルファーストのサンドイッチ・バーで爆弾事件を引き起こしたテロ組織の略称に違いないという結論に達する。物語が進展するにつれて、ＯＴＧに対する読者の興味はいやがうえにも増す。しかしこの三文字の謎が明かされた時、ほとんどの読者は、ウィルソンに「してやられた」と思うことだろう。このＯＴＧの謎の物語は、カトリック・ナショナリストとプロテスタント・ユニオニストの対立に向けられた痛烈な諷刺であり、コリン・ベイトマンのベストセラー小説『ジャックとの離婚』（一九九四）(29)における「DIVORCE JACK」の謎に関する物語に負けず劣らず、巧妙で、機知に富んでいる。

そして、一七人の命を奪ったサンドイッチ・バーでの爆弾テロ事件も、読者の意表をつくストーリーで、この悲劇を強調するうえで、メタファーが効果的に用いられている。このテロ事件に関する章は、ローズマリー・デイという二六歳の女性の、詳細な描写から始まる。彼女は、一週間に三箱のタバコを吸っていた。彼女は、お気に入りの洋服店に入り、スカートを試着する。そして、このスカートなら彼女のボーイフレンドも喜ぶだろうと思う。彼女は、一三歳の時からヘアスタイルを気にし始め、多くのお金を使ってきた。最近、彼女は自分のことが気に入り始め、もし自分が男だったら、彼女のような女性とセックスしたいだろうと考える。そして、彼女のボーイフレンドのことと、自分たちの将来に思いを馳せる。午後一時半だった。そんなことを考えながら、彼女は、行きつけのサンドイッチ・バーにやって来る。そこで、同じ店に入ろうとしている若いハンサムな男性に会う。彼は、入り口のドアを開け、彼女を先に通す。彼女は感謝の言葉を述べ、中に入る。ところが、この直後に、それまでの脈略とはまったく関係のない、「彼女は存在するのを止めた」(30)という一文が出てくる。この唐突な文章から、読者は、この女性にいったい何が起きたのかと疑問に思う。読者は、まもなく、彼女はテロリストが仕掛けた爆弾によって即死したことを知る。ウィルソンの、この意表をつく描写は、ひとつの爆弾が一瞬にしてこの女性の命を奪った事実を強調し、悲劇と怒りをあらわにする。「彼女は存在するのを止めた」という言い回しは、この女性の人生が、なんの前触れもなく、一瞬にして終わったことを明示し、「彼女は死んだ」といった直接的な表現よりも、悲劇を強調していると言えよう。ウィルソンは、彼女と、他の一六人の犠牲者の人生について、次のように述べる。

彼らは皆、物語を持っていた。しかし、それらは決して短い物語ではなかった。それらは、いずれも小説だったはずだ。八百ページ、あるいはそれ以上の、深みのある、喜びに満ちた小説に匹敵したはずだ。(31)

このメタファーもまた、数多くの体験に満ち、豊かだった彼らの人生が、ひとつの爆弾によって一瞬のうちに消されたことを明示し、読者の心に、悲劇を刻み込む。ラウラ・ペラスキアが指摘する通り、「この爆弾テロに関するウィルソンの描写は、かつて北アイルランド小説に登場した、爆弾テロに関する恐怖の描写のうちでも、最も優れたものに属する」[32]と言えよう。

ジェイク・ジャクソンは、ベルファーストに対して、「憎悪」と「愛情」という相反する感情を抱く。彼は、この爆弾テロのような事が起きる度に、ベルファーストを去りたい気持ちに駆られる。

悪い事が起きた時には、いつも自分はベルファーストを去りたいと思った。こんな都市など腐ってしまえと思った。ベルファーストに住むとは常にそういうことだった。自分は、一年間のうち毎週、そして一週間のうち二度はそういう気持ちになった。他のすべての市民たちと同じように、自分は、ベルファーストでは一日、一日をやっと無事に過ごしてきた。決して気持ちが落ち着いたことはなかった。自分はベルファーストでずっと暮らしてきたが、いつまでもここで暮らしたいとは思わなかった。[33]

しかし、このように、ベルファーストに対する憎悪を表明した直後、ジェイクは、早朝、街を歩いている人々を見て、彼らに限りない愛情を感じて次のように言う。「ベルファーストはまだ半分目が覚めたばかりで、人々は子供のように穏やかで、愛らしかった」[34]

このように、ウィルソンは、『ユリーカ・ストリート』全体を通して、ベルファーストを様々な形で擬人化して描いており、ベルファーストがあたかも感情を備えた人間のような、存在感の強い印象を与えている。ウィルソンはまたベルファーストを「小説」に例え、次のように言う。

この都市の地表は、生きた市民たちでいっぱいだ。この都市の地面には、多くの亡くなった市民たちの種が豊かに撒かれている。この都市は、物語の、ストーリーの宝庫だ。現在形、過去形、未来形。この都市は小説だ。(35)

ここで、ウィルソンは、ベルファーストは、多くの人々が生まれ、それぞれの人生ドラマを演じ、そして亡くなってゆく、世界中の他の数多くの都市となんら変わりない、普遍的な都市であることを示唆し、カトリック・ナショナリストとプロテスタント・ユニオニストの紛争だけでは断ずることができないと強調している。さらに、ウィルソンは、ベルファーストに暮らす、名も無き市民たちの人生ドラマの総体を、トルストイの小説よりも優れた物語だと述べ、この都市に対する愛情を表明する。

何よりも都市はストーリーの集合体だ。ここに住む男も女も、限りなく複雑で魅惑的な物語だ。彼らのうちもっとも平凡な人間の人生でさえ、全盛期の、もっとも精力的だった時期のトルストイの小説を打ち負かす物語を形作るだろう。(36)

ベルファーストと、そこに暮らす人々を、物語、小説に例えることにより、ウィルソンのベルファーストに対する愛情がにじみ出ている。ここでも、ウィルソンのレトリックの特長であるメタファーが重要な役割を果たしている。それによって、ウィルソンは、ラウラ・ペラスキアが指摘するように、ベルファーストは「どこにでもある都市」であり、そこの住民たちは「どこにでもいる人間」であることを示すのに成功している。

『ユリーカ・ストリート』には、もうひとつ、ウィルソンのレトリックの技法がいかに優れているかを示す物語がある。この小説は、「すべての物語は愛の物語である」[37]という文章で始まる。読者は、この一文から、この小説の主題は様々な男女の愛の物語であると推測するだろう。確かに、ジェイク・ジャクソンの恋愛、チャッキー・ルーガンの恋愛、その他いくつかの男女の愛が描かれている。しかしながら、この小説に描かれた最大の愛の物語は、著者ロバート・マックリアム・ウィルソンの、ベルファーストに対する愛であると言えよう。

エイモス・オズのエッセイ『物語は始まる』（一九九九）は、いくつかの古典小説の冒頭の文章について論じている。[38]オズは、トーマス・マンの『選ばれた者』を一例に挙げて、次のように述べる。この小説は「誰が鐘を鳴らすのか」と題する章で始まり、読者は、鐘を鳴らすのは「物語の精霊」であろうと推測する。しかし、マンは読者を見事に欺き、鐘を鳴らすのはクレメンスという名のアイルランド人に過ぎないことが判明する。『ユリーカ・ストリート』の冒頭の文章は、マンの小説の冒頭同様、読者を見事に欺く。かくして読者は、ウィルソンの、ベルファーストに対する愛情と、カトリック・ナショナリストとプロテスタント・ユニオニストの融和を心から願う気持ちに打たれる。故アイリス・マードックの夫ジョン・ベイリーは、『愛のキャラクター』（一九六〇）のうちで、「登場人物を最も愛している作者が最も優れた愛を描く」と述べている。[39]ベイリーの定義に従えば、ベルファーストという「登場人物」を心から愛しているウィルソンは、最も優れた愛を描く作家のひとりと言えよう。そしてまた、『ユリーカ・ストリート』は、エドナ・ロングレイが呼んだ通り、疑いもなく「クオリティー・ストリート」であると言えよう。

グレン・パタソンは、スペイン人批評家エスタ・アリアガとのインタビュー[40]において、「批評家たちは、一九九四年の停戦合意によって、北アイルランド紛争が終結し、北アイルランドの小説家はこれで何も書くことがなくなるだろうと言ったが、そんなことは決してない」と述べた。パタソンは、たとえ北アイルランド紛争が終わったとしても、小説家たちには、「人間の生き方」について十分書くべき題材はあると述べ、そして紛争が終わってからの方が、紛争に関するもっと興味深い小説が書かれるだろうと予言した。パタソンの言葉は正しいことが証明された。北アイルランドの小説家たちは、ウィルソンの『マンフレッドの痛み』、ブライアン・ムーアの『声明文』、ディアドラ・マドゥンの『光と石を思い出しながら』（一九九二）などのように、北アイルランド紛争以外の、人間の生き方を題材にした、興味深い作品を書き続けてきた。同時に、ウィルソンの『リプリィ・ボウグル』や、パタソンの『我が身を燃やす』（一九八八）のように、北アイルランド紛争を主題にした、優れた小説が紛争の最中に書かれた一方で、パタソンの予言通り、停戦合意以降にも、ウィルソンの『ユリーカ・ストリート』、マドゥンの『暗闇の中でひとりひとり』（一九九六）、パタソンの『インターナショナル・ホテル』（一九九九）のような、紛争を振り返る重要な小説が書かれている。

ロバート・マックリアム・ウィルソンが出版した三つの小説の価値と意義は、彼の優れたレトリックの技法を通して、北アイルランドの多様性と普遍性を示したことにある。ウィルソンを初めとする、有望な北アイルランドの小説家たちが、北アイルランドでは小説は詩と演劇に比べて劣るという通念を打ち破ることを期待したい。

注（1）本書で論じるパタソンとウィルソン以外の作家の主な作品は次の通りである。David Park, *Oranges from Spain*（1990）, *The Healing*（1992）, *Stone Kingdoms*（1996）; Deirdre Madden, *Hidden Symptoms*（1986）, *Remembering Light and Stone*（1992）, *One by One in the Darkness*（1996）, *Authenticity*（2002）; Eoin McNamee, *The Last of Deeds*（1989）, *Resurrection Man*（1994）, *Blue Tango*（2001）; Colin Bateman, *Divorcing Jack*（1995）, *Cycle of Violence*（1995）, *Wild about Harry*（2001）; Anne Dunlop, *The Pineapple Tart*（1992）, *A Soft Touch*（1993）, *Kissing the Frog*（1996）。

（2）Laura Pelaschiar, *Writing the North: Contemporary Novel in Northern Ireland*（Trieste: Edizioni Parnaso, 1998）, p.13.

（3）Robert McLiam Wilson and Donovan Wylie, *The Dispossessed*（1991）

（4）Richard Pine, "Wilson, Robert McLiam（1964—）", *Dictionary of Irish Literature: Rivised and Expanded Edition,M-Z,* ed. by Robert Hogan（Westport: Greenwood, 1996）, p.1255.

（5）Edna Longley, "Quality Street", *Fortnight*, No.354, October 1996, p.34.

（6）Robert McLiam Wilson, *Ripley Bogle*（1989; rpt., London: Vintage, 1998）, p.101.

（7）*The Oxford English Dictionary, Second Edition*（1989; rpt., Oxford: Clarendon, 1991）, p.857.

（8）フランスの*Figaro Magazine*一九九八年八月号のインタビュー記事。電子版アイルランド文学辞典である"Eirdata"（http://www.pgil-eirdata.org）のうちに引用されている。

（9）*Ripley Bogle*, p.38.

（10）*Ripley Bogle*, p.111.

（11）*Ibid.*

（12）*Ibid.*, p.250.

（13）*Ibid.*, p.324.

（14）*Ibid.*, p.326.

（15）Esther Aliaga Rodorigo, "Tell Me Where You Were Born and I Will Tell You Who You Are: Finding a Place to Fit in Glenn Patterson's *Burning Your Own* and Robert McLiam Wilson's *Ripley Bogle*", *Proceedings of the XIXth International Conference of Aedean*, ed. by Javier Perez Guerra（Universidade de Vigo, 1996）, pp.105-10.

（16）Gerald Dawe, "Review of *Manfred's Pain*", *The Linen Hall Review*, Vol.10, No.1, Summer 1993, p.25.

（17）Rudigar Imhof, "Review of *Manfred's Pain*", *Ibid.*, p.29.

（18）Ibid.

（19）Robert McLiam Wilson, *Manfred's Pain*（London: Picador, 1992）, pp.45-46; Brian Moore, *The Emperor of Ice-Cream*（1965; rpt., London: Paladin, 1988）, p.234.

（20）Brian Moore, *The Statement*（London: Bloomsbury, 1995）.
（21）*Manfred's Pain*, p.5.
（22）*Ibid.*, p.124.
（23）Robert McLiam Wilson, *Eureka Street*（1996; rpt., London: Minerva, 1997）, p.23.
（24）Eileen Battersby, “Interview with Robert McLiam Wilson”, *Irish Times*, May 1992; quoted by Pelaschiar, p.22.
（25）Edna Longley, “Quality Street”, *Fortnight*, No.354, October 1996, p.34.
（26）*Eureka Street*, p.148.
（27）Battersby, “Interview with Wilson; quoted by Pelaschiar, p.22.　ウィルソンのヒーニーに対する批判に関しては、“The Glittering Prize”, *Fortnight*, No.344, November 1995, pp.23-25 も参照。
（28）*Eureka Street*, p.381.
（29）Colin Bateman, *Divorcing Jack*（1995）.
（30）*Eureka Street*, p.222.
（31）*Ibid.*, p.231.
（32）Pelaschiar, p.23.
（33）*Eureka Street*, p.61.
（34）*Ibid.*
（35）*Ibid.*, p.215.
（36）*Ibid.*
（37）*Ibid.*, p.1.
（38）Amos Oz, trans. by Maggie Bar-Tura, *The Story Begins: Essays on Literature*（London: Chatto & Windus, 1999）
（39）John Bayley, *The Character of Love: A Study in the Literature of Personality*,（1960; rpt., London: Constable,1962）, p.7; ジョン・ベイリー／高津昌宏・関口章子・中山潤訳『愛のキャラクター――文学における人物像の研究―』（南雲堂フェニックス、二〇〇〇年）。
（40）Esther Aliaga, “Inerview with Glenn Patterson”, *Ireland in Writing: Interviews with Writers and Academics*, ed. by

Jacqeline Hurtley et al.（Amsterdam: Rodopi, 1999）, pp.95-96.

第七章　北アイルランドの新たなアイデンティティーを模索して

―グレン・パタソンとのインタビュー―

――私は初めて『我が身を燃やす』を読んだ時、自分が日本で幸せな少年時代を送っていた頃、北アイルランドではこんな紛争が起きていたのだということを知って、とても驚きました。当時、日本でも激しい学生運動がありましたが、私は、当時、まだ小学生で、それらはまったく私の関心外でした。しかし、北アイルランドでは子供たちも紛争に巻き込まれざるを得ませんでした。私は、マル・マーティンとほぼ同じ年齢で、彼に同情を覚えました。一九六九年当時、彼は一〇歳で、私は一一歳でした。私はこの小説を読んでからというものの、もし自分が北アイルランドに生まれていたらどうなっていただろうと度々考えるようになりました。

パタソン　私がその年齢の子供を主人公に選んだ理由は、一九六九年八月、ベルファーストで亡くなった人々のうちのひとりが一〇歳の少年だったからだ。私は当時八歳だった。その少年は、壁を貫通した流れ弾に当たって死んだ。紛争当初から子供たちも犠牲者だったという思いが常に私の心にあったので、私はその年齢の子供を主人公にすることを決意した。そして、私は、イギリス軍がやって来て混乱が始まる時点で物語を終えようと考えた。私は紛争に突入する月（七月）に的を絞り、緊張が高まっていた時期に、ある特定の住宅街で起きた出来事を書きたいと思った。私はこの小説をイギリスにいた頃から書き始めた。一九八〇年代の半ば、イギリスでは長期の炭鉱ストライキがあった。それは炭鉱労働者たちを二分した。仕事を続けたがる労働者たちと、ストを決行した労働者たちとの間に非常に不穏な状態が生じた。それは、一九六〇年代の後半に北アイルランドで起きたことと良く似ていた。原因は違っていたけれども、緊張の高まりは同じだった。

――『我が身を燃やす』の中で、あなたはまたアポロ宇宙船の月面到着を描いています。マルはそれをテレビで見ます。彼は最初、この「信じ難い出来事」を見た時、我を失います。しかしその出来事が呑み込めると、彼はテレビに見入って、宇宙飛行士と一心同体になったような気分になります。マルのこの感情の変化は、彼のフランシー・ヘイガンとの友情の過程における感情の変化と類似しています。彼は、最初フランシーに会った時、我を失って、どぎまぎし、口ごもります。しかし、フランシーと親しくなってからは、彼と一心同体になったような気分になり、キスさえします。その意味で、マルのアポロ宇宙船に関する驚きは、彼の純粋無垢さを強調し、彼とフランシーの友情を描くうえでも効果を上げていると思うのです。

パタソン　私は、常に他の視点を取り入れたいと思っている。すなわち、様々なドラマが人間生活の中で起きていることを読者に想起させたいと思っている。人々が狭い住宅街で争っている一方で、月に到達している人間がいる。ある意味では、フランシーも視点の変化をもたらす存在だ。彼は、マルが憧れる社会、つまり喧嘩を繰り返している不良少年たちとは異質の社会にいる人間だ。彼は、狭い住宅街での争いを超越した、何か大きなものを提供する存在だ。アポロもフランシーも、同じものを提供する。しかし同時に、マルは不良少年たちの仲間にも入りたいと思い、彼らとフランシーの間で、心は引き裂かれる。

――私は最初に『我が身を燃やす』を読んだ時、非常に暗い小説だと感じました。私は、マルのことを紛争の「生きた犠牲者」だと思いました。この小説の悲劇的な結末を読んだ時、心からそう思いました。これでマルは、プロテスタントとカトリックの壁を乗り越えるのは不可能だと悟り、諦めて、プロテスタントのコミュニティーに身を引くだろうと思いました。しかし、私は、異なる解釈があることを知ったのです。かつてあなたにインタビューしたスペインの批評家が、『我が身を燃やす』に関して論文を書いています。その中で、彼女は、マルはショッキングな悲劇を目の当たりにして、平和の重要性を悟り、今後も、プロテスタントとカトリックの壁を乗り越えるための努力を続けるだろうと書いています。ある日本の批評家も、同じ解釈をしています。それで、私は、「こういう肯定的な解釈も可能なのかな」と思ったのです。

パタソン　マルの人生は、将来は、より多くの困難に直面することになるだろうが、フランシーとの友情を通して変わった。特に私がこの小説を書いた頃は、このような「旅立ち」をするのは容易ではない時期だった。しかしマルは、フランシーが示しているものへと向かって旅立った。マルは「突破口」を開いた。この小説を書き進むにつれて、マルの父親が私にとって重要味を増してきた。最後に、彼は、マルの肩にそっと彼の手を置いた。これは一種の象徴的な仕草だ。それは小さな第一歩だ。マルの父親は、マル同様、何かを悟った。その仕草は、非常に小さなものではあるが、結末の暗さを和らげている。

――あなたの小説の主人公は、マル・マーティンにしても、ドリュー・リンドンにしても、ダニー・ハミルトンにしても、北アイルランドのアイデンティティーを見つけ出そうと必死に努力しています。彼らはプロテスタントの生まれですが、自分たちをユニオニストとは見なしません。「Fat Lad」は、北アイルランドの六つの州の頭文字ですが、同時にドリュー・リンドン自身のことを指していると思うのです。「Fat」という単語は、通常、「太っている」という意味ですが、「鈍い、のろい」という意味もあります。ドリューは太ってはいません。しかし、彼の行動は、時として、非常に滑稽で、愚鈍です。その意味で、彼は「Fat Lad」のような気がします。

パタソン　ドリューは、ものぐさで、いくぶん怠惰な人間だ。私は、この小説を書く時、特定の人物を心に置いていた。私と一緒の学校に通っていた生徒だ。彼がドリューのモデルだ。彼はとてものんびりした人間だった。

――ところで、『Fat Lad』に出てくる金魚についてですが、私はふたつの解釈が可能だと思います。金魚は小さなボールの中で、円を描きながら泳いでいます。ドリューの姉は、金魚がかわいそうに思って、もっと自由に泳げるようにと、大きな浴槽に移してやります。しかし、金魚は死んでしまいます。金魚は北アイルランドに例えられると思うのです。まさに金魚が小さなボールの中で同じことを繰り返しているように、北アイルランドは小さな場所で同じ紛争を繰り返しています。金魚が大きな浴槽の中で死ぬということは、北アイルランドが紛争解決のために何か新しいことをしようとすると失敗に終わるということを、メタフォリカルに示していると思うのです。

パタソン　私は、実際にそのような金魚を一七歳か一八歳の時に見た。私は、よその家のパーティーに行った。彼らは小さなボールに金魚を飼っていて、それは円を描いて泳いでいた。私は、「もっと大きなものに入れてやったら」と言った。そこで、彼らはその金魚を浴槽の中に入れてやったのだが、それは相変わらず小さな円を描いて泳いでいた。私は、この信じられない光景がいつまでも心から離れなかった。確かに、北アイルランドの社会は閉塞状態で、もしそれを打ち破ろうとしたら失敗することが多い。いくつかの意味では、この金魚はドリューの姉を指している。彼女は決して北アイルランドに来たくはなかった。彼女は、イギリスから北アイルランドに住むために連れて来られて、絶えずここを離れたがっている。しかし、彼女は決して離れることができない。彼女は、金魚を大きな浴槽で泳がせようとするが、そうすることによって金魚を死なせてしまう。その後、ドリューの父親は彼女をひどく殴る。しかし、それによって、何かが変わる。父は、もはや彼女を殴ることができなくなり、彼女は、父よりも強くなったと悟る。父は、昔、ドリューを殴っていた。しかし、この時から彼はドリューをも殴らなくなる。姉は逃げ出したいと思うのだが、そうしている間にドリューが逃げ出してしまう。ドリューは、この時から彼の旅を始める。この小説には、数多くのシンボルとメタファーが登場してくる。

——それでは、金魚は、幾通りものシンボル、もしくはメタファーになり得るわけですね。

パタソン　その通りだ。ひとつだけではない。小説を書き始めた時はひとつのものしか頭になくても、小説が展開してゆくうちに、複数の道を辿るようになる。

——私はまた、金魚は、ドリュー・リンドン自身に、そして浴槽はイギリスに例えられると思うのです。ドリューは、北アイルランドの中で閉塞状態に陥っていて、北アイルランド人としてのアイデンティティーは一体何かと苦悩します。その苦悩を打開するために彼はイギリスへ行きます。しかし、金魚が死ぬということは、ドリューはその苦悩を打開できないという意味ではないでしょうか。

パタソン　いや、ドリューについては、私はもう少し肯定的だ。確かに、ドリューは自分が「根無し草」のように感じて、それゆえに彷徨する。彼は帰属意識を失って、彷徨する。しかし、小説が進むにつれて、彼は、何らかの方法で、北アイルランドと妥協点を見出す。彼が悟るのは、「自分は北アイルランドに属している」ということだ。

——私は、ドリューの、それぞれ、北アイルランド、南アイルランド、イギリスと係わりを持つ三人の女性たちとの恋愛は、彼のさ迷えるアイデンティティー、つまり、「北アイルランド人のアイデンティティーとは何か」という苦悩を象徴していると思うのです。

パタソン　その通りだ。北アイルランド人は苦悩を抱えている。われわれはイギリス人なのか、アイルランド人なのか。私の母は、アイルランドで生まれたのだから、アイルランド人だと言う。私の父は、イギリスのパスポートを持っていて、イギリス人だと言う。数多くの北アイルランド人は、同じ苦悩を抱えている。『我が身を燃やす』から『Fat Lad』に至るまでの間、私は、「アイデンティティー」についてずいぶん多くのことを考えた。それらのうちのひとつが、北アイルランド独自のアイデンティティーだ。それは、政治的アイデンティティーではなく、地域的アイデンティティーだ。この「北アイルランド性」は有益なアイデンティティーだ。アイルランドの他の地域と異なる、イギリスの他の地域と異なる、このアイデンティティーによって、われわれは結ばれる。しかし同様に、われわれはイギリス人でもあり、アイルランド人でもあり、ヨーロッパ人でもある。ドリューが探り出そうとしていることは、アイデンティティーに関して私自身が探り出そうとしていることに類似している。実際、このような北アイルランド独自のアイデンティティーを持つことは可能だと思う。この小説の結末で、ドリューは、帰国している。彼は飛行機に乗っている。通路を隔てて二人の女性が座っていて、会話を始める。「会話をする」というのは、重要な表現だと思う。実際には、会話をするというのは非常に些細な事だ。しかし、ドリューは北アイルランドに帰国していて、そして、別の乗客たちが「隔たり」を越えて会話している。これは、多少なりとも、前向きな描写だと私は思う。

――そうなのですか。私は、この結末については、正反対の解釈をしていました。その二人の女性は、副操縦士のベルファーストの天候に関するアナウンスを聞きます。彼は、天候は小雨模様で、あまり良くないことを告げます。すると、ふたりのうちのひとりが、「ベルファーストの天気が悪くなかったってことある」と言います。私は、これは北アイルランドの絶えず不安定な情勢のメタファーだと解釈したのですが。

パタソン　実は、私の、この小説のタイトルの候補のうちに『一六、六一、小雨模様』というのがあった。「一六」は摂氏一六度、「六一」は華氏六一度のことだ。昔、テレビの天気予報では、摂氏と華氏両方が用いられていた。ベルファーストの天気は、年がら年中同じだった。いつも「摂氏一六度、華氏六一度、小雨模様」と言われていた。真冬でも、真夏でもそうだ。「小雨」というのは愛らしい言葉で、いつも私の心の中にあった。

――それもなかなか洒落たタイトルですね。

パタソン　ああ、その通りだ。「小雨」という言葉の中には何か寛容な響きがある。

――私はまったく違った解釈をしました。「いつも小雨」というと、悲観的なものを意味すると思いました。

パタソン　確かに、多少悲観的な響きはある。しかし、少なくとも、その二人の女性は話をしている。会話をしている。しかし、作家は、実際には、イメージと文章を作るだけで、意味を作り出しはしない。だから、楽観的というよりも悲観的な作品だと解釈する読者がいたとしても、良いと思う。面白い解釈だ。

――優れた小説というのは、読者に幾通りもの解釈をさせると思うのです。その意味で、『Fat Lad』は優れた小説だと思うのです。金魚にしても、この結末にしても幾通りもの解釈が可能です。

パタソン　まったくその通りだ。

――私はまた、ケイ・モリスに印象づけられました。ある意味では、彼女は不道徳で、一種のデカダンのような生活を送っています。しかし、彼女は、断固たるユニオニストです。ケイ・モリスがジェイムズにベルファーストを案内する場面は、彼女が、忠実で、規律正しいユニオニストであることを示しています。彼女とドリューの退廃的なセックスと、彼女の確固たるユニオニズム宣言は著しい対照を成しています。

パタソン　私は、彼女が非常に好きだ。私が『Fat Lad』を書き終え、最初にこの作品を読んでもらったのがロバート・マックリアム・ウィルソンだ。私たちは友人同士だった。彼は原稿を読んで、これは彼の次の作品（一九九六年出版の『ユリーカ・ストリート』）を書くうえで、ひとつの基準になると言った。彼は、この類のベルファーストは『Fat Lad』以前には書かれたことがないと言った。しかし私は、『ユリーカ・ストリート』はもう一段階上を行ったと思う。私は、『ユリーカ・ストリート』はベルファーストの概念を塗り替えたと思う。ケイ・モリスが示すベルファーストは、その概念の「塗り替え」の途上だった。

――それでは、『Fat Lad』が、『ユリーカ・ストリート』に影響を及ぼしたのですね。

パタソン　影響を及ぼしたとまでは言わない。ロバートは非常に負けず嫌いだ。彼は挑戦を好む。彼の挑戦は、私には嬉しかった。彼は、当時、すでに『ユリーカ・ストリート』の構想を練っていて、多くの登場人物も頭にあった。しかし、ベルファーストの描写に関しては、彼は、『Fat Lad』に勝ちたいと考えていた。

――ケイ・モリスは、ジェイムズをベルファーストの中心街に案内し、ユニオニズムに対する強い信念を述べます。批評家たちは、彼女のユニオニズムがまるであなた自身の思想であるかのように言っています。私はそうとは思わないのですが。

パタソン　確かに違う。ケイ・モリスがジェイムズと一緒にベルファーストの街を歩く描写については、彼女は、幾分「小生意気」になっているということだ。彼女は、ある意味では、この複雑な都市に対する、外部の人間たちの画一的な見方ゆえに、わざと挑発的になっているということだ。彼女は、外部の人間たちは、北アイルランドとベルファーストに対して、非常に単純な見方しかしていないと思っていて、一種挑発的なものの言い方をする。

――それでは、彼女は、さほど強固なユニオニストではないということでしょうか。

パタソン　いや、彼女はそうかもしれない。彼女は、「あなたはベルファーストがかくかくしかじかの場所だと思っているのかもしれないが、実はそうではない」と示唆しているのだ。確かに、彼女は強固なユニオニストかもしれない。しかし、いずれにせよ、それが私の見解ではない。私は、ユニオニズムにもナショナリズムにも賛同しない。私はどちらの主義にも縛られない、何らかの存在の方法を見つけ出そうと試みている。私の小説の中で、幾人かの登場人物たちは特定の政治的見解を支持し、他の登場人物たちはそれらを拒絶する。どの登場人物も私の政治的見解を代弁しているのではない。

――『フォートナイト』誌に、あなたは少年時代のことを書いていて、少年時代は、積極的に、七月一二日のオレンジ・パレードに参加していたと述べておられましたね。ですから、私は、あなたは、以前は、ユニオニズムを信奉していたのだと思いました。しかし、現在のあなたはそうではないと思います。私は、『Fat Lad』の中の次の節が、現在のあなたの見解に近いと思うのです：

ドリューの窓の真下に見える鉄道の向かい側の、サンディー・ロウとドニゴール・ロードの交差点に隣接する荒れ地には、七月のかがり火のために木がすでに集められていた。毎年、プロテスタント労働者階級が、アルスター・ロイヤリズムの「偉大な死んだ手」に対して、木を燃やして捧げる行事だった。ユニオニスト北アイルランドの長年の拠り所である、巨大な墓石の固まりと言うべきストーモントを建てた一方で、この行事は、半世紀の間、彼らを、彼らのカトリックの隣人たち同様、彼らのスラム街に閉じ込めてきた。

(*Fat Lad*, 1992 : rpt., London : Minerva, 1993, pp.129-30.)

ここであなたはロイヤリズムとリパブリカニズム両方を批判しています。

パタソン　確かに、それが私の現在の見解に近いだろう。ドリューが経験したいくつかのことは、私が経験したことに類似している。ドリューはイギリスに住みに行く。北アイルランドには常に危険が存在する。もし自分自身が育った環境の価値観を拒否すれば、例えばもし強固なユニオニストの環境に育って、それを拒否すれば、ナショナリストの立場に追い込まれるということだ。逆も然りだ。私は、ユニオニズムを拒否し、ナショナリズムとユニオニズムがいかに頑なな保守性を持ったものであるかを知るためにイギリスへと旅立った。私は、両方の主義に囚われない、別の政治的見解を見つけたいと思った。その可能性を感じた後に、私はベルファーストに戻って来た。

――ケイ・モリスが、ジェイムズにベルファーストを案内する時に語るユニオニズム思想は、非常に力強いものがあります。それゆえに、批評家たちは、彼女の言葉があなた自身の見解だと見なしているのかもしれません。批評家たちのうちのひとりは、ケイ・モリスの言葉は「聖書の響き」を備えていると述べています。

パタソン　そうだ。私はそのようなタイプの人間だ（笑）。人間は、自分たちの価値観に基づいて都市を作り、そして作られた都市によって人間自身もまた作り替えられる。ケイ・モリスは、若くて自身に溢れ、実際、政治的にはユニオニストだ。しかし、同時に、彼女のエネルギーはベルファーストのエネルギーそのものだ。彼女は非常に魅力的な登場人物だ。

——私も彼女はとても魅力的だと思います。世界中の多くの人々は、ナショナリズムの方がユニオニズムよりも合法的だと思っているようですね。

パタソン　まさにその通りだ。

——事実、私も、以前は、アイルランドはどうしてひとつの国ではないのだろうと不思議に感じていました。しかし、北アイルランド問題を研究するにつれて、私はユニオニズムにも合法性があると思うようになりました。

パタソン　両方とも同じように合法的で、同じように非合法的だ。

――私も同じ意見です。ですから、私は、「北アイルランドの領土帰属は過半数以上の住民の意思で決定される」と定めたベルファースト和平合意（一九九八年四月締結）を支持します。

パタソン　政治的に北アイルランドがイギリスに属そうが、アイルランドに属そうが、私は構わない。私の妻はコーク出身のカトリックだ。私は年に何回かコークに行くが、完全にくつろいだ気分になれる。私は、ダブリンでも、マンチェスターでも、グラスゴーでも、完全にくつろいだ気分になれる。だから私のアイデンティティーはこれらすべての場所を網羅している。しかし、南北アイルランドを分かつ国境が消えたとしても、私は「ベルファースト人」であることには変わりない。そして、同時に、北アイルランド人としてのアイデンティティーを持ち続けるだろう。最近の風潮は、アイデンティティーに対する概念が広がったということだ。プロテスタントならばユニオニストでイギリス人、カトリックならばナショナリストでアイルランド人という画一的通念はなくなりつつある。例えば、ロバート・マックリアム・ウィルソンは、西ベルファースト出身のカトリックだが、自分のことをきっぱりとイギリス人だと断言する。私は、アイデンティティーの問題は、以前よりもずっと複雑になっていると思う。いかなるアイデンティティーも、他のアイデンティティーを否定するものでなければ、ナショナリズムもユニオニズムも合法的だ。私は、ベルファースト和平合意には欠点もあると思う。そのひとつは、いわゆる「価値の同等性」ゆえに、お互いの違いを尊重せよという条項だ。確かに良い考えだが、それが私たちに奨励することは「相手とは異なれ」ということであって、「己に対して疑問を持つ」ということではない。現在、私たちは、ナショナリストが「いったいナショナリストとは何か」、ユニオニストが「いったいユニオニストとは何か」と自問することなしに、自分はナショナリストだからナショナリストとしての意見を述べるのは当然、自分はユニオニストでオレンジマンだからパレードするのは当然という、己に対してはまったく無批判の状態だと思う。私たちが己自身に対して批判的になるのには時間がかかると思う。現時点では、誰もが自分自身に誇りを持つことが奨励されている。しかし、私は、それよりも一段階上の人間でありたい。つまり、自分自身に対して批判的になること、ユニオニストはユニオニズムに対して批判的になること、ナショナリストはナショナリズムに対して批判的になることだ。

――しかし、あなたはよくユニオニストと間違えられませんか。

パタソン　その通りだ。

――あなたは、別のインタビューで、テレビ番組に出演してプロテスタント文化を紹介した時、強硬なユニオニストと間違えられたと語っておられましたね。（*More of It Than We Think*, BBC Northern Ireland, 1995）

パタソン　そう、その通りだ。そう間違えられたひとつの理由は、北アイルランドでは、ユニオニズム、ナショナリズム、どちらかしかないという心理が働いているからだと思う。もしナショナリズムの一局面を批判すれば、他の局面は支持するにしても、ユニオニストだと思われることが多い。私たちが打ち破らねばならない思考態度だ。『Fat Lad』の中の金魚と同じだ。初めは、私は、このプロテスタント文化に関する番組をやりたくなかった。どんな反応が起こるか、分かり切っていた。人々は、ただそれを見て、「プロテスタンティズムと、それについて語るグレン・パタソン」と言うだけだろうと思った。しかし、私は、宗教と政治のつながりを断ちたいと思って引き受けた。

――私が、ある日本の大学教授に、「私は、ナショナリズムとユニオニズムは同じように正当性があると思います」と言うと、彼からは、「君は日本でただ一人のユニオニストだ」と言われました。

パタソン　私がユニオニストと呼ばれるひとつの理由は、私はナショナリズム、ユニオニズムという枠を越えようとしているからだと思う。『Fat Lad』を出版した頃、私は、北アイルランドの人々だけで、自分たちはイギリス人なのかアイルランド人なのかを決めるべきではないと思うようになっていた。イギリスとアイルランド、ふたつの島がお互いの関係をしっかりと見つめ合い、自分たちは誰なのかということを見いだす必要がある。イギリスは、アイルランドから受けた影響を、アイルランドは、イギリスから受けた影響を見つめ直す必要がある。もうひとつ、イギリス人は、「イギリス人であるとはどういうことか」、そして、アイルランド人は、「アイルランド人であるとはどういうことか」と自問する必要がある。私たちは歴史を忘れてはいけない。このふたつの島は、常に非常に密接な関係にあった。

――歴史的には、イギリスがアイルランドを一二世紀に侵略し、八百年以上支配し続けてきました。しかし、私は、イギリスがアイルランドを侵略する以前に、アルスター地方はスコットランドと強いつながりがあったということを学びました。

パタソン　その通りだ。それは『Fat Lad』にも描かれている。

――私は、スコットランドは、アルスターからの移民たちによって作られたということを学びました。この点から言えば、北アイルランドがイギリスに残留していることは正当であるかも知れません。

パタソン　ベルファーストから二〇マイル行けば、スコットランドが一一マイルか一二マイル先に見える場所に到達する。そこからスコットランドに渡ることは、何百マイルも離れた南のアイルランドに行くことより簡単だ。したがって、歴史的には、アルスターとスコットランドが密接な関係にあったことは明らかだ。私は純粋国家という観念、つまりひとつの国は成立の時から変わっていない、アイルランドは純粋にアイルランド人のみから成っているという考えには反対だ。人間は常に地球上を動き続けてきた。私は、純粋国家という思想が、北アイルランドのナショナリズムとユニオニズムを含む、すべての国粋主義の根底にあると思う。私は国粋主義を信じない。私は複雑な見方をする。もし誰かが「それはこうだ」と決めつけると、私は、「ああ、いいだろう。しかし、それは、こういう別の見方もできる」と言う。ロバート・マックリアム・ウィルソンも私と同様だ。ロバートも、複雑なものの見方をする。ロバートのような人物を指して、「北アイルランドのカトリックはこうだ」と誰が決めつけて言える。ロバートはカトリックだ。しかし彼のものの考え方は根本的に異なっている。

――彼は西ベルファーストの生まれですよね。しかし、彼の名前、ロバート・マックリアム・ウィルソンはイギリス名に聞こえるのですが。

パタソン　実際、純粋な血筋の家族などほとんどいない。私の家族の場合、祖母はカトリックで、祖父はプロテスタントだった。私はプロテスタントで、カトリックと結婚した。私たちの名前はすべて混ざり合っている。ユニオニストの政治家でケン・マギニスがいて、シン・フェインの政治家でマーティン・マギネスがいる。彼らは、スペルは違うが、同じ姓だ。

――ところで、私は、あなたもウィルソンも一種の「言葉遊び」が非常に得意だと思います。『我が身を燃やす』の結末で、あなたは、フランシー・ヘイガンの死について、「REST IN PIECES」と述べています。非常にウィットに富んだ表現ですね。

パタソン　『我が身を燃やす』は、その一行から始まった。私がある年のクリスマスにベルファーストに帰った時、兄が、私の知人のことを話した。その知人は自殺した。兄は、彼の名前の後に続けて、この「REST IN PIECES」という言葉が壁に書かれていたと私に教えてくれた。私はそれをメモした。すごいと思ったからだ。彼が自殺したのは一六歳の時だった。

――それでは、それはあなたが作り出した文章ではないのですね。

パタソン　違う。誰かが壁に書いていたものだ。そして私はそれを記憶していた。

――『インターナショナル・ホテル』の中にも、非常にウィットに富んだ、興味深い、次の一節があります：

「おまえ、分かるか。イングランドとスコットランドとウェールズと北アイルランドが、バーで惨めそうな様子で立っていて、それを見た人間が尋ねる。『UK?』

オスカーは私と目を合わせ、すっかり当惑した様子で、その客を見る仕草をした。

「ユー、オーケー? おまえ、まだ分からないのか」

(*The International*, London : Anchor, 1999, p.14.)

これは、あなた自身が作り出したのではないですか。

パタソン　ああ、それ。それは私が自分で作り出した(笑)。

――この一節は、あなた自身の思い、つまり、ナショナリズムとユニオニズムをめぐっての、あなた自身の葛藤を表しているような気がするのですが。

パタソン　確かに。ただし、それはほんの遊びに過ぎない。もちろん、私には、その重大な葛藤があるが、それは、その葛藤を表すほんの小さな一手段だ。私はストーリーを語っている。私は、登場人物を深く掘り下げる。多分、『ビッグ・サンダー・マウンテンの闇夜』が、登場人物を最も深く掘り下げた小説だと思う。この小説は、私にとっては一種の「探求」だった。他の国で起きていることと比較することによって、北アイルランドで起きていることを理解する新しい方法はないだろうかと、私は思った。いくつかの意味で、私が今までの小説を通してしようと思ったことは、「北アイルランドの視野を広げる」ことだった。

――私も、あなたは今までの小説で、北アイルランドを、いろんな異なる視野から描こうとしてきたのだと思います。

パタソン　私は、『ビッグ・サンダー・マウンテンの闇夜』を書き始めた時、ベルファーストの人間と、ドイツの人間と、アメリカの人間が、縛られて一夜を共に過ごすなど馬鹿げていると思った。私は、一九八〇年代末にイギリスからベルファーストへ戻って来た時、この都市を見て、何かを書きたい衝動に駆られた。そして、まず第一に書きたいと思ったのが、ベルファーストは絶えず変貌しているという事実についてだった。私は、都市という概念、土地の変貌、再生という観念に非常に興味を持った。もちろん、これらに関して、私は、私の登場人物たちに異なる解釈をさせているが、とにかく私は、造り、破壊し、また新たに造るという観念に興味を抱いた。そして、私が『Fat Lad』を書き終えた時、友人のひとりが、「君が本当に都市とその建設に興味があるのならば、ユーロ・ディズニーに行くべきだ。そこに行って何が造られているかを見て来るべきだ」と言った。そして私はその通りにした。私は、当時、ただ単なる政治的アイデンティティーではない、地域的アイデンティティーという考えを発展させていたので、ユーロ・ディズニィーにはただただ魅せられた。それから私は、国以前の形態、つまり中世ヨーロッパの都市国家に興味を持った。ユーロ・ディズニーの規模が、私にこれらの都市国家を連想させたのだ。私は、何か小説の題材になるものはないかと思い、パリ郊外に建設中のユーロ・ディズニーへ行った。それが『ビッグ・サンダー・マウンテンの闇夜』の出発点だった。したがって、『Fat Lad』の続きという意味で、この小説は、私が自分自身と交わしていた会話をさらに進展させるものだった。

——サムが小説の冒頭で述べている「モート」は、ミッキー・マウスとは別の、ディズニーのねずみのキャラクターなのですか。

パタソン　ウォルト・ディズニーが最初にねずみのキャラクターを考えた時、彼は「モーティマー・マウス」と名づけようとした。しかし彼の妻は、「そんな名前、嫌だから変えて」と彼に言った。彼女は、その名前は古くさいと思ったのだ。そこで、ディズニーは、それを「ミッキー」と呼ぶことにした。したがって、モーティマー、もしくはモートはミッキーの分身のようなものだ。サムは気ちがいだ。私は、ディズニーを宗教的に崇める登場人物を考えていた。私は、オーソドックスなものに背を向ける異端者に興味がある。私は、ひとつのものを狂信的に信奉するがゆえに異端者になってしまう人間を考えた。サムは、ディズニーを狂信的に崇拝し、異端者になる。そしてサムは、すべてのものが純粋さを失っていると考え、ディズニーそのものにも背を向けてしまう。オーソドックスなものを受け入れるべきかどうかという問題において、ある意味では、北アイルランドの状況と繋がるものがある。ところで、私にとって最も重要な作家のひとりはサルマン・ラシュディーだということは、君に話しただろうか。

——あなたがラシュディーから受けた影響は、リチャード・ミルズ氏とのインタビューの中で話しておられましたよね。(Richard Mills,“Nothing has to Die : An Interview with Glenn Patterson”, Bill Lazenbatt ed., *Northern*

Narratives：*Writing Ulster*, No.6, 1999, pp.113-29.）

パタソン　ラシュディーは「オーソドックス」という問題に非常に関心を持っている。『ビッグ・サンダー・マウンテンの闇夜』は、オーソドックスなものが支配する場所で人間が直面する困難を扱っている。この小説を通して、私は、他の国で起きている事に言及することによって、北アイルランドで起きていることが理解できないだろうかと、探ろうとした。次の『インターナショナル・ホテル』はローカルな小説だが。

――しかし、「インターナショナル・ホテル」には、様々な地元客と外国人客がいますよね。例えば、アメリカ人のヴァンス夫妻です。私はこのカップルが大好きです（パタソン、八幡ともに笑）。確かに、『イターナショナル・ホテル』はローカルな小説ですが、国際的な視野も、いくつか示されています。この小説は、このホテルで起きる様々な人間ドラマを描いていますよね。

パタソン　私は「都市」が好きだ。というのは、都市はいろんなものが混在する場所だからだ。いろんな人間がやって来て、彼らは、時として別人になる。私が「国」について嫌いなのは、国というのは「排斥」の場であるということだ。いったん国境を引くと、その国境の中の人間はこうだ、その国境の外の人間はああだと言われるようになる。私が、「国」よりも「都市」が好きな理由は、都市は混沌としているからだ。都市の中には、いろんな人間が混在している酒場や、ホテルのようなところがある。それがまさに、私が『インターナショナル・ホテル』を書きたいと思った理由だ。そのホテルは、「インターナショナル・ホテル」という名が示す通り、いろんな人々が集まる混在の場だった。

――日本で『ホテル』というテレビドラマがありました。私は、『インターナショナル・ホテル』を読んで、このドラマを思い出しました。それは、ひとつのホテルにおける様々な人間ドラマを描いていました。あなたの小説にもまた、悲哀に満ちた、時には滑稽な、数多くの人間ドラマが登場してきます。例えば、ヴァンス夫妻の物語や、サッカー選手バップ・コノリーの物語や、人形劇士スタンリーの物語や、イングリッドの物語などです。

パタソン　私が、この小説の舞台を一九六七年という時期に持ってきたいと思ったのには理由がある。一九九〇年代に和平プロセスが始まって以来、人々は過去を振り返るべきではないと言い続けてきたが、人々は、過去については対立する見方をしていた。ユニオニストたちは、「北アイルランドは素晴らしい場所で、すべてが良かった。それなのに、公民権運動の連中が抗議を始めて、何もかもめちゃくちゃにしてしまった」と言った。ナショナリストたちは、「北アイルランドは腐敗した場所で、分裂の兆しは常にあった。紛争は起こるべくして起きた」と言った。しかし、私は、両方とも間違いだと思う。私は、『インターナショナル・ホテル』を書くにあたって、このホテルで行われた北アイルランド公民権協会の、第一回目の会合のことを調べるために、リネン・ホール・ライブラリーに行った。私は、その会合の記事を読むために、いくつかの新聞をめくったが、ほとんど報道されていなかった。その一方で、新聞は、火事や、結婚式や、スポーツや、音楽といった他の出来事で一杯だった。私は、これが本当の当時の姿だと思った。私が書きたかったのは、誰も明日何が起こるか分からないということだった。この小説では、登場人物たちは、次に彼らの身に何が起こるか知らない。もちろん、次に何が起ころか知っているナレーターはいるが、『インターナショナル・ホテル』で、私は、ベルファーストに平凡に暮らし、未来を夢見ている人々を描きたかった。

――『インターナショナル・ホテル』の中で、あなたは、このホテルにおける様々な人間ドラマを描いています。そして、北アイルランド紛争の描写は結末にほんの少しあるだけです。しかし、ホテルの人間ドラマに関する部分では、人々は二年後の北アイルランド紛争の勃発など予想だにしてないだけに、あなたの紛争の描写は悲劇に満ちています。あなたは、紛争に巻き込まれて次々に亡くなる人々を、クールに、無感情に描いています。

パタソン　その通りだ。それも私とロバート・マックリアム・ウィルソンの共通点だと思う。北アイルランドは、人間の命が虫けらのように奪われてきた場所だ。どの紛争でも、何人の人間が亡くなったという、数だけが示される。実際、北アイルランドでも他の国でも、紛争における犠牲の悲惨さが本当に理解できるのは、三千人の死亡者とかいうように、ただ単に数を示すだけではなく、ひとり、またひとり、またひとりと個人の犠牲を強調することにより、人間の命は本当に尊いと感じられるようにすることだ。ロバートは、『ユリーカ・ストリート』の中で、サンドイッチ・バーの爆破の描写で、命の尊さを示している。『インターナショナル・ホテル』の中で私が目論んだのは、登場人物たちの人生をできるだけ克明に描き、そしてそれらを急に終わらせることだった。そして、それが現実に起きていることだ。誰かを殺すということは、その人のすべてを消し去るということだ。ある意味で、殺人は無感情だ。人殺しは、殺される人が信じていたもの、愛していた人、未来に抱いていた夢など一切気にかけない。それゆえに、私は死を無感情に描いたのだ。

――私は、『インターナショナル・ホテル』を読みながら、最初のうち、あなたの意図は一体何なのだろうかと疑問に思ったのです。ホテルにおける人間ドラマを描いているだけで、北アイルランド紛争とは一切無関係なのだろうかと思い始めたのです。ですから、小説の結末で、意表をつかれるように、人々が紛争でひとりひとり命を落としてゆく描写に接して、私はひどくショックを受けました。

パタソン　当時の新聞を読んで、一九六〇年代にベルファーストで何が建てられていたかを知れば、実際、この都市にも資本投資がなされていたということが分かる。人々は、未来はきっと良くなると信じていた。後に社会民主労働党（ＳＤＬＰ）になった、当時のナショナリスト党の党首が述べた言葉があった。彼はエディー・マカティアといい、公民権協会が結成されたのと同じ時期に、次の言葉を述べた。「北アイルランドに変化が訪れようとしている。それは、空のほんのかすかな、薄日のように感じられる」私は、ナショナリスト党の党首でさえか、淡い希望の光があるという感情を抱いていた時期について、小説を書きたかった。『インターナショナル・ホテル』は、まだ多くの選択肢があった時代について、つまり我々が選んだ道が決して唯一のものではなかった時代について書かれている。私は、ある特定の出来事が避けて通れなかったという考え方には反対だ。というのは、ある特定の出来事が避けて通れないと言うのは、責任逃れだからだ。私は、物事が他の方向に行くことはあり得ず、常にそうなる運命にあったと言うことによって、責任逃れをするのは嫌だ。私は、北アイルランドについて、他にも数多くの選択肢はあったことを示唆する小説を書きたかった。我々は、ひとつの選択肢を望んだがゆえに、そのひとつの道を歩んだのであって、「歴史」という不可抗力がその道を作ったのではない。

——もうすでに新しい小説を書き始めているのですか。

パタソン　書いている。ふたつのプロジェクトがあるが、現在、取り組んでいるのは、『ナンバー5』(*Number 5*)という作品だ。それは家の番地だ。この小説は、一九五八年から二〇〇三年までの四五年間、この家に住んだ五つの家族に関する物語だ。この家に住んだひとつの家族は中国人だ。一九五〇年代の、この小説の最初に登場する、近隣の家族のひとつは、ハンガリー人だ。一九五六年以降、ハンガリー人がベルファーストにやって来た。この小説もまた、北アイルランドの視野を広げるという意図を持っている。ユニオニズムとナショナリズムについて語っていると、見落としてしまうものがある。この小説は、北アイルランドでは、人々は宗教と政治で決められてしまうという偏見を排除しようという試みだ。それゆえに、小説の最初の部分では、ベルファーストという地名は述べられていない。しかし、その次の部分は、六〇年代半ばから七〇年代半ばにかけての、紛争がもっとも激しかった時期についてなので、ベルファーストという地名はいやがおうでも出てくる。しかし、そのような時期でさえも、人々はパーティーを開いて、それらの出来事について語り合っている。三分の二は完成した。

——それでは、来年(二〇〇二年)出版予定ですか。

パタソン　そうできるといいのだが。(実際には、二〇〇三年四月、ロンドンのHamish Hamiltonより出版された。)ところで、ベルファーストにいる間に、街を回ったかい。街をたくさん見たかい。

——いや、まだです。

パタソン　もしよかったら、日曜日に、車でベルファーストの街を案内しようか。都合はどうだい。

——ええ、楽しみにしています。今日はどうもありがとうございました。（二日後、パタソンは、彼の妻とともに、ベルファースト市内の、彼の小説の舞台となった場所に私を案内してくれた。）

——二〇〇一年三月二日ベルファーストにて

あとがきにかえて
――北アイルランド社会と北アイルランド小説の今後を展望する――

二〇〇三年八月下旬、この本の第七章までの原稿を書き終えた私は五度目の北アイルランドの旅に出かけた。

私が最初に北アイルランドを訪れたのは一九八九年の夏で、街の至るところで、銃を持って警備に当たる迷彩色の軍服を着たイギリス兵に出くわした。そしてロンドンデリーからベルファーストに電車で向かっている時、「爆弾を仕掛けた」との脅迫があり、途中の駅でバスに乗り換えることを余儀なくされた。続いて翌九〇年の夏に訪れた時も、街に数多くのイギリス兵と警官の姿を見、北アイルランド滞在中は絶えず押し潰されるような緊張感に苦しめられていた。当時の北アイルランドは紛争のただ中で、とにかく街はすさんでいて、歩いていても気分が滅入った。九〇年の夏は、ロンドンデリーからダブリンまでバスで移動したが、国境を越えて、南のアイルランドに入った瞬間に全身から緊張感が抜けホッとした安堵感に包まれたのを今でも鮮明に記憶している。

それから約一〇年半を経て、二〇〇一年の二月下旬、三度目に北アイルランドを訪れた時には、ずいぶん街は様変わりしていた。イギリス兵と警官の姿は皆無で、ベルファーストの中心部には一大ショッピングセンターが建ち、外国からの観光客で賑わっており、活気に溢れていた。ベルファーストを貫通して流れるラガン河沿いには瀟洒なプロムナードができており、夜、街灯に照らし出されたプロムナードから眺めるベルファーストの街並みは感動的なほどに美しかった。そして同じ年の夏にベルファーストを訪れた時も、イギリス兵と警官の姿は一度も見ることなく、かつての押し潰されるような緊張感は一切味わうことがなかった。この時買った北アイルランドの女性歌手ジュリエット・ターナーのアルバムに収められた「ベルファースト・セントラル」という曲は、同名の、ダブリン―ベルファースト間の列車の発着駅を舞台にした恋愛の歌だった。この歌を聴きながら、私は、かつては悲惨な紛争のまっただ中にあった都市の駅が、ラブソングの舞台になったのかと思うと感慨深かった。

北アイルランドはなぜかくも変わったのか。一九九四年八月三一日、カトリック・ナショナリスト過激派テロ組織IRAが停戦表明を出し、それに応じて、同年一〇月一三日、プロテスタント・ユニオニスト過激派テロ組織グループが停戦表明を出し、一九六九年から二五年間に及んだ北アイルランド紛争が終結した。ところが、それから二年も経たぬ一九九六年二月九日、IRAは再びロンドンで爆弾テロ事件を起こし、二人が死亡、百人以上が重軽傷を負った。これで停戦合意は破綻し、また「泥沼」の紛争が始まるかに思えたが、長い間の紛争で疲弊した北アイルランドの人々は、心の底から平和を希求していた。北アイルランドは、南のアイルランド、イギリス、アメリカとの協力のもと、和平プロセスを推し進め、一九九八年四月一〇日、「ベルファースト和平合意」を成立させた。この和平合意が画期的だったのは、IRAの政党であるシン・フェインもこれに同意したことだった。この和平合意は、「北アイルランドの領土帰属は、北アイルランドの過半数以上の住民の意思により決定される」（イギリス、アイルランド両政府の合意事項第一条の一）ということと、「いずれのテロ組織も二年以内に武装解除する」（武装解除に関する項目その三）ということを謳った。ところが、同年八月一五日、ティローン州オマーで、和平合意に反対する「真のIRA」が仕掛けた爆弾が爆破し、二九人が死亡するという、北アイルランド紛争史上最悪の惨事が起こり、和平合意の行く手に大きな暗雲がたれ込めた。しかし、人々はそれにもひるまず平和への努力を続け、北アイルランドの街々からは確実にテロ事件は減り、イギリス兵の引き揚げが始まった。そして同年一〇月一六日、北アイルランド首相で、アルスター・ユニオニスト党党首のデイヴィド・トリンブルと、穏健派ナショナリストで、社会民主労働党党首のジョン・ヒュームが、ベルファースト和平合意推進の功績が認められ、ノーベル平和賞を授与された。そのような平和への動きゆえに、北アイルランドは変わったのだった。

しかし、武装解除に関しては、カトリック、プロテスタント双方のテロ組織とも、一向にその気配は見せず、確かに世界のメディアを賑わすような大規模なテロ事件は無くなったとはいえ、地元の新聞を読めば、いまだにテロ事件は頻発していることが分かる。北アイルランド与党のアルスター・ユニオニスト党は、武装解除をせぬＩＲＡに対して怒りを募らせ、党首トリンブル率いる和平合意推進派と、反対派の間で内部分裂が生じ、現在も暗礁に乗り上げている状態である。

二〇〇三年八月下旬、そのような状況にある北アイルランドに私は五度目の旅をした。

今回の旅の目的のひとつに、サッカーの試合観戦があった。二〇〇二年の日韓ワールドカップに南のアイルランドが出場し、ベスト一六に残る活躍を見せたのはまだ記憶に新しい。私もアイルランドを応援し、サッカーに対する興味が増した。そして、北アイルランドのサッカーについて調べたところ、絶え間ない国内の紛争、二度の世界大戦にもかかわらず、一八九〇年から一一〇年以上、一度も途切れることなく続いている北アイルランドサッカーリーグがあることを知った。これは、北アイルランドでは、サッカーが国民スポーツであり、プロテスタント・ユニオニストとカトリック・ナショナリストの融和を促進するうえで大きな役割を果たしている証ではないだろうか。私はそう期待して、八月二三日、プロテスタント系のグレントランFCとカトリック系のクリフトンヴィルFCの試合を観戦した。会場は、北ベルファーストのクリフトンヴィルFCのホームグラウンドで、会場付近にはおびただしい数の警官が立っており、異様な雰囲気で、入場門で私はボディチェックと手荷物検査を受けた。一緒に観戦に行った小説家のグレン・パタソン曰く、「このあたりは強硬派ナショナリスト地区で、地元のクリフトンヴィルとプロテスタント系のチームとのサッカーの試合ではよく暴動が起こるんだ」

試合開始と同時に、それぞれのチームカラーである、グレントランのサポーター席からは緑の煙が、クリフトンヴィルのサポーター席からは赤の煙が立ち昇り、太鼓を打ち鳴らしての応援合戦が始まった。そしてグラウンドにトイレットペーパーの束が幾つも投げ込まれた。試合が進行するに連れて、サポーターたちはますますヒートし、相手チームを誹謗する宗派ソングを歌い、相手チームがコーナーキックを得ようものなら激しい野次を飛ばし、私は、「これは本当に暴動が起きるかもしれない」という恐怖に襲われた。試合は膠着状態で、両チームともなかなか得点が入らず、このまま引き分けで終わるかに思われたが、終了直前にグレントランが得点し、一対〇で勝った。グレントランのサポーター席からは大歓声が起こり、紙吹雪が舞った。そして暴動は起こることなく、私とパタソンは無事、会場を後にした。

このサッカーの試合を観て、私は複雑な気持ちになった。北アイルランドサッカーリーグが一一〇年以上続いているというのは、北アイルランドでは、確かにサッカーが国民スポーツであり、プロテスタント、カトリックの「ボーダー」を越えての協力体制が整っているからこそであろう。しかし、同時に、サッカーは住民たちの宗派帰属意識をよりいっそう強めるものだということを私は実感した。プロテスタント居住区に拠点を置くチームは地元住民たちの誇りであり、そのチームを応援することによって、住民たちは、プロテスタントとしての、そしてユニオニストとしての意識をいっそう強める。カトリック居住区に拠点を置くチームに関しても同じことが言える。住民たちはそのチームを応援することによって、カトリックとしての、ナショナリストとしての意識をいっそう強める。北アイルランドは確かに平和に向かっているが、私は、サッカーの試合観戦を通じて、北アイルランドの宗派対立の実態を垣間見て、いささかショックを受けた。

しかし、私は北アイルランドのサッカーの応援は続けるつもりだ。というのは、選手たちと北アイルランドサッカー協会は、プロテスタントとカトリックのボーダーを越えて、北アイルランドのサッカーのレベル向上と普及発展のために真摯な努力を続けているからだ。北アイルランドと南のアイルランドは、別々の国であるがゆえに、それぞれ独自のナショナルチームを持っている。中には、南北統一チームを作ってヨーロッパ選手権やワールドカップ予選に臨むべきだという意見もあるが、私は、現在は、国が違う以上、やはりそれぞれのナショナルチームが存在すべきだと思っている。私の夢は、北アイルランドと南のアイルランド両チームがワールドカップ予選を勝ち抜いて本大会に出場するのを見ることである。

このように、北アイルランドのサッカーは、プロテスタントとカトリックの融和を図ると同時に、住民たちに、プロテスタント・ユニオニストとしての、カトリック・ナショナリストとしてのアイデンティティーを植え付け、お互いの対抗意識を強めるという、相反した作用を持っており、それは北アイルランド社会の縮図のようでもある。

これから先、北アイルランド社会はどのような方向に進むのか。現在は平和に向かって着実な歩みを進めているとはいえ、カトリック、プロテスタント双方のテロ組織は、ベルファースト和平合意に定められた武装解除の義務を果たす気配は一向に見せず、テロ事件は頻発している。これに業を煮やしている、与党アルスター・ユニオニスト党内の、和平合意反対派が実権を握るようなことになれば、再び大きな紛争が起きるかもしれない。もうひとつ、紛争を再燃させる要素をはらむものに、北アイルランドの宗教人口比率の変動がある。一九二一年にはプロテスタント六六パーセント、カトリック三三パーセントであったのが、その後カトリックの人口比率が徐々に増し、二〇〇一年の統計調査では、プロテスタントが五三・一三パーセント、カトリックが四三・七六パーセントまでに拮抗した。もし将来、人口比率が逆転し、カトリック・ナショナリストが多数派になり、ベルファースト和平合意の取り決めに従って、北アイルランドが南のアイルランドと統一するようなことになれば、プロテスタント過激派は大規模なテロ活動を起こすかもしれない。現在の北アイルランド社会は、紛争の危機と隣り合わせの状態で、平和が着実に進行しているのである。

このような北アイルランドの社会状況の変化に応じて、北アイルランド小説も変貌してきた。一九六九年の北アイルランド紛争勃発以降は、紛争そのものを主題とした小説が数多く登場したが、一九九八年のベルファースト和平合意成立以降は、プロテスタントとカトリックの対立を含めて、北アイルランドの社会、文化、そして人間の生き方を幅広く描く作品が登場し始めた。二〇〇一年に出版されたバーナード・マクラヴァティーの最新作『解剖学教室』(*The Anatomy School*)は、一九六〇年代後半から七〇年代初頭にかけてのベルファーストで高校、大学を過ごした青年たちの、人生の選択と葛藤を描いた。同じ年に出版された、若手女性作家ジョー・ベイカーの『根無し草』(Jo Baker, *Offcomer*)は、イギリスと北アイルランドを彷徨し、どちらにも帰属意識を持つことのできない、ひとりの女性の苦悩を描いた。二〇〇二年出版の、もうひとりの若手女性作家タラ・ウェストの『ろくでなし』(Tara West, *Fodder*)は、プロテスタントの一青年の破天荒な生き方を描いて、『フォートナイト』二〇〇二年一一月号が評したように、「紛争からは解き放たれた、しかし問題だらけの」ベルファーストの現在の姿を示した。また、この年に出版された、ディアドラ・マドゥンの最新作『正真正銘のもの』(*Authenticity*)は、北アイルランド問題とは無縁の、芸術家の人生の探求を描き、話題を呼んだ。そして、二〇〇三年に出版されたばかりのグレン・パタソンの『ナンバー5』(*Number 5*)は、一九五八年から二〇〇三年までの四五年間に、ベルファーストのある一軒の家に入れ替わりで住んだ五つの家族の描写を通して、この都市の移り変わりゆく姿を示した。この家族のうち、ひとつの家族は中国人であり、近隣の家族にはハンガリー人がいた。現在、北アイルランドは、四千人を超える中国人を初めとして、数多くの海外からの移民が住んでおり、プロテスタント・ユニオニスト対カトリック・ナショナリストの二極構造だけでは規定できない、コズモポリタン的様相を見せ始めている。このような北アイルランド社会の変化に伴って、小説家たちはより幅広いトピックについて描き始めた。

私は、本書で論じた七人の小説家たち同様、後に続く北アイルランドの小説家たちが、プロテスタント・ユニオニストとカトリック・ナショナリストの「融和」の指針を示すと同時に、世界の人々の心に訴える「普遍性」を備えた作品を描き、「北アイルランド小説の可能性」を今後とも伝えてくれることを、心から願っている。

本書の出版に当たっては、平成一五年度日本学術振興会科学研究費補助金(研究成果公開促進費)の交付を受けた。

最後になったが、科学研究費への申請から本書出版に至るまで、ひとかたならぬお世話をいただいた溪水社社長・木村逸司氏ならびにスタッフ一同には心から御礼を申し上げる次第である。

平成一五年九月一八日

著　者

索　引

（あ）
アービン、セイント・ジョン　St. John Irvine　2
ＩＲＡ（＝Irish Republican Army, the）1, 33, 101, 120, 134－36, 186, 188, 201, 238
愛国主義　patriotism　8, 10, 18, 21－22, 24
『アイスクリーム皇帝』（ブライアン・ムーア）*The Emperor of Ice-Cream*　113, 117－124, 137－38, 142－43, 148, 193, 207
アイデンティティー　identity　101－02, 145－46, 153－56, 161－62, 164, 175－78, 211, 213, 215－17, 223, 229, 241
『愛のキャラクター』（ジョン・ベイリー）*The Character of Love*　205, 208
『アイリーン・ヒューズの誘惑』（ブライアン・ムーア）*The Temptation of Eileen Hughes*　134
『アイリッシュ・タイムズ』*Irish Times*, the　24, 52, 199, 208
アイルランド共和国(南アイルランド) Republic of Ireland, the　16, 26, 136, 147, 154, 161, 176, 187, 197, 216, 223, 226, 237, 239, 241－42
アイルランド国教会　Church of Ireland, the　6－7, 22－25, 71
『アイルランド国教会報』*The Church of Ireland Gazette*　8
アイルランド自由国　Irish Free State, the　15, 50, 138
アイルランド独立運動（戦争）8, 15, 17－18, 25, 28, 33, 91, 114, 139
『アイルランドにおける自由と権威』（ロバート・マッカートニー）*Liberty and Authority in Ireland*　15－16, 52
『アイルランド農民の特性と物語』（ウィリアム・カールトン）*Traits and Stories of the Irish Peasantry*　56
アイルランド・ブック賞　Irish Book Award, the　184
『アイルランド文学辞典―改訂・拡大版―』*Dictionary of Irish Literature: Revised and Expanded Edition, the*　81－83, 86, 110, 207
アイルランド問題　33, 43、71, 117
『アイルランド略史』（クルーズ＝オブライエン夫妻）*A Concise History of Ireland*　31, 53, 91, 111
『アイルランド旅行者案内』（リアム・オフラハティー）*A Tourist's Guide to Ireland*　11－12, 15, 51
アイルランド歴史修正論　Irish Historical Revisionism　9, 23, 140
「A Short Suit」（リン・C・ドイル）"A Short Shirt"　94－95, 111
アダムス、ジェリー　Gerry Adams　100, 198－99
アディア、トム　Tom Adair 127, 143
アリアガ、エスタ　Esther Aliaga　148, 152, 179－80, 191, 207－08
アルスター　Ulster　28, 56－57, 75, 77, 93, 122, 136, 142, 159, 188, 221, 225－26
『アルスター小説の力と主題』（ジョン・ウィルソン・フォスター）*Forces and Themes in Ulster Fiction*　2, 108, 112, 183
アングロ・アイリッシュ　Anglo-Irish　6－7, 9, 15, 28－29
『アンジェラの灰』（フランク・マッコート）*Angela's Ashes*　186
アントリム（州）County Antrim　28, 91, 155
アンドリュース、トマス　Thomas

Andrews 56－64

(い)
イースター蜂起 Easter Rising, the 8, 25, 33, 35, 50, 142
イェイツ、W・B W.B. Yeats 9
「痛ましい事件」(ジェイムズ・ジョイス) "A Painful Case" 127－29, 131－32, 143
イデオロギー ideology 166－69, 200－01
伊藤範子 146－48, 150, 172, 174, 179
『愛しいアヒルたち』(リン・C・ドイル) *Dear Ducks* 93, 111
イムホフ、リュディガー Rüdigar Imhof 193－94, 207
イングランド England 65, 139, 176, 228
『インターナショナル・ホテル』(グレン・パタソン) *The International* 170－78, 181, 206, 228, 231－34

(う)
ウィッティー医師 Dr. Whitty 43－45, 49－50
『ウィッティー医師の冒険』(ジョージ・A・バーミンガム) *The Adventures of Dr. Whitty* 34, 38, 43－45, 53
ウィリアム王(ウィリアム3世) King William (William Ⅲ) 68, 88－89, 98
ウィリー、ドノヴァン Donovan Wylie 184, 207
ウィルソン、ジャック Jack Wilson 2
ウィルソン、ロバート・マックリアム Robert McLiam Wilson 41, 53, 145－46, 148, 150, 152, 173, 179, 183－208, 219, 223, 226－27, 233
『ウェイクアップ、ネッド!』(映画) *Waking Ned Devine* 38
ウェールズ Wales 139, 176, 228
ウェスト、アンソニー・C Anthony C. West 2
ウェスト、タラ Tara West 242－43
ウェストポート Westport 6, 20, 25, 34－35
ウォード、ニール Neal Ward 28－29, 31
ウォール、イーモン Eamonn Wall 137－38, 143－44
『海の戦い』(ジョージ・A・バーミンガム) *A Sea Battle* 38－39, 48－49, 54
『麗しい地』(ジョージ・A・バーミンガム) *Pleasant Places* 6, 34, 42, 51, 53

(え)
『エール』(日本アイルランド協会学会誌) *Éire* 146, 179
エッジワース、マライア Maria Edgeworth 26, 52
『選ばれた者』(トマス・マン) *The Chosen* 205

(お)
オグラディー、スタンディシュ Standish O'Grady 9, 51
オグラディー医師 Dr. Lucius O'Grady 37－41, 44, 49－50
オケイン、ウィリアム William O'Kane 86, 92－93 110－111
オコナー、ジョセフ Joseph O'Connor 147, 179
オコナー、ジョン John O'Connor 2
オズ、エイモス Amos Oz 205－08
『オックスフォード英英辞典』*The Oxford English Dictionary* 185, 207
『オックスフォード版アイルランド文学辞典』*The Oxford Companion to Irish Literature* 86, 110
オドネル、ヒルダ・アン Hilda Anne O'Donnell 27, 32, 52
オドノヒュー、ジョー Jo

O'Donoghue　130－32, 143
オニール、ジョン　John O'Neill　13－15
オハラ、デズモンド　Desmond O'Hara　9－10, 17－18
オブライエン、エドナ　Edna O'Brien　170
オフラハティー、リアム　Liam O'Flaherty　11－12, 51
オレンジ協会　Orange Order, the　122, 135
オレンジパレード　Orange Parade　122, 159, 220, 224
オレンジマン　Orangeman　6, 96, 107－08, 201, 224

（か）
カークランド、リチャード　Richard Kirkland　145, 158, 179－80
カールトン、ウィリアム　William Carleton　2, 56, 183
「海外移民」（シャン・F・ブロック）"The Emigrant"　75－76, 80
『回想キャノン・ハニー』（ヒルダ・マーティンデイル）*Canon Hannay As I Knew Him*　50, 54
『解剖教室』（バーナード・マクラヴァティー）*The Anatomy School*　242
カイリー、ベネディクト　Benedict Kiely 2
カトリシズム　Catholicism　113－14, 116 119－20, 125, 129－33, 137, 139－41, 147－48, 151
カトリック（教徒）Catholic　3, 13, 16, 18, 30－31, 43, 56, 67－68, 70, 86－88, 91－92, 97－99, 101, 103, 108, 114－17, 128, 130－31, 135－36, 142, 146, 150, 176, 184－86, 197－98, 213, 221, 223, 227, 239－42
カトリック神父　Catholic priest　6, 10－15, 25, 34, 40
カトリック・ナショナリスト　Catholic Nationalist　6－8, 11, 15－16, 18, 21, 25, 33, 38, 41－43, 50, 58－59, 68－69, 72－73, 80, 87, 92 95, 97, 99－101, 103, 106, 108, 113, 117－20, 123－24, 134, 136, 140, 146, 150, 152, 158, 161, 164－66, 170, 174－76, 178, 191, 199－201, 204－05, 238－39, 241－43
カトリック・ナショナリズム　Catholic Nationalism　8, 10, 18, 23, 145, 154－55, 165, 168, 177－78, 198
可能性　3, 100, 145, 165, 169－70, 243
カヴァナー、P・J　P.J. Kavanagh　47, 54
『カバンの揺れ』（リン・C・ドイル）*The Shake of the Bag*　93, 111
カミュ、アルベール　Albert Camus　161, 186
「彼らふたり」（シャン・F・ブロック）"They Twain"　76, 80, 82

（き）
『奇術師の妻』（ブライアン・ムーア）*The Magician's Wife*　113
『北アイルランドを描く―北アイルランドの現代小説―』（ラウラ・ペラスキア）*Writing the North: The Contemporary Novel in Northern Ireland*　146, 158, 179－80, 183, 207
北アイルランド小説　1－3, 100, 110, 145－46, 160, 173, 183, 203, 206, 237, 242－43
北アイルランド紛争　The Troubles　1, 5, 16, 87, 100－03, 109, 112, 123－24, 134－35, 139－41, 146, 152, 163, 165, 170－71, 173, 177－78, 187, 196, 199, 204, 206, 211－14, 232－35, 237－38, 242－43
北アイルランド問題　1, 3, 9, 25－27, 33, 67, 140, 187, 222, 243
『北の鉄人』（ジョージ・A・バーミンガム）*The Northern Iron*　8, 26－33, 53
ギッシング、ジョージ・ロバート

George Robert Gissing　64－67, 73－82
『ギッシング・ジャーナル』*Gissing Journal*, the　64, 81
『キャノン・ジェイムズ・オウエン・ハニー(ジョージ・A・バーミンガム)の小説研究』(ヒルダ・アン・オドネル) *A Literary Survey of the Novels of Canon James Owen Hanna (George A. Birmingham)* 27, 52
ギャラント、メイヴィス　Mavis Gallant　127
『キャル』(バーナード・マクラヴァティー) Cal　101－02, 110
98年蜂起　'98 Rebellion, the
⇨ 1798年蜂起
「98年蜂起に関する3つの物語」"Three Stories of 'Ninety-Eight'"　88, 90－92
旧約聖書　*The Old Testament*　17, 28, 51
『境遇の犠牲者』(ジョージ・ギッシング) *A Victim of Circumstances*　73, 77－78, 82
ギルバート、スティーヴン　Steven Gilbert　2

(く)
グイン、スティーヴン　Stephen Gwynn　26－27, 52
『蜘蛛の巣の家』(ジョージ・ギッシング) *The House of Cobwebs*　73, 77－78, 82
グラス、ギュンター　Günter Grass　170, 181
グラスゴー　Glasgow　103－06, 110, 223
グラッドストーン、ウィリアム　William Gladstone　71
『暗闇の中でひとりひとり』(ディアドラ・マドゥン) *One by One in the Darkness*　206
『暗闇の中で読む』(シェイマス・ディーン) *Reading in the Dark*　110, 112
「クリストファソン」(ジョージ・ギッシング) "Christopherson"　77－78, 82
クルーズ＝オブライエン夫妻　Máire and Connor Cruise O'Brien　31, 53, 91, 111
クレイン、イルス　Ilse Klein　153, 165－69

(け)
ケアリー、ジョイス　Joyce Cary　2
ケイトリー、サミュエル・ロバート　Samuel Robert Keightley　27, 52
ゲーリック・リーガー　Gaelic Leaguer　8, 25
ゲーリック・リーグ　Gaelic League, the　7－8, 18, 21－26, 32－33, 43, 52－53, 114
「ゲーリック・リーグは政治的か?」(ジョージ・A・バーミンガム) "Is the Gaelic League Political?"　8, 32－33, 51
ゲブラー、カーロ　Carlo Gébler　170, 181
ケルト人　Celts, the　139－40, 185
ケント海軍少佐　Major Kent　38－39, 41, 45－47, 49
『現代アイルランド―1600年から1972年―』(ロイ・フォスター) *Modern Ireland 1600～1972*　23, 52, 140, 144
ケンブリッジ大学　Cambridge University 150, 184, 189－90

(こ)
「校長先生の夢」(ジョージ・ギッシング) "The Schoolmaster's Vision"　78－79, 82
「国家公務員」(シャン・F・ブロック) "A State Official"　69－73, 80－82
『国家の精神』*The Spirit of the Nation*　7, 51
コネアリー、ハイヤシンス　Hyacinth

Conneally　18－23
「この土地の平和」(リン・C・ドイル) "Peace in Our Land"　97, 111
ゴン、モード　Gonne Maud　20

（さ）
『雑踏の輪』（シャン・F・ブロック） *Ring o' Rushes*　64, 73, 75－77, 82
サバーバニズム　Suburbanism　145－47, 172, 179
サバーバニズム小説　Suburban novel　148－52, 171, 177
サム　Sam　153, 165－69
サンプソン、デニス　Denis Sampson　126－27, 130, 134, 141－44

（し）
G・P・A賞　G.P.A Award, the　153, 180
シェイクスピア、ウィリアム　William Shakespeare　72－73, 186
『ジェイムズ・オウエン・ハニー（ジョージ・A・バーミンガム）1865－1950の生涯と著作』（ブライアン・テイラー） *The Life and Writings of James Owen Hannay (George A. Birmingham) 1865－1950*　27, 52－53
『シカゴ・イヴニング・ポスト』 *Chicago Evening Post, the*　64－65, 81－82
「詩人のかばん」（ジョージ・ギッシング） "The Poet's Portmanteau"　74, 82
社会民主労働党　SDLP　140, 234, 239
ジャクソン、ジェイク　Jake Jackson　197－200, 205
『ジャックとの離婚』（コリン・ベイトマン） *Divorcing Jack*　41, 53, 201, 206, 208
「シャン・ファダの結婚」（ウィリアム・カールトン） "Shane Fadh's Wedding"　56
『ジュディス・ハーン』（ブライアン・ムーア） *The Lonely Passion of Judith Hearne*　113, 123, 125－33, 137, 141, 143
ジョイス、ジェイムズ　James Joyce　125－27, 130－32, 138 143
『正真正銘のもの』（ディアドラ・マドゥン） *Authenticity*　206, 243
『小説と国家―新しいアイルランド小説に関する研究―』（ジェリー・スミス） *The Novel and the Nation: Studies in the New Irish Fiction*　163, 180
ジョージガン、ジェラルド　Gerald Geoghegan　9－11, 13－15, 17
『ジョン・リーガン将軍』（ジョージ・A・バーミンガム） *General John Regan*　34－45, 47, 53
シン・フェイン　Sinn Féin　33, 100, 198, 227, 238
『新兵たち』（シャン・F・ブロック） *The Awkward Squads*　64, 67－69, 81
「新兵たち」（シャン・F・ブロック） "The Awkward Squads"　67, 80－81
シンボル　symbol　153－56, 175, 177, 199, 215

（す）
スコットランド　Scotland　21, 28, 91, 104, 139, 176, 225－26, 228
スチュアート、A・T・Q　A.T.Q. Stewart　139－40, 144
スティーヴンス、ウォレス　Wallace Stevens　124－25
ストーモント（北アイルランド議会） Stormont　159, 221
『スペインの黄金』（ジョージ・A・バーミンガム） *Spanish Gold*　14, 33, 35, 38－39, 45－49, 54
スミス、ジェリー　Gerry Smith　163, 178, 180

（せ）
政治小説　political novel　5, 49
青年アイルランド党　Young Irelanders, the　7, 9, 20, 34
『声明文』（ブライアン・ムーア）*The Statement*　194, 206
セイル、リチャード・B　Richard B. Sale　119, 142, 208
セイント・マラキー・カレッジ　St. Malachy's College　114－18, 125, 142
『狭い土地―1609年から1969年までのアルスターの諸相―』（A・T・Q・スチュアート）*The Narrow Ground: Aspects of Ulster 1609－1969* 139, 144
セリグ、ロバート　Robert Selig　64, 75, 78, 81
『全アイルランド評論』（スタンディッシュ・オグラディー）*All Ireland Review*　9, 51
『1965年以降の北アイルランドの文学と文化―危機の時―』（リチャード・カークランド）*Literature and Culture in Northern Ireland Since 1965: Moments of Danger*　145, 158, 179－80
1798年蜂起　1798 Rebellion, the　26－32, 90, 114

（そ）
『装飾音』（バーナード・マクラヴァティー）*Grace Notes*　85－86, 100, 102－12
『造船技師トマス・アンドリュース』（シャン・F・ブロック）*Thomas Andrews Shipbuilder*　56－64, 80－81

（た）
ダーリー、ハルヴァート　Hallvard Dahlie　117, 142
『タイタニック』（映画）*Titanic*　55, 63－64
タイタニック号　Titanic, the　55－64, 156
『タイタニック・コンプレックス』（ジョン・ウィルソン・フォスター）*The Titanic Complex*　55, 64, 80－81
「代表団」（ジョージ・A・バーミンガム）"The Deputation"　43, 53－54
ダブリン　Dublin　20, 24, 86, 94, 106, 120, 127, 129, 181, 223, 237－38
『ダブリン市民』（ジェイムズ・ジョイス）*Dubliners*　120, 127－31, 143
ダブリン・トリニティー大学　Trinity College, Dublin　6－7, 19, 23, 25, 50
多様性　2, 145, 165, 169－70, 197, 206
ダンロップ、アン　Anne Dunlop　183, 207

（ち）
地域主義　Regionalism　148
地域主義小説　Regional novel　148
チルダース、アースキン　Erskine Childers　58, 64
『沈黙の偽り』（ブライアン・ムーア）*Lies of Silence*　101, 110, 113, 123－24, 134－38, 143

（て）
ディーン、シェイマス　Seamus Deane　110, 112
ディケンズ、チャールズ　Charles Dickens　186, 197
デイヴィス、トマス　Thomas Davis　7, 51
テイラー、ブライアン　Brian Taylor　5, 27, 29, 32, 51－54
ディロン、マイケル　Michael Dillon　135－38
テロリスト（テロ集団、テロ組織）terrorist（s）67－68, 102, 135－37, 160, 166, 187, 201－02, 238－39, 241

（と）
トイビーン、コルム　Tóibin Colm

26, 52
ドイル、リン・C　Lynn C. Doyle　2, 5, 51, 85－99, 107－08
ドイル、ロディー　Roddy Doyle　147, 179
ドー、ジェラルド　Gerald Dawe　192, 207
トーニエ、ミシェル　Michel Tournier　170, 181
トーン、ウルフ　Wolfe Tone　26
「年老いたお手伝いさんの勝利」（ジョージ・ギッシング）"An Old Maid's Triumph"　74, 82
トメルティー、ジョセフ　Joseph Tomelty　2
トリンブル、デイヴィド　David Trimble　140, 239
トルストイ　Leo Tolstoi　204

（な）
「嘆く者たち」（シャン・F・ブロック）"They that Mourn"　77－78, 80
ナショナリスト　Nationalist　3, 16－17, 20, 22, 33, 35－36, 39, 49, 58, 64, 96－97, 114, 117, 122, 139－40, 142, 158, 160, 178, 185, 191, 223－24, 232, 234, 239－41
ナショナリズム　Nationalism　5－8, 12－13, 16, 18－24, 26－27, 31－33, 113－14, 116－18, 120, 124－25, 130, 134, 138, 140－42, 147, 158－59, 178, 185－86, 188, 197, 199, 201, 220－26, 228, 235
『ナンバー５』（グレン・パタソン）*Number 5*　235, 243

（に）
『煮えたぎる鍋』（ジョージ・A・バーミンガム）*The Seething Pot*　8－18, 23－24, 32－33, 51－52
『人間がらくた文庫』（ジョージ・ギッシング）*Human Odds and Ends*　73－76, 82

（ね）
『根無し草』（ジョー・ベイカー）*Offcomer*　242

（の）
ノーベル平和賞　Nobel Peace Prize, the　140, 239

（は）
パーカー、マイケル　Michael Parker　170, 181
バーク、ゲイヴィン　Gavin Burke　117－22, 148, 193
パーク、デイヴィド　David Park　183, 206
ハーソン、テス　Tess Hurson　5, 51
ハーディ、トマス　Thomas Hardy　92
ハートヒル、ローズマリー　Rosemary Harthill　115, 142
パーネル、チャールズ・スチュアート　Charles Stewart Parnell　13, 36
バーミンガム、ジョージ・A　George A. Birmingham　5－54, 56, 86
ハーン、ジュディス　Judith Hearne　127－29, 131－33
バーンズ、ジュリアン　Julian Burns　170, 181
ハイド、ダグラス　Douglas Hyde　7－8, 25, 32－33, 51, 53
『ハイヤシンス』（ジョージ・A・バーミンガム）*Hyacinth*　8－9, 18－26, 31－33, 35－36, 52
パイン、リチャード　Richard Pine　184, 207
バウチェ、エリザベス　Elizabeth Bouché　100, 102, 111
バタースビイ、アイリーン　Eileen Battersby　118, 142, 208
パタソン、グレン　Glenn Patterson　145－81, 183, 191, 205－07, 209,

240, 243
バニム、ジョン&マイケル John & Michael Banim 26, 52
ハニー、ジェイムズ・オウエン James Owen Hannay
⇨ バーミンガム、ジョージ・A
ハミルトン、ダニー Danny Hamilton 171, 173, 175－77, 213
ハミルトン、ヒューゴー Hugo Hamilton 170, 181
『ハムレット』(シェイクスピア) *Hamlet* 72－73
バリー、セバスチャン Sebastian Barry 147, 179
『バリグリオン』(リン・C・ドイル) *Ballygullion* 88, 93, 95, 111
「バリグリオン・クリーム製造業協同組合」(リン・C・ドイル) "The Ballygullion Creamery Society, Limited" 95－97, 111
『バリグリオン・バス』(リン・C・ドイル) *Ballygullion Bus* 93, 111
「判事と悪漢」(ジョージ・ギッシング) "The Justice and the Vagabond" 73, 82
「ハンプルビー」(ジョージ・ギッシング) "Humplebee" 78－79, 82

(ひ)
ヒーニー、シェイマス Seamus Heaney 1, 198－99, 208
『光と石を思い出しながら』(ディアドラ・マドゥン) *Remembering Light and Stone* 147, 150－52, 179, 206
『ビッグ・サンダー・マウンテンの闇夜』(グレン・パタソン) *Black Night at Big Thunder Mountain* 152－55, 160, 165－70, 177, 179, 228－31
ヒューズ、イーモン Eamonn Huges 102, 112, 165, 180
ヒューズ賞 Hughes Award, the 184
『評伝ブライアン・ムーア』(ジョー・オドノヒュー) *Brian Moore: A Critical Study* 130, 143
ヒューム、ジョン John Hume 140, 239
ヒル、トバイアス Tobias Hill 110, 112
ビルディングスロマン Bildungsroman 122, 126

(ふ)
ファーガソン、サミュエル Samuel Ferguson 6－7, 51
ファーヒー神父 Father Tom Fahy 10－11, 13－14
『Fat Lad』(グレン・パタソン) *Fat Lad* 152－65, 177, 180, 214－22, 224－26, 229
ファマーナ州 County Fermanagh 56－57, 64, 66－67, 155
『フィールドデイ・アイルランド著述選集』*The Field Day Anthology of Irish Writing* 43, 53－54, 69, 71, 81－82
フィッツパトリック、ローリー Rory Fitzpatrick 122, 143
フォークナー、ウィリアム William Faulkner 92
『フォートナイト』 *Fortnight* 5, 51, 54, 80, 86, 100, 110, 170, 181, 184, 207－08, 220, 243
フォールズ・ロード Falls Road 120, 186, 188
フォスター、ジョン・ウィルソン John Wilson Foster 2, 55, 64, 68, 80－82, 108, 112, 183
フォスター、ロイ Roy Foster 23, 33, 52－53, 140, 144
ブキャナン、ジョージ George Buchannan 2
『再びバリグリオンへ』(リン・C・ドイル) *Back to Ballygullion* 93, 97, 111
ブッカー賞 Booker Prize, the 85,

102, 113
普遍性（普遍的意義、普遍的価値、普遍的興味、普遍的真実、普遍的魅力） 3, 34, 50, 64, 72, 80, 92－93, 197, 206, 243
『ブライアン・ムーアーカメレオン小説家－』（デニス・サンプソン） *Brian Moore: The Chameleon Novelist* 127, 130, 141－42
ブラック、レイモンド Raymond Black 153, 165－69, 177－78
フラナガン、トマス Thomas Flanagan 27, 52
プランケット、ホレイス Horace Plunket 22－23, 52, 56－57
フリール、ブライアン Brian Friel 1－2
ブルックナー、アニタ Anita Brookner 135, 138, 143
プレスビテリアン（教徒） Presbyterian 28, 31, 114
フレンチ、R・B・D R.B.D. French 49
ブロック、シャン・F Shan F. Bullock 2, 5, 51, 55－83
プロテスタンティズム Protestantism 147, 224
プロテスタント（教徒）Protestant 3, 6－7, 9, 15－16, 18－21, 24, 30－31, 43, 56, 67－68, 70－72, 86－88, 91－92, 96－99, 101, 108, 114－15, 135－36, 142, 144, 148, 158, 166, 176－77, 190－91, 197－98, 213－14, 221, 223－24, 227, 239－42
プロテスタント・ナショナリスト Protestant Nationalist 7, 13
プロテスタント・ナショナリズム Protestant Nationalism 5
プロテスタント・ユニオニスト Protestant Unionist 10, 16, 18－19, 21－23, 25, 33, 38－39, 41－43, 50, 57－58, 68－69, 72－73, 80－87, 92, 95, 97, 99, 101, 103, 106, 108, 123－25, 134, 136, 139, 146, 150, 152, 157－59, 161, 164－65, 170, 174－76, 178, 191, 199－201, 204－05, 239, 241, 243
プロテスタント・ユニオニズム Protestant Unionism 8, 108, 145, 154－55, 165, 177－78, 198
紛争小説 Troubles novel 100－02, 160, 168, 172, 175

（へ）
ベイカー、ジョー Jo Baker 242
ヘイガン、フランシー Francy Hagan 146－52, 174, 191, 212－13, 227
ペイズリー、イアン Ian Paisely 199
ベイトマン、コリン Colin Bateman 41, 53, 146, 183, 201, 206－08
『ペスト』（アルベール・カミュ） *The Plague* 161－62
ベティー・トラスク賞 Betty Trask Prize, the 146, 179, 184
ヘミングウェイ、アーネスト Earnest Hemingway 127
ペラスキア、ラウラ Laura Pelaschiar 146, 158, 171, 179－80, 183, 202, 204, 206－08
ベル、サム・ハンナ Sam Hanna Bell 2, 27, 52
ベルファースト Belfast 5, 7, 55－56, 86, 95, 100, 103, 114, 117, 120－21, 123－24, 127－29, 134－36, 141－42, 145－46, 152－57, 162, 164－66, 169－72, 175, 177－78, 180, 184－87, 196－97, 200－05, 218－23, 226－27, 229, 233－38, 240, 242
ベルファースト・クイーンズ大学 Queen's University of Belfast, the 5, 27, 52, 128, 134
ベルファースト和平合意 Belfast

Agreement, the　178, 223, 238－39, 241－43

(ほ)
ボイル、パトリック　Patrick Boyle　2
ボウグル、リプリィ　Ripley Bogle　150－52
「吠えない犬」(リン・C・ドイル)　"The Silent Dog"　93－94
ボーダー　border　145, 147, 150, 152, 154, 161, 164, 168, 171, 174－75, 177－79, 240－41
『ボール一杯のスープ』(リン・C・ドイル)　*A Bowl of Broth*　93, 111
ポストモダニズム　Postmodernism　165
ボルジャー、ダーモット　Dermot Bolger　147, 179

(ま)
マーティン、オーガスティン　Augustine Martin　71－72, 82
マーティン、マル　Mal Martin　146－52, 175, 177－78, 191, 211－13
マーティンデイル、ヒルダ　Hilda Martindale　50, 54
マーフィー、パット　Pat Murphy　86－87, 93－95, 97－98
マーフィー、ブライアン　Brian Murphy　24－25, 32－33, 52－53
マカティア、エディー　Eddie McAteer　234
マクナミー、オーエン　Eoin McNamee　183, 206
マクヘンリー、ジェイムズ　James McHenry　27, 52
マクラヴァティー、バーナード　Bernard MacLaverty　85, 100－112, 242
マクラヴァティー、マイケル　Michael McLaverty　2, 5, 51
マチューリン、チャールズ・ロバート　Charles Robert Maturin　26, 52
マッカートニー、ロバート　Robert McCartney　15－16, 52
マッキーナ、キャサリン・アン　Catherine Anne McKenna　85, 100, 102－09
マックギル、パトリック　Patrick MacGill　2
マックニール、オーエン　Eoin McNeill　114, 142
マックニール、ジャネット　Janet McNeil　2, 5, 51
マッコート、フランク　Frank McCourt　186
マッシー、アラン　Allan Massie　109, 112
マドゥン、ディアドラ　Deirdre Madden　146, 150, 152, 179, 183, 206, 243
マリー、ピーター　Peter Murray　33, 53
マン、トマス　Thomas Mann　186, 205
マンガン、ジェイムズ・クラレンス　James Clarence Mangan　7, 51
『マンフレッドの痛み』(ロバート・マックリアム・ウィルソン)　*Manfred's Pain*　184, 192－96, 206－08

(み)
ミッチェル、ジョン　John Mitchel　7, 51
『緑のオレンジ』(リン・C・ドイル)　*Green Oranges*　93, 111
ミルズ、リチャード　Richard Mills　230－31
「民兵」(リン・C・ドイル)　"The Rapparee"　88－90, 110

(む)
ムーア、ブライアン　Brian Moore　2, 101, 110, 113－44, 148, 183, 193－94, 206－08

(め)
メタファー　metaphor　103－04, 108, 133, 150, 153－56, 161, 163, 168－69, 175, 177, 184, 196, 199－202, 204, 215, 217
メルドン、J・J　J.J. Meldon　38, 45－50

(も)
モーガン夫人　Lady Morgan　26, 52
『持たざる者たち』(ロバート・マックリアム・ウィルソン) *The Dispossessed*　184, 207
『物語は始まる』(エイモス・オズ) *The Story Begins: Essays on Literature*　205, 208
モリス、ケイ　Kay Morris　156－59, 218－20, 222
モンゴメリー、レズリー・アレクサンダー　Leslie Alexander Montgomery　⇨ ドイル、リン・C
モンタギュー、ジョン　John Montague　2, 142

(ゆ)
ユーモア小説　5, 14, 33－35, 42－43, 46, 50, 87－88, 92
融和　5, 24, 38 41, 43, 49－50, 55, 59, 64, 85, 92, 95, 97－100, 103, 105, 108－09, 140－152, 170, 175－76, 199, 205, 241, 243
ユナイテッド・アイリッシュメン　United Irishmen　26, 31, 90－91, 114
ユニオニスト　Unionist　3, 15－17, 19, 22, 32－33, 39, 49, 57－58, 64, 139, 158－59, 178, 191, 214, 218, 220－25, 232, 241
ユニオニズム　Unionism　16, 18, 23, 26－27, 31－33, 113, 134, 138, 140, 147, 158－59, 178, 188, 199, 201, 219－22, 224－28, 235
『ユリイカ』(月刊文芸誌) 147, 179
『ユリーカ・ストリート』(ロバート・マックリアム・ウィルソン) *Eureka Street*　41, 53, 173, 184, 192－93, 196－206, 208, 219, 233
『ユリシーズ』(ジェイムズ・ジョイス) *Ulysses*　126－27

(ら)
ラシュディー、サルマン　Salman Rushdee　230－31
ラッセル、ジョージ (AE) George Russel　9

(り)
リネン・ホール・ライブラリー　Linen Hall Library　100, 232
リパブリカニズム　Republicanism　186, 197, 221
リパブリカン　Republican　160, 198
『リプリィ・ボウグル』(ロバート・マックリアム・ウィルソン) *Ripley Bogle*　147－48, 150－52, 179, 183－92, 197, 206－07
「流行遅れ」(ジョージ・ギッシング) "Out of the Fashion"　74－75, 82
リンドン、ドリュー　Drew Linden　153, 155－64, 177－78, 213－18, 221

(る)
ルーガン、チャッキー　Chuckie Lurgan　173, 197, 199, 205
ルーニー文学賞　Rooney Prize for Literature, the　146, 179, 184
『ルパーカルの饗宴』(ブライアン・ムーア) *The Feast of Lupercal*　113, 130－31, 137

(れ)
レイチ、モーリス　Maurice Leich　2, 183
レイド、フォレスト　Forest Reid　2, 5, 51
レトリック　rhetoric　183, 185, 188, 190, 192－93, 199, 201, 204－06

（ろ）
ロイヤリスト　Loyalist　159, 178
ローマ法王　Pope, the　6, 68, 98－99, 122
『60年後』（シャン・F・ブロック）*After Sixty Years*　67, 80－81
『ろくでなし』（タラ・ウェスト）*Fodder*　243
『ロザベル』（リン・C・ドイル）*Rosabelle*　93, 111
『ロブスター・サラダ』（リン・C・ドイル）*Lobster Salad*　93, 111
ロルストン、ビル　Bill Rolston　102
ロングレイ、エドナ　Edna Longley　184, 197, 205, 207－08
ロンドンデリー（デリー）Londonderry（Derry）103, 155, 237

（わ）
『若き日の芸術家の肖像』（ジェイムズ・ジョイス）*A Portrait of the Artist as a Young Man*　126
『我が身を燃やす』(グレン・パタソン) *Burning Your Own*　145－52, 160, 163, 177, 179, 181, 191, 206－07, 211－13, 216, 227
『わずかな土地』（リン・C・ドイル）*A Bit of Land*　87, 110
『私とマーフィー氏』（リン・C・ドイル）*Me and Mr. Murphy*　87, 93－94, 111
和平プロセス　Peace Process, the　232, 238

著者　八幡　雅彦（やはた　まさひこ）

岡山県出身。慶應義塾大学大学院文学研究科修士課程英米文学専攻終了。現在別府大学短期大学部助教授。専門は、ジョージ・A・バーミンガム、グレン・パタソンを中心とする北アイルランド小説の研究。主な論文："George A. Birmingham, *Hyacinth*（1906）：What Turns a Patriot to an Exile"（IASIL JAPAN, *Harp*, Vol. X, 1995）、"George A. Birmingham, *The Northern Iron*（1907）and the 1798 Rebellion"（*Harp*, Vol. XIV, 1999）、「グレン・パタソン『Fat Lad』から『ビッグ・サンダー・マウンテンの闇夜』へ —北アイルランドの新たなアイデンティティーを模索して—」（日本アイルランド協会『エール』第22号、2002年）

北アイルランド小説の可能性
—融和と普遍性の模索—

平成15年10月31日　発行

著　者　八　幡　雅　彦
発行所　株式会社　溪　水　社
広島市中区小町１－４（〒730-0041）
電話（082）246－7909
FAX（082）246－7876
E-mail:info@keisui.co.jp

ISBN4-87440-786-2 C3098
平成15年度日本学術振興会助成出版